Die Frau in der Literatur

Vita Sackville-West

Erloschenes Feuer

Roman

Aus dem Englischen von
Hans B. Wagenseil
Mit einem Nachwort von
Renate Schostack

Ullstein Taschenbuch

Die Frau in der Literatur
herausgegeben von
Ursula Schröder

Ullstein Buch Nr. 30104
im Verlag Ullstein GmbH,
Frankfurt/M – Berlin – Wien
Englischer Originaltitel:
›All Passion Spent‹
Ungekürzte Ausgabe
Umschlagentwurf: Hannes Jähn

Die englische Ausgabe ist bei
›The Hogarth Press Ltd.‹,
London, erschienen.
Printed in Germany 1981
Druck und Verarbeitung:
Ebner Ulm
ISBN 3 548 30104 5

Februar 1981
17.–22. Tsd.

CIP-Kurztitelaufnahme der Deutschen
Bibliothek
Sackville-West, Victoria:
Erloschenes Feuer : Roman /
Vita Sackville-West. Aus d. Engl.
von Hans B. Wagenseil.
Mit e. Nachwort von
Renate Schostack. –
Ungekürzte Ausg. –
Frankfurt/M, Berlin, Wien :
Ullstein, 1980.
([Ullstein-Bücher] Ullstein-Buch;
Nr. 30104 :
Die Frau in d. Literatur)
Einheitssacht.: All passion spent ‹dt.›
ISBN 3-548-30104-5

Erster Teil

Henry Lyulph Holland, erster Graf von Slane, hatte so lange gelebt, daß die Leute begonnen hatten, ihn für unsterblich zu halten. Das Publikum empfindet im allgemeinen Langlebigkeit eines Menschen als beruhigend und neigt dazu, nach einer gewissen Pause des Abwartens, sehr hohes Alter als Zeichen hervorragender Leistung anzuerkennen. Der Langlebige hat wenigstens über eines der Hindernisse triumphiert, die dem Menschen von Anfang an im Wege stehen: die Kürze des Lebens. Zwanzig Jahre von der ewigwährenden Vernichtung wegstehlen zu können, beweist Überlegenheit über ein von vornherein zugemessenes Programm. So klein ist die Gradeinteilung, mit der wir unsere Werte messen. Daher wollten es die in die Stadt fahrenden Londoner zuerst kaum glauben, als sie an einem warmen Maimorgen im Zuge ihre Zeitungen öffneten und lasen, am vorhergehenden Abend habe nach dem Essen Lord Slane im Alter von vierundneunzig Jahren plötzlich das Zeitliche gesegnet. »Herzschwäche«, sagten sie scharfsinnig, obschon diese Todesursache in den Zeitungsberichten angegeben war, und setzten dann mit einem Seufzer hinzu: »Wieder ein Wahrzeichen der alten Zeit verschwunden.« Das war das vorherrschende Gefühl: wieder ein Wahrzeichen der alten Zeit verschwunden, wieder eine Erinnerung an die Unbeständigkeit aller Dinge. Alle Ereignisse und Beförderungen, die Henry Holland in seinem langen Leben durchgemacht hatte, wurden von den Zeitungen zusammengetragen und in Artikeln, die zum letztenmal aktuell waren, beleuchtet und ausgeschmückt. Eine Handvoll Tatsachen, zusammengepreßt wie zu einem harten Cricketball, wurde dem Publikum ins Gesicht geworfen: von den Tagen seiner »glänzenden Universitätslaufbahn« angefangen durch jene Zeiten, in denen Herr Holland in einem erstaunlich frühen Alter einen Platz im Kabinett eingenommen hatte, bis zu diesem letzten Tage, an dem er als Graf von Slane, Ritter des Hosenbandordens, des Großkreuzes des Ordens von Bath, Großkomtur des Sternes von Indien, Großkomtur des Ordens vom Kaiserreich Indien usw. usw. – die kleineren Auszeichnungen zogen hinter ihm her wie der Schwanz eines Kometen – nach dem Essen in seinem Sessel zusammengesunken und in der Fülle von neunzig Jahren plötzlich in die Geschichte zurückgetreten war. Die Zeit schien, jetzt da die Gestalt des alten Slane sie nicht mehr mit ausgestreckten Armen zurückhielt, einen Sprung vorwärts gemacht zu haben. Seit fünfzehn Jahren hatte er am öffentlichen Leben keinen sehr aktiven Anteil mehr genommen, aber er war *dagewesen*, und bei Gelegenheit hatten die unwiderlegliche Anmut, die klare Nüchternheit und der Spott seiner Beredsamkeit seine extremeren Kollegen im Parlament am Rande ihrer abgründigen Torheit in Verwirrung gesetzt, wenn sie sie auch nicht wirklich aufhalten konnten. Solche Ansprachen waren selten, denn Henry Holland hatte immer den Wert weiser Sparsamkeit zu schätzen gewußt, aber gerade durch ihre Seltenheit riefen sie ein heilsames Gefühl der Unbehaglichkeit hervor, da man wußte, daß sie durch eine geradezu legendäre Erfahrung gestützt wurden. Wenn der Alte, der Achtzigjährige, der Neunzigjährige, sich dazu aufraffen konnte, nach Westminster zu stelzen und sich in seiner unvergleichlichen Art sorgfältig und nüchtern durchdachter, aber zynisch vorgetragener Meinungen zu entledigen, wurden Presse und Öffentlichkeit zur Aufmerksamkeit gezwungen. Nie hatte jemand Lord Slane ernstlich angegriffen. Nie hatte jemand Lord Slane vorgeworfen, daß er zum alten Eisen gehöre. Sein Humor, sein gefälliges und bezauberndes Wesen, seine Lässigkeit und sein gesunder Menschenverstand hatten ihn für alle Generationen und alle Parteien unantastbar gemacht. Von allen Politikern und Staatsmännern konnte man das vielleicht von ihm allein sagen. Vielleicht hatte er, weil er das Leben überall berührt zu haben schien und doch mit dem Leben, mit dem gewöhnlichen Leben, dank seiner sprichwörtlichen Zurückhaltung wohl nie in Berührung gekommen war, sich nie die Verdammung und das Mißtrauen zugezogen, die gewöhnlich dem bloßen Sachverständigen zuteil werden. Ein Lebensgenießer, ein Humanist, Sportsmann, Philosoph, Gelehrter, Mann der Gesellschaft und geistreicher Kopf, einer jener seltenen Engländer, deren glückliches Los es ist, bei ihrer Geburt mit einem wirklich reifen Geist ausgestattet zu werden. Seine Kollegen und seine Untergebenen waren durch sein angebliches Widerstreben, sich mit irgendeiner praktischen Frage zu beschäftigen, abwechselnd in Entzücken und in Wut geraten. Es war schwer, ein Ja oder Nein aus dem Mann herauszubringen. Je wichtiger eine Frage war, desto oberflächlicher verfuhr er damit. *»Ja«*, schrieb er etwa an das Ende einer Denkschrift, die die Vorteile zweier entgegengesetzter politischer Verhaltensweisen auseinandersetzte, und seine Mitarbeiter verhüllten verzweifelt mit den Händen ihr Gesicht. Sie sagten, er sei als Staatsmann gescheitert, weil er immer beide Seiten des Falles sah, aber selbst wenn sie mit Verzweiflung auf diese Eigentümlichkeit hinwiesen, sahen sie sie doch nicht als Schwäche an, denn sie wußten, daß er bei Gelegenheit, wenn er schließlich in die Ecke getrieben wurde, schneidender und tödlicher zuschlagen konnte als irgendeiner, der in wichtigtuerischer Gespreiztheit auf einem Regierungssessel saß. Er konnte einen Bericht durchfliegen und hatte seinen Kern und seine Schwäche erfaßt, ehe noch ein anderer Zeit gehabt hätte, ihn durchzulesen. In seiner außerordentlich höflichen Art konnte er dem Optimismus und der Kurzsichtigkeit seines Berichterstatters einen vernichtenden Schlag versetzen. Immer höflich und kultiviert, ließ er seine Nebenbuhler tot auf dem Platze.

Auch seine persönlichen Eigenarten waren sowohl dem Publikum als auch den Karikaturenzeichnern lieb. Seine Halsbinde aus schwarzem Satin, sein Monokel, das an einem lächerlich breiten Bande hing, die Korallenknöpfe an seiner Frackweste, sein zweiräderiges Coupé, in dem er noch immer fuhr, als längst schon Autos in Mode gekommen waren – durch all das ging er in die aus Richtigem und Falschem unentwirrbar gemischte Legende ein, und als es ihm mit fünfundachtzig Jahren schließlich gelang, das Derby zu gewinnen, wurden ihm Ovationen dargebracht, wie sie noch nie jemand erhalten hatte. Seine Frau allein ahnte, wie sehr diese Eigenheiten berechnet waren. Sie, die von Natur aus gar keine Verstellungskunst besaß, hatte nach siebzigjährigem Zusammensein mit Henry Holland gelernt, ihre wahre Natur mit einem Firnis von Zynismus zu überziehen. »Der gute Alte«, sagten die Londoner Geschäftsleute im Zuge, »nun ist er tot.«

Er war wirklich tot, endgültig und unwiderruflich. So dachte auch seine Witwe, als sie an seinem Totenbett in Elm Park Gardens auf ihn niedersah. Die Rolläden waren nicht heruntergelassen, denn er hatte sich immer ausbedungen, daß das Haus nicht verdunkelt werden sollte, wenn er einmal stürbe, und selbst nach seinem Tode wäre es niemandem eingefallen, seinen Befehlen nicht zu gehorchen. Er lag dort im vollen Sonnenlicht und ersparte so dem Bildhauer die Mühe, sein Antlitz in Stein zu meißeln. Sein liebster Urenkel, dem alles erlaubt war, hatte ihn oft damit geneckt, daß er einen schönen Leichnam abgeben würde, und jetzt, wo der Spaß Wirklichkeit geworden war, war die Wirklichkeit um so eindringlicher, weil sie durch einen Scherz vorausgenommen worden war. Sein Gesicht war von jener Art, von der man schon bei Lebzeiten die Vorstellung hat, sie werde einmal gut zu der hohen Würde des Todes passen. Die knochige Architektur von Nase, Kinn und Schläfen trat um so deutlicher hervor, weil das Fleisch etwas eingesunken war. Die Lippen bildeten eine strengere Linie, die Erfahrung einer Lebenszeit lag hinter ihnen versiegelt. Überdies sah Lord Slane, und das war das Wichtigste, im Tode ebenso gepflegt aus, wie er im Leben ausgesehen hatte. Selbst jetzt, wo ein Bettlaken ihn bedeckte, hätte man sagen können: »Dies ist ein Dandy.«

Aber trotz der Würde, die ihm der Tod verlieh, enthüllte er auch etwas. Das Gesicht, das im Leben so edel ausgesehen hatte, verlor im Tode etwas von diesem Adel. Die Lippen, die zu humorvoll gekräuselt gewesen waren, um unangenehm hämisch zu sein, verrieten jetzt ihre spröde Dünnigkeit. Der sorgfältig verhehlte Ehrgeiz enthüllte sich jetzt voll in dem kühnen Schwung der Nasenflügel. Die Härte, die sich unter einem bezaubernden Wesen verkleidet hatte, blieb jetzt, wo ihr der Schutz eines Lächelns genommen war, allein übrig. Er war schön, aber er war weniger angenehm. Allein im Zimmer, betrachtete seine Witwe ihn, und Überlegungen zogen ihr durch den Kopf, die ihre Kinder sehr überrascht haben würden, hätten sie ihre Gedanken lesen können.

Ihre Kinder waren jedoch nicht anwesend, um sie beobachten zu können. Sie waren im Salon versammelt, alle sechs; mit zwei Frauen und einem Ehemann brachten sie es auf neun. Diese Anzahl reichte aus, um eine schreckenerregende Familienversammlung zustande zu bringen. Alte schwarze Raben, dachte Edith, die Jüngste, die immer in Aufregung war und immer versuchte, die Dinge in Form einer Sentenz zusammenzufassen, wie wenn man Wasser in einen Eimer schüttet, aber große Tropfen der Bedeutung ihrer Worte und der stillschweigenden Folgerungen, die man daraus ziehen konnte, flossen über, spritzten umher und gingen verloren. Das Unternehmen, sie wieder einzufangen, nachdem sie einmal verschüttet waren, war so hoffnungslos wie der Versuch, Wasser in der Hand zu halten. Vielleicht, wenn immer ein Notizbuch und ein Bleistift zur Hand gewesen wären – aber dann wäre der Gedanke abhanden gekommen, während man nach dem richtigen Wort suchte, und überdies war es schwierig, ein Notizbuch zu benutzen, ohne daß jeder es sah. Höchstens mit Stenographie – aber man durfte seinen Gedanken nicht so freien Lauf lassen, man mußte geistige Disziplin bewahren, seine Aufmerksamkeit auf den gerade vorliegenden Gegenstand richten, wie es andere Leute ohne jede Schwierigkeit fertigzubringen schienen, obschon, wenn man diese Lektion mit sechzig Jahren noch nicht gelernt hatte, man sie wahrscheinlich nie mehr lernen würde. Eine schreckenerregende Familienversammlung, dachte Edith, zu ihrem ersten Gedanken zurückkehrend: Herbert, Carrie, Charles, William und Kay; Mabel, Lavinia, Roland. Man konnte sie in Gruppen einteilen: Die Hollands selbst, die Schwägerinnen, der Schwager. Dann konnte man sie auch anders zusammenstellen: Herbert und Mabel, Carrie und Roland; Charles; William und Lavinia, und dann Kay ganz für sich. Es geschah nicht oft, daß sie alle zusammenkamen, ohne daß einer fehlte. Seltsam, dachte Edith, daß der Tod die Menschen zusammenführt, wie wenn alle Lebenden sofort zusammenliefen, um sich gegenseitig zu schützen und zu stützen. Meine Güte, wie alt wir alle sind! Herbert muß achtundsechzig sein, und ich bin sechzig, Vater war über neunzig, und Mutter ist achtundachtzig. Edith, die begonnen hatte, ihr Gesamtalter zusammenzurechnen, überraschte sie alle durch die Frage: »Wie alt bist du, Lavinia?« Bestürzt sahen sie sie alle mit stillschweigendem Tadel an, aber das war echt Edith, sie hörte nie zu, was gesagt wurde, und machte dann plötzlich eine ganz abwegige Bemerkung. Edith hätte ihnen erzählen können, daß sie ihr ganzes Leben versucht hatte, ihre Meinung zu sagen, daß es ihr aber nie gelungen war. Nur zu oft sagte sie genau das Gegenteil von dem, was sie sagen wollte. Sie hatte immer schreckliche Angst, es könnte ihr eines Tages einmal ein unschickliches Wort über die Lippen schlüpfen. So könnte sie vielleicht sagen: »Ist es nicht herrlich, daß Vater tot ist?«, anstatt: »Ist es nicht schrecklich?«. Und dann gab es noch entsetzlichere Möglichkeiten, daß man nämlich einmal ein wirklich furchtbares Wort gebrauchen könnte, eines von jenen Wörtern, die die Schlachterjungen mit Bleistift an die weißgetünchten Wände des Lieferanteneingangs kritzelten, über das man in ausweichenden Andeutungen mit der Köchin sprechen mußte, eine unangenehme Aufgabe, die Edith in Elm Park Gardens zufiel und die in London tausend Ediths übernehmen mußten. Aber von diesen Befürchtungen wußte ihre Familie nichts.

Ihre Angehörigen waren jetzt zufriedengestellt, da sie sahen, daß sie errötete und daß ihre Hände nervös die grauen Haarsträhnen ordneten. Diese Gebärde sollte bedeuten, daß sie nichts gesagt hatte. Sie kehrten daher, nachdem sie sie in diese Verwirrung gebracht hatten, zu ihrer Unterhaltung zurück, die sie in geziemend gedämpftem und traurigem Ton führten. Selbst Herbert und Carrie senkten ihre gewöhnlich sehr eindringlichen Stimmen. Ihr Vater lag oben, und ihre Mutter war bei ihm.

»Mutter ist wundervoll.«

Edith ging dieser Satz auf die Nerven, denn sie hatten ihn schon mehrmals wiederholt. Aus dem Ton ihrer Worte klang Überraschung, als hätten sie erwartet, ihre Mutter würde toben, rasen, kreischen und sich mit äußerster Verzweiflung gebärden. Edith wußte sehr gut, daß ihre Geschwister im geheimen der Anschauung huldigten, ihre Mutter sei so etwas wie ein Einfaltspinsel. Von Zeit zu Zeit ließ sie Bemerkungen fallen, die mit einem normalen Verstande nicht zu vereinbaren waren. Sie konnte mit der Welt, so wie sie wirklich war, nicht recht fertig werden. Sie sagte leicht unüberlegte Dinge, die, wenn sie auch auf englisch geäußert wurden, doch nicht mehr Sinn ergaben, als wären sie in der Sprache eines anderen Planeten gesprochen worden. Sie hatten ihre Meinung oft auf höfliche Weise und in dem bittersüßen Ton, den man bei einem Familienspaß anschlägt, mit den Worten ausgedrückt: »Mutter ist ein Wechselbalg.« Jetzt bei diesem unglücklichen Ereignis hatten sie einen neuen Satz gefunden: »Mutter ist wundervoll.« Solche Worte waren eben bei derartiger Gelegenheit üblich, und deshalb wiederholten sie sie immer wieder wie einen Kehrreim, der von Zeit zu Zeit ihre Unterhaltung unterbrach und plötzlich auf eine höhere Ebene führte. Dann sank das Gespräch wieder ab und beschäftigte sich mit praktischen Dingen. Mutter war wundervoll, aber was sollte mit Mutter geschehen? Offensichtlich konnte sie für den Rest ihres Lebens nicht dauernd wundervoll bleiben. Irgendwo, irgendwie mußte man ihr schon gestatten, zusammenzubrechen, und wenn das vorüber war, mußte sie irgendwo untergebracht werden. Man mußte für sie sorgen, man mußte daran denken, wo sie wohnen sollte. Draußen auf den Straßen mochten die Zeitungsverkäufer die großen Schlagzeilen hochhalten: *Lord Slane gestorben.* Die Journalisten mochten Fleet Street auf und ab rennen, um das Material für ihre Artikel zusammenzubringen, sie mochten sich auf die Wandfächer stürzen, diese gruseligen Taubenlöcher, wo die Nachrufe für den Fall des Ablebens fix und fertig bereitlagen, sie mochten die Leute bestürmen, die nähere Einzelheiten wußten: »Sagen Sie mal, trug der alte Slane sein Kleingeld tatsächlich in Kupfermünzen bei sich? Trug er wirklich Kreppsohlen? Stippte er das Brot in den Kaffee ein?« Irgendwas, das den Artikel interessant machte. Depeschenausträger mochten klingeln, ihre roten Fahrräder gegen den Randstein stellen, um ihre braunen Beileidstelegramme abzuliefern, Telegramme aus der ganzen Welt, von allen Teilen des Reiches, besonders aus solchen, in denen Lord Slane ein hohes Amt bekleidet hatte. Blumengeschäfte mochten ihre Kränze schicken – schon war die enge Halle voll von ihnen –, »unschicklich früh«, sagte Herbert, der trotzdem eifersüchtig durch sein Monokel die angehefteten Karten studierte. Alte Freunde mochten vorsprechen – »Herbert – so unerwartet plötzlich – ich habe mich natürlich nicht der Hoffnung hingegeben, Ihre teure Mutter sprechen zu können –«. Aber offenbar hatten sie das doch erwartet, hatten gedacht, sie würden die einzige Ausnahme sein, und Herbert mußte sie hinauskomplimentieren, eine Aufgabe, der er sich gar nicht ungern unterzog. »Sie verstehen, Mutter ist natürlich ziemlich fassungslos, hält sich allerdings wundervoll, muß ich sagen, aber augenblicklich, das werden Sie sicherlich verstehen, sieht sie natürlich nur *uns.*« Und so gingen sie, nachdem sie mit Herbert viele herzliche Händedrücke gewechselt hatten, fort, ohne daß sie weiter gekommen waren als bis in die Halle oder zur Haustür. Zeitungsberichterstatter mochten draußen auf dem Bürgersteig herumlungern und ihre Kameras wie schwarze Ziehharmonikas schwenken. All das mochte außerhalb des Hauses vor sich gehen, aber innerhalb desselben war Mutter oben beim Vater, und das Problem ihrer Zukunft lastete schwer auf ihren Söhnen und Töchtern.

Sie würde natürlich die Weisheit der Anordnungen, die sie etwa treffen würden, nicht in Frage stellen. Mutter hatte keinen eigenen Willen. Ihr ganzes Leben lang hatte sie sich in anmutiger und sanfter Weise gänzlich untergeordnet, war mehr oder minder nichts anderes gewesen als ein – Anhängsel. Man dachte, sie besäße nicht genug

Verstand, um ihren Willen zur Geltung zu bringen. »Gott sei Dank«, bemerkte Herbert manchmal, »ist Mutter keine von diesen geschäftstüchtigen Frauen.« Die Möglichkeit, daß sie etwa Gedanken haben könnte, die sie für sich selbst behielt, wurde gar nicht in Betracht gezogen. Es war also nicht anzunehmen, daß ihre Mutter ihnen irgendwelche Schwierigkeiten bereiten würde. Auch die Möglichkeit, daß sie sich etwa ihnen entgegenstellen und ihnen einen Streich spielen könnte – mehrere Streiche vielleicht –, nachdem sie sich Jahre hindurch in zwar etwas unbeholfener, aber immer liebenswerter Art unter ihnen bewegt hatte, wurde nicht in Erwägung gezogen. Sie war keine geschäftstüchtige Frau. Sie würde ihnen dankbar sein, wenn sie für die paar Jahre, die sie noch zu leben hatte, die geeigneten Anordnungen für sie träfen.

Sie standen im Salon beieinander, traten unbehaglich von einem Fuß auf den anderen, aber es kam ihnen gar nicht der Gedanke, sich zu setzen. Sie würden das für unehrerbietig gehalten haben. Trotz ihrer verstandesmäßigen, praktischen Einstellung brachte der Tod, selbst ein Tod, der zu erwarten war, sie etwas durcheinander. Es hing jene Unruhe und Unbehaglichkeit über ihnen, wie sie Menschen ergreift, die eine Reise antreten oder deren Leben plötzlich ernstlich gestört worden ist. Edith hätte sich gern gesetzt, wagte es aber nicht. Wie groß sie alle waren, dachte sie, groß und schwarz und ältlich, hatten sie doch selbst schon Enkelkinder. Welch ein Glück, überlegte sie, daß wir alle gewöhnlich so viel Schwarz tragen, denn unsere Trauerkleidung würde jetzt sicherlich noch nicht fertig sein, und wie schrecklich wäre es für Carrie gewesen, in einem rosa Unterkleid zu kommen. So waren sie alle schwarz wie Krähen. Carries schwarze Handschuhe lagen mit ihrer Boa und ihrer Handtasche auf dem Schreibtisch. Die Damen der Familie Holland trugen noch Boas, hohe Kragen und lange Röcke, die sie aufheben mußten, wenn sie die Straße überquerten. Jedes Zugeständnis an die Mode war nach ihrem Gefühl für ihr Alter unpassend. Edith bewunderte ihre Schwester Carrie. Sie liebte sie nicht, und sie hatte Angst vor ihr, aber sie bewunderte und beneidete sie schrecklich. Carrie hatte die Adlernase und das gebieterische Auftreten ihres Vaters geerbt, sie war groß, bleich und vornehm. Auch Herbert, Charles und William waren groß und vornehm, nur Kay und Edith waren klein und dick. Ediths Gedanken gingen wieder auf Wanderschaft. Kay und ich könnten einer anderen Familie angehören, dachte sie. Kay war tatsächlich ein kleiner, dicklicher alter Herr mit klaren blauen Augen und einem netten weißen Bart. Auch hierin unterschied er sich von seinen Brüdern, die glattrasiert waren. Was für eine sonderbare Bewandtnis es doch mit dem Aussehen eines Menschen hatte! Und zu welch ungerechter Beurteilung es verleitete! Es bestimmte für das ganze Leben die Art und Weise, wie einen die Leute einschätzten. Wenn man unbedeutend aussah, wurde man für unbedeutend angesehen, aber man sah wahrscheinlich nicht unbedeutend aus, wenn man es nicht verdiente. Doch Kay schien ganz glücklich zu sein. Er bekümmerte sich nicht um Bedeutung noch um irgend etwas anderes. Seine Junggesellenwohnung und seine Sammlung von Kompassen und Astrolabien schien ihn genau so zu befriedigen wie einen anderen allgemeine Anerkennung, eine Frau oder ein persönlicheres Leben. Er war nämlich die größte lebende Autorität für Globen, Kompasse, Astrolabien und andere ähnliche Instrumente. Wie glücklich ist Kay doch, dachte Edith, daß er sich so in Zufriedenheit auf ein kleines Gebiet konzentriert hat. (Es war allerdings sonderbar, daß jemand, der nie das Meer geliebt oder einen Berg erstiegen hatte, sich solche Symbole erwählt hatte. Für ihn waren sie wohlgeordnete und etikettierte Sammlerstücke, aber für die romantische Edith stieg eine weite dunkle Welt hinter ihren Messingverzierungen und Mahagonieinfassungen auf, dem Durcheinander von Zapfen und Doppelringen, Scheiben und Kreisen, der vergoldeten Bronze und dem nußbraunen Holz, den Zeichen des Tierkreises und den auf den Wellen spielenden Delphinen, eine weite dunkle Welt, wo auf den Karten nur Gefahrenzonen und unerforschte Gebiete verzeichnet waren und wild aussehende Männer Flintenkugeln kauten, um ihren Durst zu löschen.)

»Dann ist die Frage des Einkommens zu bedenken«, sagte William.

Wie bezeichnend für William, Mutters Zukunft mit Finanzfragen zu verquicken, denn für William und Lavinia war Sparsamkeit an und für sich eine Lebensaufgabe. Fallobst mußte sofort zu Kompott verarbeitet werden, damit es nicht verkam. Verschwendung war für William und Lavinia ein Schreckbild. Selbst die Zeitung mußte zu Fidibussen zusammengerollt werden, um die Streichhölzer zu sparen. Sie hatten die Leidenschaft, für nichts etwas zu erhalten. Jede Brombeere in der Hecke bereitete Lavinia Angstqualen, bis sie eingemacht war. In Godalming, wo sie auf einem kleinen Grundstück lebten, verbrachten sie schmerzvoll-glückliche Abende in Berechnungen, ob ein von Küchenabfällen gefüttertes Schwein sich wohl bezahlt mache und ob ein Dutzend Hennen wohl mehr Körner fräßen, als ihre Eier wert waren. Nun, dachte Edith, die Zeit muß ihnen ganz angenehm vergehen, wenn sie ständig so etwas zu überlegen haben, aber wie elend muß es sie machen, wenn sie an all die Säcke Gold denken, die sie seit ihrer Verheiratung verschwendet haben. Einen Augenblick mal, dachte Edith, William ist der Vierte, er muß also vierundsechzig sein. Er muß jetzt dreißig Jahre verheiratet sein. Wenn sie also fünfzehnhundert Pfund jährlich ausgegeben haben – so etwas dürfte es wohl sein, wenn man die Ausgaben für die Erziehung der Kinder und alles übrige in Anschlag bringt –, so macht das fünfundvierzigtausend Pfund, eine ganze Schiffsladung Gold, wie sie die Taucher auf dem Meeresboden suchen. Aber Herbert sagte etwas. Herbert war immer gut unterrichtet, und das Überraschende bei solch einem Dummkopf war, daß seine Mitteilungen gewöhnlich stimmten.

»Darüber kann ich Auskunft geben.« Er klemmte zwei Finger in den Kragen, schob ihn zurecht, warf das Kinn nach oben, räusperte sich und sah im Vorgenuß seines Orakelspruchs seine Verwandten durchdringend an. »Darüber kann ich Auskunft geben. Ich habe das mit Vater besprochen – er zog mich, wie ich wohl sagen darf, ins Vertrauen. Hm! Vater war, wie ihr wißt, kein reicher Mann, und der größte Teil seines Einkommens geht mit ihm dahin. Mutter wird ein Reineinkommen von fünfhundert Pfund jährlich verbleiben.«

Sie verdauten die Tatsache. William und Lavinia tauschten Blicke aus, und man konnte sehen, daß ihr Geist rasch und geübt verwikkelte Berechnungen durchführte. Edith, die bei ihren Verwandten unter der Hand für geistig nicht ganz vollwertig galt, konnte gelegentlich überraschend scharfsinnig sein – sie hatte die Gewohnheit, durch die Worte ihrer Bekannten hindurch direkt ihre Motive zu sehen und die daraus gezogenen Folgerungen mit einer eher verwirrenden als diskreten Offenheit kundzugeben. Sie erkannte sofort, was William sagen wollte, wenn sie auch fürs erste den Mund hielt. Aber sie kicherte in sich hinein, als sie seine Worte hörte.

»Was ich sagen wollte, Herbert, hat Vater im Laufe seiner vertraulichen Mitteilungen wohl zufällig die Juwelen erwähnt?«

»Jawohl. Die Juwelen bilden, wie ihr wißt, nicht den unbedeutendsten Teil seiner Hinterlassenschaft. Sie waren sein persönliches Eigentum, und er hat es für richtig gehalten, sie bedingungslos Mutter zu vermachen.«

Eine tüchtige Ohrfeige für Herbert und Mabel, dachte Edith. Sie erwarteten wohl, daß Vater die Juwelen als Erbstücke seinem ältesten Sohn hinterließe. Ein Blick auf Mabels Gesicht zeigte ihr jedoch, daß die Ankündigung für sie nicht überraschend kam. Offenbar hatte Herbert seiner Frau die vertraulichen Mitteilungen bereits kundgetan – und Mabel konnte von Glück sagen, dachte Edith, wenn Herbert es sie nicht hatte entgelten lassen, es nicht fertiggebracht zu haben, ihn in einen erfolgreichen Erben zu verwandeln.

»In diesem Fall«, sagte William mit Entschiedenheit – denn obwohl er und Lavinia auf einen Teil der Juwelen gehofft hatten, war der Gedanke doch angenehm, daß auch Herbert und Mabel enttäuscht worden waren –, »in diesem Fall wird Mutter sie sicher verkaufen wollen. Und auch mit Recht. Denn warum sollte sie einen Haufen nutzlosen Geschmeides auf der Bank liegenlassen? Meiner Meinung nach müßten die Juwelen fünf- bis siebentausend Pfund einbringen, wenn sie richtig auf den Markt gebracht würden.«

»Aber wichtiger als die Juwelen- oder Einkommensfrage«, fuhr Herbert fort, »ist die Frage, wo Mutter unterkommen soll. Man kann sie nicht allein lassen. Auf jeden Fall wird sie es sich nicht leisten können, dieses Haus weiterzuführen. Es muß verkauft werden. Wohin also soll sie gehen?« Wieder ein musternder Blick. »Es ist klar, daß es unsere Pflicht ist, uns um sie zu bekümmern. Wir müssen ihr ein Heim bieten.« Es war wie eine vorbereitete Rede.

Alle diese alten Leute, dachte Edith, die über eine noch ältere Person verfügen! Doch es schien unvermeidlich zu sein. Mutter würde ihr Jahr zwischen ihnen teilen: drei Monate bei Herbert und Mabel, drei bei Carrie und Roland, drei bei Charles, drei bei William und Lavinia – aber wie war es dann mit ihr selbst und Kay? Sie tauchte wieder einmal an die Oberfläche ihrer Überlegungen und ließ eine ihrer plötzlichen und schlecht gewählten Bemerkungen los. »Aber sicher sollte ich die Hauptlast tragen – ich habe immer zu Hause gelebt – ich bin unverheiratet.«

»Last?« sagte Carrie und drehte sich zu ihr hin. Edith sank sofort vernichtet zusammen. »Last? Meine liebe Edith! Wer spricht von

Last? Nach meiner Überzeugung werden wir alle es als eine Freude – ein Vorrecht – ansehen, für Mutter in diesen letzten Jahren ihres Lebens zu sorgen, denn traurig werden sie auf jeden Fall sein, da ihr das einzige genommen ist, wofür sie lebte. Ich glaube kaum, Edith, daß ›Last‹ das rechte Wort ist.«

Edith stimmte ergeben bei: nein, natürlich nicht. Mehrmals so isoliert wiederholt, aus dem Zusammenhang gerissen, ohne die Stütze der begleitenden und mildernden Worte, klang das Wort hart und plump, beinahe sinnlos, etwas wie kunter ohne bunt oder Mords ohne Kerl. Was wollte sie doch damit sagen, die Hauptlast tragen? Nein, Last hatte sie ja gar nicht gemeint. »Ich dachte mir nur«, sagte Edith, »daß ich mit Mutter zusammenleben sollte.«

Sie sah, wie Kays Gesicht sich aufhellte. Er hatte offenbar an seine behaglichen Zimmer und seine Sammlungen gedacht. Herberts Stimme war wie die Trompete gewesen, die die Mauern Jerichos zu Fall zu bringen drohte. Alle blickten auf Edith und überlegten die Möglichkeit, die sie ihnen bot. Die unverheiratete Tochter – natürlich, das war die einzige vernünftige Lösung. Aber die Hollands waren keine Leute, die sich vor einer Pflicht gedrückt hätten, und je lästiger die Pflicht war, desto unwahrscheinlicher war es, daß sie ihr aus dem Wege gingen. Freude war für sie eine Angelegenheit, die sie selten in Erwägung zogen, aber Pflicht war ihnen immer gegenwärtig, sie erfüllten sie immer erst und manchmal grimmig. Die Energie ihres Vaters war auf sie übergegangen, wenn sie auch auf dem Wege etwas sauer geworden war. Carrie sprach für ihre Verwandten. Carrie war eine gute Seele, aber wie so viele gute Seelen führte sie meistens Unzufriedenheit und Streit herbei.

»An dem, was Edith sagt, ist sicher etwas dran. Sie hat immer zu Hause gelebt, und die Veränderung würde nicht sehr groß für sie sein. Ich weiß natürlich, daß sie oft den Wunsch gehabe hat, unabhängig zu sein und ein eigenes Heim zu haben – nicht wahr, liebe Edith?« sagte sic mit einem herablassenden Lächeln. »Aber ich meine, sie weigerte sich mit Recht, Vater und Mutter zu verlassen, solange sie ihnen irgendwie von Nutzen sein konnte. Ich habe jedoch jetzt das Gefühl, daß wir alle unseren Teil beitragen sollten. Wir dürfen Ediths oder Mutters Selbstlosigkeit nicht ausnützen. Ich bin überzeugt, ich spreche auch für dich, Herbert, und auch für dich, William. Es würde für Mutter sehr vorteilhaft sein, wenn sie, anstatt ein neues Haus zu nehmen, abwechselnd ihr Heim bei uns allen aufschlagen könnte.«

»Ganz richtig«, stimmte Herbert bei und rückte wieder seinen Kragen zurecht, »ganz recht, ganz recht.«

William und Lavinia tauschten Blicke aus.

»Natürlich«, begann William, »würden Lavinia und ich trotz unseres beschränkten Einkommens Mutter immer gern willkommen heißen. Gleichzeitig aber, meine ich, müßte man irgendeine finanzielle Regelung treffen. Das wäre auch für Mutter befriedigender. Sie brauchte dann keinerlei Verlegenheit zu empfinden. Vielleicht zwei Pfund wöchentlich oder fünfunddreißig Schilling...«

»Ich stimme völlig mit William überein«, sagte Charles unerwartet. »Wenn ich für mich selbst sprechen darf, so ist die Pension des Generals so lächerlich gering, daß die Beherbergung eines Gastes die mir zur Verfügung stehenden Mittel aufs stärkste belasten würde. Wie ihr wißt, lebe ich sehr bescheiden in einer kleinen Mietwohnung. Ich habe kein Fremdenzimmer. Ich hoffe natürlich, daß die Pensionsfrage eines Tages in Ordnung gebracht werden wird. Ich habe dem Kriegsministerium darüber eine lange Denkschrift eingereicht, ich habe auch einen Brief an die *Times* geschrieben, den man zweifellos bis zu einer passenden Gelegenheit in Reserve hält, da man ihn bis jetzt noch nicht abgedruckt hat, obschon unter der jetzigen elenden Regierung wenig Aussicht auf eine Reform besteht.« Charles räusperte sich befriedigt. Er hatte das Gefühl, eine ziemlich gute Rede gehalten zu haben, blickte einen nach dem anderen an und erwartete Zustimmung. Er war nicht umsonst General Sir Charles Holland.

»Ist das nicht eine ziemlich peinliche...« begann die neue Lady Slane.

»Sei still, Mabel«, sagte Herbert. Man hörte ihn selten einen anderen Satz an seine Frau richten, auch gelang es Mabel nicht oft, über vier oder fünf Eröffnungsworte hinauszukommen. »Dies ist ganz und gar eine Familienangelegenheit, bitte. In jedem Fall kann sie in allen Einzelheiten erst – hm – nach Vaters Beerdigung erörtert werden. Ich weiß gar nicht, wie dieses unangenehme Thema überhaupt zur Sprache gekommen ist.« (Das geht gegen William, dachte Edith.) »Inzwischen muß Mutter natürlich in allen unseren Gedanken an erster Stelle stehen. Alles, was wir tun können, um ihre Gefühle zu schonen... Wir dürfen schließlich nicht vergessen, daß ihr Leben zerstört ist. Ihr wißt, daß sie nur für Vater gelebt hat. Wir würden uns mit Recht schweren Tadel zuziehen, wenn wir sie jetzt in ihrer Vereinsamung verlassen würden.«

Aha, das ist's also, dachte Edith: was werden die Leute sagen? Sie wollen zwei Dinge vereinigen: man soll eine gute Meinung von ihnen haben, und gleichzeitig wollen sie der armen Mutter ein bißchen Geld abnehmen. Weiter nichts als Zank und Hader, dachte sie – denn sie kannte diese Diskussionen im Kreise der Familie nur zu gut. Sie werden wochenlang wegen Mutters hadern, so wie Hunde sich um einen alten, sehr alten Knochen streiten. Nur Kay wird versuchen, sich herauszuhalten. William und Lavinia werden am schlimmsten sein. Sie wollen Mutter als zahlenden Gast haben und dann bescheiden an ihren Nasen entlangsehen, während ihre Bekannten sie mit Lobsprüchen überhäufen. Carrie wird die Miene einer großen Dulderin zur Schau tragen. So geht es also zu, dachte sie, wenn ein Mensch stirbt. Dann entdeckte sie, daß unter diesen Gedankengängen noch andere, tiefere verborgen waren, nämlich, ob es ihr jetzt möglich sein würde, unabhängig zu leben. Sie sah im Geiste die kleine Wohnung, die ihr gehören würde, das trauliche Wohnzimmer, das Alleinmädchen und den Hausschlüssel, die Abende, die sie lesend am Kamin zubringen würde. Sie brauchte keine Briefe mehr für Vater zu beantworten, sie brauchte Mutter nicht mehr zu begleiten, wenn diese eine neue Abteilung in einem Krankenhaus eröffnete, sie brauchte im Haushaltungsbuch nicht mehr die täglichen Ausgaben zusammenzuzählen und Vater nicht mehr zu einem Spaziergang in den Park zu führen. Und schließlich würde sie sich endlich einen Kanarienvogel anschaffen können. Wie hätte sie da nicht hoffen sollen, daß Herbert, Carrie, Charles und William Mutter abwechselnd bei sich aufnehmen würden? So entsetzt sie über die Absichten der anderen war, sie mußte innerlich zugeben, selbst auch nicht besser als die übrigen Mitglieder ihrer Familie zu sein.

*

Edith hatte Angst, in diesem fremd gewordenen Hause mit ihrer lebenden Mutter und ihrem toten Vater allein zu bleiben. Sie konnte diese Angst nicht eingestehen, aber sie tat alles, was sie konnte, um ihre Brüder und ihre Schwester möglichst lange dazubehalten. Selbst Carrie und Herbert, die sie nicht besonders gern mochte, und

Charles und William, die ihr beinahe zuwider waren, empfand sie jetzt als angenehme und wünschenswerte Gesellschafter. Sie hielt sie unter allen möglichen Vorwänden zurück und fürchtete den Augenblick, wo sich die Haustür endgültig hinter ihnen schlösse. Selbst Kay wäre besser gewesen als nichts. Aber Kay machte sich vor den anderen davon. Sie flatterte bis an die Treppe hinter ihm her. Er drehte sich um, um zu sehen, wer ihm folgte, drehte sich um, so daß man sein nettes weißes Bärtchen und sein wohlgenährtes Bäuchlein erblickte, über das sich eine Uhrkette spannte. »Du gehst schon, Kay?« Er war ärgerlich, weil er einen Vorwurf in Ediths Ton zu vernehmen glaubte, wo er in Wirklichkeit nur eine Bitte hätte heraushören sollen. Er war ärgerlich, weil ihm die Absicht, eine Verabredung einzuhalten, bereits ein Schuldgefühl verursachte. Hätte er doch lieber zum Essen in Elm Park Gardens bleiben sollen? Aber er hatte sein Gewissen mit der Ausrede getröstet, daß er die Dienerschaft nicht zu sehr belasten dürfe. Als daher Edith hinter ihm herrannte, dämpfte er seinen Ärger und sah so wenig verärgert aus, wie es ihm nur möglich war. »Du gehst schon, Kay?«

Kay ging. Er müsse etwas essen. Er könne ja später wiederkommen, wenn Edith es wünsche. Er sagte das, weil er, wenn ihm auch seine eigene Bequemlichkeit über alles ging, doch feige war und alle Unannehmlichkeiten um jeden Preis vermeiden wollte. Zum Glück für ihn war auch Edith feige und nahm sofort jeden Tadel oder jede Bitte, die man etwa aus ihrer Frage hätte folgern können, zurück. »O nein, Kay, das meinte ich natürlich nicht. Warum solltest du wiederkommen? Ich werde schon für Mutter sorgen. Kommst du morgen früh?«

»Ja«, sagte Kay erleichtert. Er werde morgen früh kommen. So früh wie möglich. Sie gaben sich einen Kuß. Das hatten sie schon seit vielen Jahren nicht mehr getan, aber so etwas war eine der sonderbaren Wirkungen des Todes: ältliche Geschwister tupften einander auf die Wangen. Da sie es nicht mehr gewohnt waren, kamen ihnen ihre Nasen in den Weg. Beide blickten, nachdem sie sich geküßt hatten, den dunklen Schacht des Treppenhauses hinauf, zu dem Stockwerk hin, wo ihr Vater lag. Dann trippelte Kay in plötzlicher Verlegenheit eilig die Treppe hinunter. Er hatte ein Gefühl der Erleichterung, als sich die Haustür hinter ihm schloß und er auf der Straße war. Ein Maiabend, ein Alltagsabend in London. King's Road war von

Autodroschken belebt. FitzGeorge wartete auf ihn im Klub. Er durfte Fitz nicht warten lassen. Er würde nicht mit dem Omnibus fahren, sondern eine Droschke nehmen.

FitzGeorge war sein ältester, ja sogar sein einziger Freund. Es trennte sie ein Altersunterschied von über zwanzig Jahren, aber wenn man einmal sechzig ist, spielen solche Ungleichheiten keine große Rolle mehr. Die zwei alten Herren hatten in vielen Dingen denselben Geschmack. Sie waren beide eifrige Sammler, der einzige Unterschied zwischen ihnen war nur, daß der eine weit mehr Geld hatte als der andere. FitzGeorge war enorm reich, er war Millionär. Kay Holland war arm – alle Hollands waren verhältnismäßig arm, obwohl ihr Vater Vizekönig von Indien gewesen war. FitzGeorge konnte alles kaufen, was er wollte, aber zum Ausgleich war er so verschroben, daß er wie ein Armenhäusler im obersten Stock eines Hauses in Bernard Street in zwei Zimmern wohnte und an einem Kunstwerk nur dann Gefallen fand, wenn er es selbst entdeckt und möglichst billig erworben hatte. Da er einen außerordentlichen Instinkt für Entdeckungen und billige Erwerbungen besaß – er fand etwa in den Kellerräumen großer Möbelgeschäfte in Tottenham Court Road Donatellos, von denen niemand eine Ahnung hatte –, hatte er für billiges Geld (zu seinem eigenen Entzücken und zur zwar mit Neid erfüllten, aber dafür um so ehrlicheren Bewunderung Kay Hollands) eine aus verschiedenartigen Kunstwerken bestehende Sammlung zusammengebracht, auf die sowohl das Britische wie das Kensington-Museum ein Auge geworfen hatten. Niemand wußte, was er mit diesen Sachen anfangen würde. Er konnte sie ebensogut alle Kay Holland vermachen wie sie in Russell Square auf einem Scheiterhaufen verbrennen. Sichtbare Erben hatte er ebensowenig wie sichtbare Ahnen. Mittlerweile hielt er seine Schätze eng bei sich. Die wenigen Leute, die das Vorrecht genossen, ihn in seinen zwei Zimmern besuchen zu dürfen, erzählten, daß Figuren aus der Ming-Zeit in ein paar Socken eingewickelt, Zeichnungen von Leonardo im Bad verstaut und elamitische Töpfereien auf Stühlen aufgestellt seien. Sicher war, daß man während eines Besuches stehenbleiben mußte, da kein freier Stuhl da war, auf den man sich setzen konnte. Jadevasen mußten erst aus dem Wege geräumt werden, bevor FitzGeorge einem höchst widerwillig eine Tasse des billigsten Tees anbieten konnte, den er selbst auf einer Gasflamme kochte. Von den

Besuchern erhielten nur diejenigen eine zweite Einladung, die den Tee abgelehnt hatten.

Fast jedermann kannte ihn von Ansehen. Wenn die Leute ihn mit seinem viereckigen Hut und seinem altmodischen Gehrock zu Christie hineingehen sahen, sagten sie: »Da ist der alte Fitz.« Winter wie Sommer war er gleich gekleidet. Derselbe Hut, derselbe Gehrock, und gewöhnlich trug er ein Paket unter dem Arm. Was das Paket enthielt, wurde nie offenbar. Es konnte eine Tasse aus Dresdener Porzellan oder ein Bückling sein, den sich FitzGeorge fürs Abendessen gekauft hatte. Er war ein echtes Londoner Original, und darum mochten ihn die Londoner gern, aber niemand, nicht einmal Kay Holland, hätte sich einfallen lassen, ihn stracks ins Gesicht Fitz zu nennen, wie unbekümmert sie auch sagen mochten: »Da ist der alte Fitz«, wenn sie ihn vorübergehen sahen. Man sagte, das glücklichste Ereignis in seinem Leben sei der Tod Lord Clanricardes gewesen. An jenem Tage war der alte Fitz mit einer Blume im Knopfloch durch St. James's Street gegangen, und all die anderen Herren, die an den Klubfenstern saßen, hatten genau gewußt, warum.

Obschon Herr FitzGeorge und Kay Holland seit dreißig Jahren Freunde waren, bestand doch keine persönliche Vertraulichkeit zwischen ihnen. Wenn sie zusammen beim Essen saßen – gewöhnlich bei Boodle oder im Thatched House Club, wo sie Bier tranken und jeder für sich bezahlte –, erörterten sie Preise und Kataloge ebenso unerschöpflich, wie ein Liebespaar über seine Herzensangelegenheiten spricht, aber darüber hinaus wußten sie nicht das geringste voneinander. Natürlich wußte FitzGeorge, daß Kay der Sohn des alten Slane war, aber Kay wußte von FitzGeorges Verwandten nicht mehr als jeder andere. Möglicherweise wußte nicht einmal FitzGeorge selbst etwas über sie, so sagten wenigstens die Leute, indem sie ihren Verdacht auf die zu allerlei Vermutungen Anlaß gebende Vorsilbe seines Namens gründeten. Sicherlich hatte Kay ihn nie gefragt und nie im geringsten zu erkennen gegeben, daß er gern etwas darüber gewußt hätte. Ihre Beziehung war von einer schönen Zurückhaltung. Das erklärt, warum Herr FitzGeorge Kays Ankunft mit einiger Unruhe erwartete. Es kam ihm unbehaglicherweise zum Bewußtsein, daß er irgendeine Anspielung auf den Verlust machen sollte, von dem die Familie Holland betroffen war, zugleich aber schrak er davor zurück, das stillschweigende Einverständnis, auf dem ihre Beziehungen beruhten, durch eine solche Erwähnung zu durchbrechen. Er war ärgerlich auf Kay, es war unüberlegt von ihm, seinen Vater verloren zu haben, unüberlegt von ihm, daß er ihre Zusammenkunft nicht abgesagt hatte. Dabei wußte Herr FitzGeorge ganz genau, daß eine solche Absage ein unverzeihliches Vergehen gewesen wäre. Sehr verärgert trommelte er bei Boodle an die Fensterscheibe, während er nach Kay ausschaute. Sagen mußte er wohl etwas, es war besser, wenn man es gleich sagte, um es dann hinter sich zu haben. Kay würde sich doch wohl nicht verspäten? In dreißig Jahren hatte er sich noch nie bei einer Verabredung verspätet, hatte sich nie verspätet und war noch niemals fortgeblieben. Herr FitzGeorge zog eine riesige silberne Rübe aus der Tasche, Preis fünf Schilling, und sah nach der Zeit. Siebzehn Minuten nach acht. Er verglich sie mit der Uhr am St.-James-Palast. Kay hatte sich verspätet, um zwei Minuten. – Aber da war er, stieg aus einer Droschke.

»'n Abend«, sagte Kay, als er eintrat.

»'n Abend«, sagte FitzGeorge. »Spät dran.«

»Leider, leider. Verzeihung!« sagte Kay. »Das beste ist, wir gehen gleich zum Essen hinüber.«

Während des Essens sprachen sie über ein paar Sèvresvasen, die FitzGeorge in Fulham Road entdeckt haben wollte. Kay, der sie auch gesehen hatte, war der Meinung, daß sie Fälschungen waren, und diese Meinungsverschiedenheit führte zu einer jener Unterhaltungen, die die beiden alten Herren so außerordentlich liebten. Aber an diesem Abend war FitzGeorge die Lust daran verdorben. Er hatte nicht gesagt, was er sagen wollte, und jeder Augenblick machte die Sache schwieriger und unmöglicher. Seine gereizte Stimmung gegen Kay nahm noch zu. Es war in all den vielen Jahren die erste Mahlzeit, die nicht ganz gelungen war, und die Enttäuschung darüber brachte FitzGeorge zu der Überlegung, daß alle Freundschaft ein Irrtum sei. Er bedauerte aufrichtig, daß er sich je dazu hatte verleiten lassen, mit Kay in so nahe Beziehungen zu treten. Andere Leute hatte er nie ganz an sich herankommen lassen, ein höchst empfehlenswertes System. Es war ein Fehler, ein großer Fehler, Ausnahmen zu machen. Er blickte finster über den Tisch auf Kay, der sein Bier trank und sich sorgfältig seinen netten kleinen Bart abwischte, ohne eine

Ahnung von der feindseligen Stimmung seines Gegenübers zu haben.

»Kaffee?« fragte FitzGeorge.

»Ich denke auch – ja, Kaffee.«

Armer alter Kerl, er sieht abgespannt aus, dachte FitzGeorge plötzlich, nicht ganz so flott wie sonst, läßt sich ein bißchen hängen, es wird ihm schwer, die Unterhaltung in Gang zu halten.

»Wie wär's mit einem Kognak?« fragte er.

Kay blickte überrascht auf. Sie hatten noch nie Kognak zusammen getrunken.

»Nein, danke.«

»Ja, Kellner, einen Kognak für Herrn Holland. Auf meine Rechnung.«

»Aber wirklich...« begann Kay.

»Unsinn! Den besten Kognak, Kellner, den Achtundvierziger. Was wollen Sie denn, Holland, ich habe Sie doch schließlich in der Wiege liegen sehen. Der Achtundvierziger war damals erst dreißig Jahre alt oder so herum. Zieren Sie sich also nicht.« Kay zierte sich nicht, denn diese plötzliche Enthüllung, daß der alte Fitz ihn hatte in der Wiege liegen sehen, machte ihn ganz verdutzt. Sein Geist machte wilde Sprünge rückwärts in Zeit und Raum. Zeit: 1874, Ort: Indien. Der alte Fitz mußte also im Jahre 1874 in Indien gewesen sein. »Sie haben mir nie etwas davon erzählt, daß Sie damals in Kalkutta waren«, sagte Kay, indem er seinen Kognak über seinen kleinen Van-Dyck-Bart hielt und an ihm nippte. »Nicht?« sagte der alte Fitz gleichgültig, als ob das von keiner Bedeutung sei. »Nun, ich war es. Meine Vormünder wollten mich nicht auf die Universität gehen lassen und schickten mich statt dessen um die Welt.« (Seltsame Enthüllungen! Der alte Fitz hatte also in seiner Jugend unter Vormundschaft gestanden!) »Ihre Eltern waren sehr gütig zu mir«, fuhr der alte Fitz fort. »Ihr Vater hatte als Vizekönig natürlich nicht viel Zeit, aber Ihre Mutter war sehr liebenswürdig, sehr reizend. Sie war damals jung, jung und sehr lieblich. Ich weiß noch, daß ich damals gedacht habe, in ganz Indien nichts Lieblicheres gesehen zu haben. Aber mit diesen Sèvresvasen haben Sie trotzdem nicht recht, Holland. Von Porzellan verstehen Sie gar nichts – haben nie etwas davon verstanden und werden nie etwas davon verstehen. Das würde ein Fingerspitzengefühl voraussetzen, das Ihnen abgeht. Sie sollten sich auf solchen Plunder wie Ihre Astrolabien beschränken. Für mehr langt's nicht bei Ihnen. Haha, Sie möchten sich als Richter über Porzellan aufspielen! Und dabei noch gegen mich entscheiden, der mehr über Porzellan vergessen hat, als Sie je darüber gelernt haben.«

Kay war an solche Anrempelungen gewöhnt. Er hatte es gern, wenn ihm der alte Fitz so zusetzte. Ein wonniger Schauer lief ihm dabei über den Rücken. Er hörte geduldig zu, während der alte Fitz ihm erklärte, er verdiene nicht den Namen eines Kenners und hätte weit besser daran getan, etwa Briefmarken zu sammeln. Er wußte, daß Fitz kein Wort davon ernst meinte, sondern daß es ihm Spaß machte, ihn wie ein alter girrender Tauber ein wenig anzuhacken, während Kay mit seitlich abgewandtem Kopf die Schnabelhiebe abwehrte, wobei er auf das Tischtuch niedersah, mit Messer und Gabel spielte und dabei hin und wieder lächelte, mit einem schelmischen Anflug lächelte. Ihre Beziehungen hatten nun wieder den Normalzustand erreicht, und FitzGeorge geriet über diese Wiederherstellung des normalen Verhältnisses in eine so übermütige Stimmung, daß er ausrief, der Teufel solle ihn holen, wenn er nicht auch einen Kognak trinken würde. Er dachte gar nicht mehr an die schwierige Anspielung, die er hatte machen wollen, oder meinte, er habe sie vergessen, aber vielleicht hatte sie ihm die ganze Zeit im Sinn gelegen, denn als sie zusammen aus dem Klub gingen und sich gerade auf der Treppe verabschieden wollten, hörte FitzGeorge, während Kay seine Glacéhandschuhe anzog – Herr FitzGeorge hatte noch nie Handschuhe besessen, aber Kay Holland sah man nie ohne seine buttergelben Handschuhe –, hörte FitzGeorge sich zu seiner eigenen Überraschung brummeln: »Ihr Vater – tut mir leid, solche Nachricht zu hören, Holland.«

Endlich war es heraus, und die St. James Street hatte sich nicht aufgetan, um ihn zu verschlingen. Es war gesagt, und es war eigentlich ganz leicht gegangen. Aber was in aller Welt brachte ihn dazu, weiterzugehen und einen so unglaublichen, so unnötigen Vorschlag zu machen? »Vielleicht werden Sie mich eines Tages mal zu einem Besuch bei Lady Slane mitnehmen.« Was hatte ihn nur dazu gebracht, so etwas zu sagen? Kay schaute ganz verblüfft drein, und das war kein Wunder. »O ja, ja, ja – gewiß – wenn Ihnen daran liegt«, sagte er schnell. »Also gute Nacht – gute Nacht«, und er eilte davon, während der alte Fitz hinter ihm hersah und sich fragte, ob er es sich nicht selbst unmöglich gemacht habe, Kay Holland jemals wiederzusehen.

*

Das Haus war fremdartig – so setzte Edith ihren Gedankengang fort –, es bestand ein solcher Gegensatz zwischen den Vorgängen in ihm und dem, was draußen geschah. Draußen war alles laut und grell und für die Öffentlichkeit bestimmt, da stachen einem die Zeitungsplakate in die Augen, die Zeitungsberichterstatter lungerten noch immer am Gitter des Vorgartens herum, die Leute sprachen von einem Begräbnis in der Westminsterabtei, und in beiden Häusern des Parlaments wurden Nachrufreden gehalten. Drinnen war alles gedämpft und geheimnisvoll, wie wenn eine Verschwörung im Gange wäre. Die Hausangestellten flüsterten, man ging die Treppe geräuschlos hinauf und hinab; wenn Lady Slane ins Zimmer trat, hörte jeder sofort auf zu sprechen und stand auf, und jedesmal ging ihr sicher jemand entgegen und führte sie sacht zu einem Stuhl. Sie behandelten sie etwa so, als hätte sie einen Unfall gehabt oder als wäre sie vorübergehend nicht ganz richtig im Kopf. Aber Edith war sicher, es war ihrer Mutter gar nicht angenehm, sich zu einem Stuhl führen und sich so ehrfurchtsvoll und stumm küssen oder sich fragen zu lassen, ob sie nicht lieber das Essen auf ihrem Zimmer einnehmen wolle. Die einzige, die in normaler Weise mit ihr verkehrte, war Genoux, ihre alte französische Zofe, die beinahe so alt war wie Lady Slane selbst und während der ganzen langen Zeit ihrer Ehe bei ihr gewesen war. Genoux ging so geräuschvoll wie immer im Hause umher, sprach mit sich selbst, wie es ihre Gewohnheit war, und murmelte sich in ihrem ungewöhnlichen Mischmasch von Französisch und Englisch ihre nächste Arbeit vor. Sie brach auf der Suche nach ihrer Herrin ganz unfeierlich in den Salon ein und brachte die versammelte Familie durch die Frage zum Entsetzen: »Pardon, miladie, est-ce que ça vaut la peine d'envoyer les Hemden de milord zum Waschen?« Sie blickten alle Lady Slane an, als wenn sie erwarteten, sie müsse sofort in Stücke fallen wie eine Vase, der man einen Stoß versetzt hat, aber sie antwortete in ihrem gewöhnlichen ruhigen Ton, selbstverständlich müsse man die Hemden Seiner Lordschaft zur Wäsche geben, und dann sagte sie zu Herbert: »Was soll ich nun eigentlich mit Vaters Sachen anfangen, Herbert? Es wäre doch schade, wenn ich sie alle dem Hausmeister gäbe, sie würden ihm ja auch nicht passen.«

Mutter und Genoux allein, dachte Edith, sträuben sich, die Fremdheit des Hauses mitzumachen. Sie konnte in Herberts, Carries, Charles' und Williams Augen Mißbilligung lesen, aber diese konnte natürlich nicht offen kundgegeben werden. Sie konnten nur stillschweigend darauf bestehen, daß ihr eigenes Benehmen von allen befolgt werden mußte, und dies war ihre Einstellung: Mutters Leben war zerstört, Mutter hielt sich wundervoll, Mutter mußte in dem Elend ihres persönlichen Schmerzes so pfleglich wie möglich behandelt werden, während die notwendigen Geschäfte, die notwendige Berührung mit der Außenwelt von ihren tüchtigen Söhnen und ihrer tüchtigen Tochter weitergeführt und aufrechterhalten wurden. Die arme Edith konnte dazu wenig nützen. Jeder wußte, daß Edith immer im falschen Augenblick das Falsche sagte und jede Arbeit, die man von ihr erwartete, ungetan ließ, wobei sie die Entschuldigung vorbrachte, sie habe zuviel zu tun gehabt. Auch Kay konnte von keinem großen Nutzen sein, aber schließlich rechnete er ja kaum zur Familie. Herbert, Carrie, William und Charles standen zwischen ihrer Mutter und der Außenwelt. Von Zeit zu Zeit ließen sie allerdings eine besondere Nachricht durch die von ihnen errichtete Schranke schlüpfen: das Königspaar hatte ein sehr teilnahmsvolles Beileidsschreiben geschickt – man konnte von Herbert kaum erwarten, daß er eine solche Neuigkeit für sich behielt. Huddersfield, Lord Slanes Geburtsstadt, hatte die Familie um ihre Zustimmung zu einem Gedenkgottesdienst ersucht. Der König würde sich bei dem Begräbnis durch den Herzog von Gloucester vertreten lassen. Die Damen der königlichen Stickschule hatten in aller Eile ein Bahrtuch gearbeitet. Der Premierminister würde eine Ecke davon tragen, der Führer der Opposition eine andere. Die französische Regierung würde einen Vertreter entsenden, während die belgische wahrscheinlich den Herzog von Brabant abordnen würde. Diese Mitteilungen wurden von Herbert seiner Mutter tropfenweise und mit Vorsicht beigebracht, er versuchte herauszubekommen, wie sie sie aufnehmen würde. Sie nahm sie mit völliger Gleichgültigkeit auf. »Sehr nett von ihnen, sicherlich«, sagte sie, und einmal sagte sie: »Freut mich, wenn du zufrieden bist.« Herbert genoß diese Bemerkung, und zugleich vermerkte er sie übel. Jede Ehrung, die seinem

Vater erwiesen wurde, wurde ja zugleich ihm erwiesen, da er jetzt das Haupt der Familie war, doch Mutter mußte von Rechts wegen im Mittelpunkt des Bildes stehen. Diese drei oder vier Tage zwischen dem Tod und dem Begräbnis mußten ihr ganz gehören. Herbert war stolz darauf, einen solchen Sinn für das Schickliche zu besitzen. Später war noch genug Zeit, um sich als Lord Slane in Szene zu setzen. Eine Generation mußte der anderen auf den Fersen folgen, das war ein Naturgesetz, aber so lange, wie die sterblichen Überreste seines Vaters noch im Hause waren, hatte seine Mutter Anspruch auf die erste Stelle. Durch ihre Gleichgültigkeit verzichtete sie unnötigerweise und auch unschicklicherweise zu früh auf ihre Stellung. Sie sollte in diesen drei oder vier Tagen dem Andenken ihres Gatten zu Ehren ihren Rang besonders betonen. Jeder Verzicht auf ihr Recht war unpassend. So stand es in Herberts Ehrenkodex geschrieben. Aber vielleicht, wisperte der Kobold in Edith, vielleicht ist sie von Vater zu seinen Lebzeiten so völlig ausgesogen worden, daß ihr jetzt die Erinnerung an ihn zuviel wird?

Sicher war das Haus fremdartig, von einer besonderen Fremdheit, die es nie zuvor gehabt hatte und nie wieder haben würde. Vater konnte nicht zweimal sterben. Durch seinen Tod hatte er diese eigentümliche Lage geschaffen – eine Lage, die er sicher nicht vorausgesehen hatte, die gar nicht vorauszusehen war, bis sie wirklich da war. Niemand hätte voraussehen können, daß Vater, der immer so überragend war und immer alle beherrschte, durch die bloße Tatsache seines Todes Mutter zur herrschenden Figur machen würde. Ihre Herrschaft konnte allerdings nur drei oder vier Tage dauern, aber während dieses kurzen Zeitraumes mußte sie absolut sein. Jeder mußte sich ihr beugen. Sie und sie allein mußte entscheiden, ob die Pforten von Westminster sich in ihren Angeln drehen sollten oder nicht. Die ganze Nation mußte auf ihre Entscheidung warten, der Dean von Westminster und sein Kapitel ihrer Wünsche gewärtig sein. Sehr sanft und vorsichtig mußte sie bei jedem Punkt beraten und ihre Ansicht darüber gehört werden. Es war sehr sonderbar, daß jemand, der seine Person immer so ausgelöscht hatte, plötzlich zu etwas so Wichtigem geworden sein sollte. Es war wie ein Spiel. Es erinnerte Edith an die Zeit, wenn Vater in einem Anfall guter Laune nach dem Tee ins Wohnzimmer kam, wo Mutter alle Kinder um sich versammelt hatte und ihnen vielleicht aus einem

Geschichtenbuch vorlas. Vater klappte dann das Buch zu und sagte, sie wollten nun alle »Ich folge meinem Führer« spielen und durch das ganze Haus ziehen, aber Mutter müsse der Führer sein. So waren sie losgezogen und machten Kapriolen in stillen Kanzleien und auf dem Parkettboden von Ballsälen, wo die Leuchter in den mit dem Wappen der Familie Holland geschmückten Hüllen hingen, verübten bei ihrem Durchgang allerhand lustige Steiche – denn Mutter hatte eine unerschöpfliche Erfindungsgabe –, und Vater folgte als letzter am Schwanzende, spielte aber immer den Clown und machte alles falsch, was Mutter ihm vormachte, wobei die Kinder vor Entzücken schrien und sich bemühten, ihn richtig zu unterweisen, und Mutter mit dem kleinen an ihren Rockschößen hängenden Kay drehte sich dann um und sagte mit angenommener Strenge: »Aber Henry!« Manche Botschaft und manches Regierungsgebäude hatten so von ihrem abendlichen Lachen widergeklungen. Aber einmal, erinnerte sich Edith, hatte Mutter, die damals jung war, im Archiv einige Papiere aus einem Dokumentenstoß herausgezerrt, und als die Kinder jauchzend herbeikrabbelten, um die Unordnung noch schlimmer zu machen, war Vaters Gesicht plötzlich finster geworden, und er hatte sein Mißfallen nach Art der Erwachsenen geäußert. Seine und Mutters Heiterkeit war plötzlich wie eine sich abblätternde Rose in Stücke zerfallen. Die Rückkehr ins Wohnzimmer war in düsterem Schweigen erfolgt, als wenn sie alle Schelte bekommen hätten. Es war, wie wenn Jupiter vom hohen Olymp herab einen Sterblichen entdeckt hätte, der sich, weil er glaubte, Vater Zeus ließe es an Wachsamkeit fehlen, Freiheiten auf dessen Hoheitsgebiet herausnahm.

Aber jetzt konnte Mutter dieses Spiel nach Herzenslust treiben, drei oder vier Tage konnte sie jetzt vorangehen und konnte die Würdenträger Europas und des Reiches nach Golder's Green oder nach Huddersfield tanzen lassen, wie es ihr gerade gefiel, anstatt sich auf die Westminsterabtei oder den Friedhof von Brompton zu beschränken, wie man erwartete, aber die Enttäuschung lag – für den Kobold in Ediths Geist – in Mutters Weigerung, überhaupt eine Führerrolle zu übernehmen. Sie stimmte einfach allem zu, was Herbert vorschlug. Ebensogut hätte Herbert im Alter von sieben Jahren als Anführer des Spiels sie antreiben können: »So, jetzt wollen wir mal durch die Küche toben.« Edith empfand Mutters Fügsamkeit jetzt, wo sie achtundachtzig und Herbert achtundsechzig war, als höchst unpassend. Herbert hatte dasselbe Gefühl, wenngleich ihm als echtem Sohn seines Vaters weibliche Ergebenheit schmeichelte. Nur für diese drei oder vier Tage – denn er spielte ein Spiel nach bestimmten konventionellen Regeln – verlangte er von seiner Mutter, daß sie eigene Meinungen haben sollte. Doch so stark war sein männlicher Widerspruchsgeist, daß er gleichzeitig jede Entscheidung übelgenommen hätte, die seinen eigenen Ideen zuwidergelaufen wäre.

Herbert wurde also immer sanfter und umgänglicher, als er sah, daß seine Vorschläge angenommen wurden und er sich gleichzeitig einreden konnte, sie wären von seiner Mutter ausgegangen und nicht von ihm. Er kam aus dem Zimmer seiner Mutter zu seinen Geschwistern herunter, die wieder – unaufhörlich, wie es Edith schien – im Salon versammelt waren. Mutter wünschte die Westminsterabtei, also mußte es die Abtei sein. Schließlich hatte Mutter zweifellos recht. Die größten Söhne Englands waren alle in der Abtei beigesetzt worden. Er selbst würde die Pfarrkirche in Huddersfield vorziehen, sagte er, wenn auch Edith die Aufrichtigkeit dieser Bemerkung skeptisch beurteilte, und er glaube damit ihrer aller Meinung zum Ausdruck gebracht zu haben, aber Mutters Wünsche müßten berücksichtigt werden. Sie müßten sich mit dem feierlichen Begräbnis in der Westminsterabtei abfinden. Schließlich war es ja eine Ehre – eine große Ehre –, die allen Ehrungen, die ihr Vater im Leben erfahren hatte, die Krone aufsetzte. Carrie, William und Charles senkten bei diesem feierlichen Gedanken stillschweigend den Kopf. Edith andererseits dachte, wie belustigt ihr Vater und wie befriedigt er gleichzeitig gewesen wäre, wenn er das auch unter einer spöttischen Maske verborgen hätte, wenn er seinem Begräbnis in der Abtei hätte zuschauen können.

Das von den Damen der königlichen Stickschule hergestellte Bahrtuch war zweifellos äußerst prächtig. Auf violettem Plüsch hoben sich die Wappenverzierungen ab. Der Premierminister trug, wie vorgesehen, mit geziemendem Ernst die für ihn bestimmte Ecke. Sein Benehmen entsprach so völlig seiner hohen Würde, daß jeder sofort sagen mußte: »Da schreitet ein Premierminister oder jedenfalls ein Kabinettsminister Englands.« Der Führer der Opposition hielt mit dem Premierminister gleichen Schritt. Für eine Stunde hatten sie ihre Gegensätze begraben, die ja in der Tat ein Teil eines Spiels waren, da sie unter dem Schirm einer gemeinsamen Verantwortung dieselben Lektionen gelernt hatten, wenn auch ihre Anhänger ihnen verboten, sie in derselben Sprache vorzutragen. Die beiden jungen Prinzen, die eilig, wenn auch ehrfurchtsvoll, zu ihren Sitzen geleitet wurden, wunderten sich vielleicht, warum das Schicksal sie von anderen jungen Männern isoliert hatte, indem es sie dazu verdammte, über neu zu eröffnende Straßen gespannte Bänder zu durchschneiden oder Staatsmänner durch Teilnahme an ihrem Begräbnis zu ehren. Wahrscheinlich aber faßten sie das alles als Teil ihrer täglichen Arbeit auf.

Aber wo, fragte sich Edith verwundert, blieb mittlerweile die Wirklichkeit?

*

Nachdem das Begräbnis vorüber war, veränderte sich in Elm Park Gardens alles ganz sacht und langsam. Es wurde noch immer große Rücksicht auf Lady Slane genommen, aber eine Note der Ungeduld machte sich darin bemerkbar, eine Note der Dringlichkeit, die von Herbert und Carrie angeschlagen und hartnäckig festgehalten wurde. Herbert war nun endgültig das Haupt der Familie geworden und Carrie seine Stütze. Sie waren entschlossen, ihrer Mutter gegenüber eine feste, wenn auch gütige Haltung anzunehmen. Man konnte Mutter noch immer zu einem Stuhl führen und ihr, wenn sie Platz genommen hatte, mit einer freundlich beschützenden Gebärde auf die Schulter klopfen; aber es mußte ihr zu verstehen gegeben werden, daß die Geschäfte der Welt weitergingen und daß diese Ruhepause, die man mit Rücksicht auf den Tod eingelegt hatte, nicht für immer andauern konnte. Wie die Papiere in Lord Slanes Schreibtisch, so mußte auch Lady Slane aufgeräumt werden, dann konnten Herbert und Carrie sich wieder ihren eigenen Angelegenheiten zuwenden. Alles das wurde nicht direkt in Worte gekleidet, aber nichts, was sich ohne Worte sagen läßt, konnte deutlicher mitgeteilt werden.

Sehr ruhig, sehr vornehm, sehr alt und sehr gebrechlich saß Lady Slane da und blickte auf ihre Söhne und Töchter. Ihre Kinder, die an sie gewöhnt waren, nahmen ihr Aussehen als gegeben hin, aber Fremde beteuerten erstaunt, sie könne doch unmöglich über siebzig sein. Sie war eine schöne alte Frau. Groß, schlank und bleich, hatte sie nie ihre Anmut oder ihre Haltung verloren. Kleider hörten bei ihr auf, Kleider zu sein, und wurden zu Gewändern. Sie hatte das Geheimnis der Linie. Lieblichkeit floß weich über alle ihre Glieder. Ihre Augen waren grau und saßen tief in ihren Höhlungen. Ihre Nase war kurz und gerade. Ihre ruhigen Hände waren die Hände eines van Dyck. Über ihr weißes Haar fiel ein schwarzer Spitzenschleier, der ihr sehr gut zu Gesicht stand. Seit Jahren hatte sie immer weich fallende, nicht nach einer bestimmten Mode geschnittene Kleider von unauffälligem Schwarz getragen. Wenn man sie ansah, konnte man glauben, es sei für eine Frau leicht, schön und anmutig zu sein, wie alle genialen Werke in uns den Eindruck hervorrufen, daß sie mühelos zustande gekommen sind. Schwieriger war es, an die Aktivität zu glauben, die Lady Slane in ihrem Leben entwickelt hatte. Wohltätigkeit, Kinder, gesellschaftliche Verpflichtungen, Erscheinen in der Öffentlichkeit – mit solchen Pflichten waren ihre Tage gefüllt gewesen, und bei der Erwähnung ihres Namens stellte sich sofort der Nebengedanke ein: »Was für eine wunderbare Hilfe sie für ihren Gatten in seiner Laufbahn ist!« O ja, dachte Edith, Mutter ist liebenswert, Mutter ist wundervoll, wie Herbert sagt. Aber Herbert räuspert sich. Was wird jetzt kommen?

»Mutter, Liebes...« Eine halb kindliche, halb konventionelle Form der Anrede. Herbert steckt die Finger in den Kragen. Und doch hatte sie einmal auf dem Boden neben ihm gesessen und ihm gezeigt, wie man den Kreisel treibt.

»Mutter, Liebes. Wir haben miteinander gesprochen... wir haben, meine ich, uns natürlicherweise Gedanken über deine Zukunft gemacht. Wir wissen, wie du an Vater gehangen hast, und wir begreifen die Lücke, die sein Tod in deinem Leben hervorrufen muß. Wir haben uns gefragt – und das ist der Grund, weshalb wir dich gebeten haben, noch einmal mit uns allen hier im Salon zusammen zu sein, bevor wir uns trennen und jeder wieder in sein eigenes Heim zurückkehrt –, wir haben uns gefragt, wo und wie du wohl gern wohnen möchtest.«

»Aber das hast du doch bereits für mich entschieden, Herbert, nicht wahr?« sagte Lady Slane mit äußerster Sanftmut.

Herbert steckte die Finger in den Kragen und suchte sich blinzelnd Luft zu machen, bis Edith fürchtete, er werde ersticken.

»Nun, Mutter, Liebes, für dich entschieden – entschieden, das dürfte wohl kaum zutreffen. Wir haben uns allerdings einen kleinen Plan gemacht, den wir dir unterbreiten möchten und dem du vielleicht zustimmen könntest. Wir haben deine Neigungen in Betracht gezogen und daran gedacht, daß du dich wohl nicht gern von so vielen interessanten Beschäftigungen trennen möchtest. Gleichzeitig...«

»Einen Augenblick, Herbert«, warf Lady Slane ein, »was sagtest du da von interessanten Beschäftigungen?«

»Gewiß, Mutter, Liebes«, sagte Carrie vorwurfsvoll, »Herbert meint alle deine verschiedenen Ausschüsse, den Battersea-Klub für arme Frauen, die Findelanstalt, die Hilfsorganisation für gefallene Mädchen, die...«

»O ja«, sagte Lady Slane, »sehr interessante Beschäftigungen. Durchaus. Sprich weiter, Herbert.«

»Alle diese Dinge«, sagte Carrie, »würden ohne dich zusammenbrechen. Wir sind uns darüber klar. Viele von ihnen hast du gegründet. Andere wären ohne dich zugrunde gegangen. Natürlich wollen wir nicht, daß du sie jetzt aufgibst.«

»Dazu, liebe Lady Slane«, sagte Lavinia – sie war nie so vertraut geworden, um ihre Schwiegermutter anders anzureden –, »wissen wir genau, wie Sie sich langweilen würden, wenn Sie nichts zu tun hätten. Sie, die Sie so aktiv und so energisch sind! O nein, wir könnten uns gar nicht vorstellen, daß Sie irgendwo anders als in London wohnen könnten.«

Noch immer sagte Lady Slane nichts. Sie blickte von einem zum anderen mit einem Ausdruck, der für einen so sanften Menschen überraschend ironisch war.

»Gleichzeitig«, fuhr Herbert fort, indem er zu seiner ursprünglichen Rede zurückkehrte, deren Unterbrechung er geduldig, wenn auch unangenehm berührt, hingenommen hatte, »wird dein Einkommen kaum für die Aufwendungen ausreichen, die für ein Haus, wie du es berechtigterweise erwarten könntest, zu machen sind. Wir schlagen dir deshalb vor...«, und er entwickelte den Plan, dessen Erörterung wir bereits vernommen haben, so daß wir uns die Mühe sparen können, ihn noch einmal zu hören.

Lady Slane jedoch hörte aufmerksam zu. Sie hatte einen großen Teil ihres Lebens mit Zuhören verbracht, ohne viele Bemerkungen zu machen, und jetzt hörte sie ihrem ältesten Sohn zu, ohne überhaupt ein Wort zu sagen.

Er für sein Teil wurde durch ihr Schweigen nicht im geringsten verwirrt. Er wußte, daß sie ihr ganzes Leben daran gewöhnt gewesen war, ihr Kommen, Gehen und Bleiben von anderer Seite für sie geregelt zu finden, ob von ihr nun verlangt wurde, einen Dampfer nach Kapstadt, Bombay oder Sydney zu besteigen, ihre Garderobe und Kinderstube nach Downing Street zu verlegen oder ihren Gatten für das Wochenende nach Windsor zu begleiten. Bei allen diesen Gelegenheiten hatte sie den ihr gegebenen Weisungen mit anerkennenswerter Tüchtigkeit und ohne Erstaunen Folge geleistet. Gekleidet wie es sich gehörte und wie es der Gelegenheit entsprach, stand sie, kaum daß sie die Aufforderung erhalten hatte, neben einem Haufen Gepäck auf einem Kai oder einem Bahnhof und wartete, bis sie geholt wurde. Herbert sah keinen Grund, warum seine Mutter sich jetzt weigern sollte, ihr Leben plangemäß und etappenweise in den Fremdenzimmern ihrer Söhne und Töchter zu verbringen.

Als er zu Ende war, sagte sie: »Das ist sehr aufmerksam von dir, Herbert. Es wäre sehr lieb von dir, wenn du dieses Haus gleich morgen zum Verkauf ausschreiben würdest.«

»Famos!« sagte Herbert. »Ich freue mich, daß du zustimmst. Aber du brauchst nicht das Gefühl zu haben, daß es so eilt. Zweifellos muß etwas Zeit verfließen, bevor das Haus verkauft wird. Mabel und ich erwarten dich zu gelegener Zeit.« Er beugte sich nieder und streichelte ihr die Hand.

»Aber warte mal, Herbert«, sagte Lady Slane, indem sie ihre Hand hob. Es war die erste Bewegung, die sie gemacht hatte. »Du gehst zu schnell vor. Ich bin nicht einverstanden.«

Sie sahen sie alle verdutzt an.

»Du bist nicht einverstanden, Mutter?«

»Nein«, sagte Lady Slane lächelnd. »Ich werde nicht bei dir wohnen, Herbert, auch bei dir nicht, Carrie, und bei dir, William, und dir, Charles, auch nicht, obwohl ihr alle sehr lieb seid. Ich werde für mich allein leben.«

»Für dich allein, Mutter? Das ist unmöglich – und wo wolltest du denn übrigens wohnen?«

»In Hampstead«, erwiderte Lady Slane, indem sie still mit dem

Kopf nickte, wie wenn sie einem Gedanken in ihrem Inneren Antwort gäbe.

»In Hampstead? Aber wirst du denn ein Haus finden, das dir zusagt, bequem und nicht zu teuer? – Wirklich«, sagte Carrie, »da reden wir von Mutters Haus, wie wenn alles schon abgemacht wäre. Es ist geradezu lächerlich. Ich weiß nicht, was über uns gekommen ist.«

»Es ist schon ein Haus da«, sagte Lady Slane, indem sie wieder nickte. »Ich habe es gesehen.«

»Aber Mutter, du bist ja nie in Hampstead gewesen.« Dies war unerträglich. Carrie hatte Tag für Tag gewußt, wohin ihre Mutter ging, wenigstens in den letzten fünfzehn Jahren, und sie lehnte sich gegen den Gedanken auf, ihre Mutter hätte Hampstead ohne ihr Wissen besucht. Solch ein Zeichen der Unabhängigkeit war eine Beleidigung, fast eine Schande. Zwischen Lady Slane und ihrer ältesten Tochter hatte immer eine enge und nie abgerissene Verbindung bestanden. Die Pläne für den Tag wurden immer zwischen ihnen besprochen. Genoux überbrachte morgens ein Briefchen, oder sie telefonierten umständlich miteinander, oder Carrie kam nach dem Frühstück nach Elm Park Gardens hinüber, eine hochgewachsene, praktische, geschäftige, selbstbewußte Tochter, mit Handschuhen, Hut und Boa für den Tag ausgerüstet, eine Einkaufsliste in der Handtasche, mit der fertigen Tagesordnung für die am Nachmittag stattfindende Ausschußsitzung. Die zwei ältlichen Damen besprachen die Tageseinteilung, während Lady Slane weiterstrickte, und dann pflegten sie um halb zwölf auszugehen, zwei große Gestalten in Schwarz, die den anderen alten Damen der Nachbarschaft vertraut waren. Oder wenn ihre Tätigkeit einmal nicht in der gleichen Richtung lag, pflegte Carrie wenigstens zum Tee nach Elm Park Gardens zu kommen, wo sie dann genau erfuhr, wie ihre Mutter den Tag verbracht hatte. Es war einfach unmöglich, daß Lady Slane einen Ausflug nach Hampstead verheimlicht haben sollte.

»Vor dreißig Jahren«, sagte Lady Slane. »Damals habe ich das Haus gesehen.« Sie nahm einen Strang Wolle aus ihrem Arbeitskörbchen und hielt ihn Kay hin. »Magst du ihn halten, Kay?« Und nachdem sie zuerst sorgfältig die kleinen Schlingen gelöst hatte, begann sie die Wolle aufzuwickeln. Sie war direkt die Verkörperung heiterer Ruhe. »Ich bin überzeugt, daß das Haus noch dort ist«, sagte sie, indem sie sorgfältig wickelte. Kay stand mit der durch lange Gewohnheit gewonnenen Erfahrung vor ihr und bewegte rhythmisch die Hände auf und nieder, damit die Wolle ihm von den Fingern glitt, ohne hängenzubleiben. »Ich bin überzeugt, daß das Haus noch dort ist«, sagte sie. Der Ton, in dem sie das sagte, war eine Mischung aus Träumerei und Zutrauen, wie wenn sie im geheimen Einverständnis mit dem Hause stünde und es nach dreißig Jahren geduldig auf sie warte. »Es war ein nettes kleines Haus«, setzte sie prosaisch hinzu, »nicht zu klein und nicht zu groß – Genoux könnte allein damit fertig werden, wenn vielleicht täglich noch eine Zugehfrau für die grobe Arbeit käme –, und es hatte einen hübschen Garten mit einem Pfirsichspalier an der Südmauer. Es war zu vermieten, als ich es sah, aber natürlich wäre das eurem Vater nicht recht gewesen. Ich erinnere mich sogar an den Namen des Vermieters.«

»Und wie hieß der Vermieter?« fragte Carrie spöttisch.

»Es war ein komischer Name«, sagte Lady Slane, »vielleicht habe ich ihn deshalb behalten. Bucktrout. Gervase Bucktrout. Er schien so gut zu dem Hause zu passen.«

»Oh«, rief Mabel und klatschte in die Hände, »es klingt zu köstlich – Pfirsiche und Bucktrout...«

»Sei still, Mabel«, sagte Herbert. »Wenn du dich natürlich, liebe Mutter, auf diesen – hm – exzentrischen Plan versteifst, so brauchen wir nicht weiter darüber zu reden. Du kannst schließlich tun, was du willst. Aber wird es nicht etwas seltsam in den Augen der Welt aussehen, daß du, wo du doch so viele dir treu ergebene Kinder hast, es vorziehst, allein und zurückgezogen in Hampstead zu wohnen? Es liegt mir natürlich fern, einen Druck auf dich auszuüben.«

»Da bin ich anderer Meinung«, sagte Lady Slane. Sie hatte den Strang Wolle abgewickelt, sagte: »Danke dir, Kay«, machte an einer langen Stricknadel eine Schlinge und fing eine neue Handarbeit an. »In Hampstead leben viele alte Damen in stiller Zurückgezogenheit. Übrigens habe ich auf die Augen der Welt so lange Rücksicht genommen, daß ich mir nach meinem Dafürhalten mal einen kleinen Urlaub gönnen darf. Die Zeit, die mir noch verbleibt, ist kurz.«

»Nun«, sagte Carrie, indem sie versuchte, dieser üblen Geschichte die beste Seite abzugewinnen, »wenigstens werden wir dafür sorgen, daß du dich niemals einsam fühlst. Es sind unser so viele, daß wir es so einrichten können, daß du jeden Tag wenigstens einmal Besuch bekommst. Obschon Hampstead sicherlich weit aus unserem Wege liegt und es nicht immer leicht ist, das Auto zur gegebenen Zeit zur Verfügung zu halten«, setzte sie mit einem bedeutungsvollen Blick auf ihren kleinen Mann hinzu, der bereits bebte. »Aber schließlich sind ja noch die Urenkel da«, sagte sie erleichtert. »Du wirst es sicher gern sehen, wenn sie dich oft besuchen und du so in ständiger Berührung mit uns bleibst. Sonst würdest du sicherlich nicht glücklich sein.«

»Im Gegenteil«, sagte Lady Slane. »Das ist auch ein Punkt, über den ich nachgedacht habe. Du siehst, Carrie, ich gehe immer mehr meinen eigenen Neigungen nach. Ich will mein Alter richtig genießen. Keine Enkel. Sie sind zu jung. Noch keiner von ihnen ist fünfundvierzig. Auch keine Urenkel. Das wäre noch schlimmer. Ich will keine kräftigen jungen Leute um mich haben, die nicht zufrieden damit sind, eine Sache zu tun, sondern notwendigerweise wissen wollen, warum sie diese tun. Ich möchte auch nicht, daß sie ihre Kinder zu mir bringen, denn es würde mich nur an die schreckliche Anstrengung erinnern, die die armen Geschöpfe machen müssen, bevor sie in Sicherheit das Ende ihres Lebens erreichen. Ich will lieber vergessen, daß sie da sind. Ich will nur Menschen um mich haben, die ihrem Tode näher sind als ihrer Geburt.«

Herbert, Carrie, Charles und William kamen zu der Überzeugung, daß ihre Mutter verrückt sein müsse. Sie gingen noch einen Schritt weiter. Während sie sie immer für einfältig gehalten hatten, kamen sie nun zu der Ansicht, daß das hohe Alter offenbar ihr Gehirn in Mitleidenschaft gezogen habe. Diese Verrücktheit nahm jedoch eine harmlose und sogar eine ihnen angenehme Form an. William mochte mit Bedauern an den verlorenen Zuschuß zu seinem Haushaltsetat denken, Carrie und Herbert mochten sich noch einigen Bedenken über die Augen der Welt hingeben, aber im ganzen war es eine Erleichterung, daß ihre Mutter ihre Angelegenheiten selbst in die Hand nahm. Kay sah seine Mutter forschend an. Er hatte sie immer so hingenommen, wie sie erschien. Alle hatten sie so hingenommen – ihre Sanftheit, ihre Selbstlosigkeit, ihre unpersönliche Betätigung –, und nun wurde es Kay zum erstenmal in seinem Leben offenbar, daß Menschen, selbst wenn man sie noch so lange kannte, Überraschungen für einen bereit halten können. Edith allein frohlockte innerlich. Sie hielt ihre Mutter nicht für verrückt, sondern sichtlich für geistig gesund. Sie sah mit Wonne Carries und Herberts Niederlage. Ihre Bemühungen waren vergeblich gewesen, denn ihre Mutter hatte sich ganz ruhig aus ihren Fängen gelöst. Sie faltete still die Hände und flüsterte: »Nur weiter, Mutter, nur weiter so!« Nur ein Rest von Klugheit hinderte sie daran, das laut zu sagen. Sie freute sich über die plötzlich entdeckte Beredsamkeit ihrer Mutter – nicht die geringste Überraschung dieses überraschenden Morgens, denn Lady Slane sprach gewöhnlich nur wenig, hielt mit ihrer Meinung zurück, verbarg sogar den Ausdruck ihres Gesichts, wenn sie sich über ihr Strickzeug oder ihre Stickerei beugte, und aus ihrem gelegentlichen »Meinst du, meine Liebe?« konnte man kaum entnehmen, was sie wirklich dachte. Es dämmerte Edith jetzt, daß ihre Mutter hinter dem Schirm ihrer liebevollen Aufmerksamkeit all die Jahre hindurch ein eigenes Privatleben geführt haben könnte. Wieviel hatte sie wohl beobachtet, bemerkt, kritisiert, aufgespeichert? Jetzt sprach sie weiter und suchte dabei in ihrem Arbeitskörbchen herum.

»Ich habe die Juwelen aus der Bank genommen, Herbert. Es ist besser, wenn du und Mabel sie in Besitz haben. Ich wollte sie Mabel schon vor Jahren geben, aber euer Vater wollte das nicht. Hier sind übrigens einige«, und damit drehte sie das Körbchen um und schüttete den Inhalt in ihren Schoß, ein wirres Durcheinander von Lederfutteralen, Seidenpapier, einigen losen Steinen und Wollsträngen. Mit ihren feinen Händen begann sie die Steine herauszulesen. »Läute mal Genoux, Edith«, sagte sie aufblickend. »Ich habe mir nie viel aus Juwelen gemacht«, sagte sie, mehr zu sich selbst sprechend als zu ihren versammelten Kindern, »und es schien mir immer so schade, daß ich so viele bekommen habe – ich wußte nicht, was ich mit ihnen anfangen sollte. Euer Vater sagte immer, ich müsse so viele haben, damit ich mich bei großen Gelegenheiten schmücken könne. Als wir in Indien waren, pflegte er eine Menge Sachen bei den Tasch-i-Khane-Auktionen zurückzukaufen. Er war der Ansicht, es gefalle den Fürsten, wenn sie sähen, daß ich ihre Geschenke trüge, obwohl sie genau wußten, daß wir sie zurückgekauft hatten. Er hatte wohl recht. Aber mir erschien es immer töricht – solch ein Humbug. Ich hatte einmal einen großen Topas, einen großen bronzefarbigen ungefaßten Topas, der in Dutzende von Facetten geschnitten war.

Ob ihr Kinder euch wohl daran erinnert? Ich ließ euch immer durch ihn aufs Feuer schauen. Man sah durch ihn Hunderte von kleinen Flammen, einige züngelten nach oben, andere nach unten. Wenn ihr nach dem Tee herunterkamt, setzten wir uns vor das Feuer und schauten hindurch wie Nero auf den Brand Roms. Nur war das Feuer braun, nicht grün. Ihr werdet euch wohl nicht mehr erinnern. Es sind schon sechzig Jahre her. Ich habe ihn natürlich verloren. Man verliert immer das, was man am meisten schätzt. Von den anderen Steinen habe ich keinen verloren, vielleicht weil Genoux sie in Verwahrung hatte – sie versteckte sie an den unmöglichsten Orten, sie hatte ein Mißtrauen gegen Safes, deshalb versenkte sie meine Diamanten in die Wasserkanne – kein Räuber würde daran denken, sie dort zu suchen, sagte sie. Ich habe mir oft gedacht, daß, wenn Genoux plötzlich sterben sollte, ich nicht wüßte, wo ich die Juwelen suchen sollte, aber den Topas trug ich immer in der Tasche.« Hier wurden Lady Slanes träumerische Erinnerungen durch Genoux' Eintritt unterbrochen. Genoux raschelte wie eine Schlange im trockenen Laub und knarrte wie ein Sattel, denn bis Ende Mai trug Genoux Lagen von Packpapier unter ihrem Korsett und ihrer Unterwäsche zum weiteren Schutz gegen das englische Klima. »Miladi a sonné?«

Ja, dachte Edith, für Genoux ist hier niemand als Mutter. Nur Mutter kann geläutet haben, nur Mutter kann einen Auftrag zu geben haben, obwohl wir alle hier versammelt sind: Herbert, der über seinem Kragen zu ihr hinblinzelt, Carrie, die sich entrüstet aufrichtet, Charles, der seinen Schnurrbart dreht wie jemand, der einen Bleistift spitzt – aber wer bekümmert sich schon um Charles? Nicht einmal das Kriegsministerium, was Charles auch weiß. Sie alle wissen, daß sich niemand um sie kümmert, darum sprechen sie so laut. Mutter hat nie gesprochen – bis heute, und doch kommt Genoux herein, als wäre Mutter die einzige Person im Zimmer, im ganzen Hause, die ihr einen Auftrag erteilen könnte. Genoux weiß, wem Respekt gebührt. Genoux bekümmert sich nicht um laute und durchdringende Stimmen. »Miladi a sonné?«

»Genoux, Sie haben doch die Juwelen?«

»Mais bien sûr, miladi, que j'ai les bijoux. J'appelle ça le trésor. Miladi veut que j'aille chercher le trésor?«

»Bitte, Genoux«, sagte Lady Slane in bestimmtem Ton, obgleich

Genoux die Versammelten anblickte, als wären Herbert, Carrie, Charles, William, Lavinia und selbst die geduckte und harmlose Mabel eben die Räuber, vor denen sie die Diamanten über Nacht in die Wasserkanne versenkt hatte. Auf indischen Terrassen und südafrikanischen Veranden hatte Genoux in vergangenen Jahren in ihrer Phantasie die schleichenden Fußtritte von Räubern gehört, die nach den vizeköniglichen Juwelen lüstern waren – »ces sales nègres« –; aber jetzt drohte diesem eifersüchtig bewachten Schatz eine unmittelbarere, weil begründetere und englische Gefahr. Man konnte sich nie darauf verlassen, daß miladi, die so sanft, so träumerisch, so geistesabwesend war, auf ihre eigenen Sachen Obacht gab. Genoux war von Natur aus ein Wachhund. »Miladi se souviendra au moins que les bagues lui ont été très spécialement données par ce pauvre milord?«

Lady Slane blickte auf ihre Hände. Sie waren, wie man so sagt, mit Ringen beladen. Diese Redensart bedeutet, soweit irgendeine Redensart überhaupt etwas bedeutet – und jede Redensart, jedes Cliché bedeutete einmal etwas, was eng mit irgendeiner menschlichen Erfahrung zusammenhing –, daß die betreffenden Steine zu schwer für die Hände waren, die sie trugen. Ihre Hände waren in der Tat mit Ringen beladen. Sie waren von Lord Slane so beladen worden – Zeichen der Zuneigung, sicherlich, aber nicht weniger Zeichen des Schmucks, der sich für die Hände der Gattin Lord Slanes gebührte. Der große hufeisenförmige Diamantring drehte sich leicht an ihrem Finger. (Lord Slane hatte des öfteren bemerkt, daß die Hände seiner Frau so weich wie Tauben seien, was ja in einer Beziehung stimmte, da sie in nichts zusammenschmolzen, wenn man sie umschloß, aber in anderer Beziehung ganz falsch war, da sie für den nur Betrachtenden fein, modelliert und charaktervoll waren; doch bei Lord Slane war es kein Wunder, wenn er in erster Linie den mehr weiblichen Reiz beachtete und die feineren, weniger bequemen Anzeichen übersah.) Lady Slane blickte also auf ihre Hände, als hätte Genoux zum erstenmal ihre Aufmerksamkeit auf sie gezogen. Denn die Hände eines Menschen sind die Teile seines Körpers, die man plötzlich so betrachtet, als gehörten sie einem gar nicht an. Sie sind plötzlich weit weg. Man bestaunt ihre wunderbaren Bewegungen und ihre fabelhafte Empfänglichkeit für die Übertragung spontaner Mitteilungen, als gehörten sie zu einer anderen Person oder wären Teil eines fremden Triebwerks. Man beobachtet sogar das Oval ihrer Nägel, die Poren ihrer Haut, die feinen Linien ihrer Glieder und Knöchel, ihre Glätte oder ihre Unebenheiten mit neugierig abschätzenden Blicken. Sie sind seit langem unsere Diener, und doch hat man ihre Persönlichkeit noch nicht erforscht, die, wie die Handlesekunst uns versichert, so eng mit unserer eigenen verknüpft ist. Man sieht sie auch, wie es nun gerade der Fall sein mag, mit Ringen überladen oder rauh und rissig von grober Arbeit. So blickte Lady Slane auf ihre Hände nieder. Sie hatten ihr ganzes Leben mitgelebt, diese Hände. Sie waren mit ihr gewachsen, aus den Patschhändchen eines Kindes waren sie jetzt die elfenbeinglatten Hände einer alten Frau geworden. Sie drehte den Diamanten- und den Rubinenring leicht und erinnerungsvoll herum. Sie hatte sie so lange getragen, daß sie ein Teil von ihr geworden waren. »Nein, Genoux«, sagte sie, »soyez sans crainte, ich weiß, die Ringe gehören mir.«

Aber die anderen Stücke gehörten ihr nicht auf dieselbe Weise, und sie hatte kein Verlangen nach ihnen. Genoux zog sie eines nach dem anderen hervor und überreichte sie Herbert und zählte sie dabei, wie wohl ein Bauer einem Käufer ein Schock Eier vorzählt. Herbert nahm sie in Empfang und überreichte sie dann Mabel, wie ein Maurer seinem Arbeitskameraden Ziegelsteine hinreicht. Er hatte ein Gefühl für Werte, aber keines für Schönheit. Lady Slane saß ruhig da und sah zu. Sie hatte ein Gefühl für Schönheit, aber keines für Werte. Der Marktpreis dieser Sachen war für sie ohne Bedeutung. Ihre Schönheit empfand sie, ohne ein Eigentumsinteresse zu verspüren. Die Erinnerung, die mit ihnen zusammenhingen, bedeuteten viel für sie, denn sie bildeten den Hintergrund ihres Lebens in höchst phantastischem Licht. Da waren die Szepter aus Jade, die die Sendboten des tibetanischen Lamas gebracht hatten. Wie gut sie sich an die feierliche Szene ihrer Überreichung erinnerte! Die Sendboten in ihren gelben Jacken hockten am Boden und entlockten gewaltigen Knochen, von der Länge eines Mammutschenkels, eine heulende Musik. Sie erinnerte sich sogar, daß sie, während sie würdevoll neben dem Vizekönig in seiner Durbarhalle saß, ihre Belustigung durch den Gedanken unterdrückt hatte, daß diese sich auf der gleichen Ebene bewegte wie der billige Spott der Engländer über die ihnen fremde Anhäufung von Konsonanten in einem polnischen Namen. Was hätte sie denn außer dieser Fremdheit über das aus einem tibetanischen Schenkelknochen gezogene Gewimmer zum Lachen veranlassen können? Ein tibetanischer Lama hätte ebensogut über den Namen Kubelik lachen können. Dann waren die indischen Fürsten mit ihren Geschenken gekommen, die nun Genoux Herbert, dem Erben in Elm Park Gardens, überreichte. Die indischen Fürsten hatten sehr gut gewußt, daß ihre Geschenke in den Tasch-i-Khane-Fonds kamen und dann nach Belieben des Vizekönigs und nach dem Maße der ihm zur Verfügung stehenden Geldmittel von ihm zurückgekauft wurden. Dicke Perlen und ungeschnittene, starkwolkige Smaragde gingen nun von Genoux' ungern und zögernd ausliefernden Händen in Herberts mit mühsam verhehlter Gier zugreifende über. In Behältern aus rotem Samt glitzerten Armreife und Halsketten.

»Tout est bien en ordre«, sagte Genoux und klappte die Etuis zu. Als sie fertig waren, war ein kleiner Tisch ganz mit solchen Futteralen bedeckt. »Ich werde dir wohl einen Koffer leihen müssen, liebe Mabel«, sagte Lady Slane.

Raubgut. Williams und Lavinias Augen glitzerten. Lady Slane bemerkte ihre begehrlichen Blicke und ihre versteckte Wut über diese einseitige Verteilung nicht. Nicht einmal eine Brosche für Lavinia! Es war offenbar, daß Lady Slane einfach nicht daran gedacht hatte, die Sachen gleichmäßig zu verteilen. Lavinia und Carrie saßen in stiller Wut da. Eine solche Einfältigkeit grenzte an Schwachsinn. Aber Herbert bemerkte ihre Verfassung genau und – so freundlich sind unsere geheimen Gefühle – genoß sie. Er freute sich über ihren Verdruß, und um ihn noch zu vermehren, redete er Mabel sogar einmal in liebevollem Ton an: »Leg die Perlen einmal an, meine Liebe, sie werden dir sicher ausgezeichnet stehen.« Nein, sie paßten gar nicht zu Mabels kleinem zerknitterten Gesicht, denn Mabel, die einmal hübsch gewesen war, war nun verwelkt. Sie hatte die Buße der Blonden zahlen müssen, so daß ihre Haut dunkler als ihr Haar erschien, und dieses Haar war ohne Glanz, es hatte die Farbe des Staubes. Die Perlen, die einmal ihren Schein auf die Spitzen und weichen Rundungen Lady Slanes ergossen hatten, hingen nun unscheinbar und ohne Feuer um Mabels faltigen Hals. »Sehr hübsch, Mabel«, sagte Lavinia, durch ihr Lorgnon spähend, »aber sonderbar, nicht wahr, diese orientalischen Geschenke sind doch eigentlich immer recht minderwertig. Die Perlen sind ja ganz gelb, jetzt sehe ich sie erst richtig – mehr wie alte Klaviertasten. Als deine Mutter sie trug, habe ich das nie bemerkt.«

»Was ich noch wegen des Hauses sagen wollte, Mutter«, begann Carrie. »Würde es dir passen, wenn wir es morgen besichtigten? Ich glaube, ich habe einen freien Nachmittag.« Und sie nahm ein kleines Notizbuch aus ihrem Handtäschchen, um darin zu blättern.

»Vielen Dank, Carrie«, sagte Lady Slane und setzte damit den Überraschungen, die sie ihnen schon bereitet hatte, die Krone auf, »aber ich habe mich schon für morgen zur Besichtigung angekündigt. Es ist sehr nett von dir, mir deine Begleitung anzubieten, aber ich denke, ich werde allein hinfahren.«

*

Es war für Lady Slane eine Art Abenteuer, allein nach Hampstead zu fahren. Sie fühlte sich erst wohl, als sie in Charing Cross sicher umgestiegen war. Ihr Dasein, das einst nur durch die Grenzen des britischen Weltreiches eingeschränkt gewesen war, war seit ihrem Einzug in Elm Park Gardens zusammengeschrumpft. Oder vielleicht gehörte sie zu jenen Menschen, auf die ein dauernder Aufenthalt in fremden Ländern nur wenig Eindruck macht – sie bleiben bis zum Ende sie selbst, oder vielleicht wurde sie auch wirklich alt. Wenn man achtundachtzig ist, sollte man das wohl sagen dürfen. Dieses Bewußtsein, dieses Gefühl des Alters war sonderbar und interessant. Der Geist war so frisch wie immer, vielleicht noch lebendiger, geschärft durch das Vorgefühl der bevorstehenden endgültigen Unterbrechung des Lebens, angespornt durch die Notwendigkeit, die verbleibende Zeit noch so gut wie möglich auszunützen. Nur der Körper war ein wenig zitterig, man konnte sich nicht mehr ganz auf ihn verlassen, sogar das Orientierungsvermögen war nicht mehr ganz in Ordnung, man hatte Angst, man könnte über eine Stufe stolpern oder eine Tasse Tee verschütten, man war nervös und schwankte ein bißchen, man wußte, daß man seinem Körper nicht mehr zuviel zumuten dürfe, daß man ihn nicht zur Eile antreiben dürfte, weil sonst seine Schwäche sofort offenbar wurde. Jüngere Menschen schienen das nicht immer zu merken oder Rücksicht darauf zu nehmen, und wenn sie es merkten, so wurden sie wohl leicht gereizt, schlenderten wohl zu offensichtlich langsam neben einem her, um mit den zögernden Tritten Schritt zu halten. Aus diesem Grunde war es Lady Slane nie sehr angenehm gewesen, mit Carrie bis zu der Ecke zu gehen, wo sie in den Omnibus stiegen. Als sie aber jetzt allein nach Hampstead fuhr, fühlte sie sich nicht alt, seit Jahren hatte sie sich nicht so jung gefühlt, und der Beweis dafür war, daß sie freudig diesen Beginn eines neuen Lebensabschnitts begrüßte, mochte es auch der letzte sein. Man sah ihr auch ihr Alter nicht an, als sie so dasaß und leicht mit dem Schaukeln des Untergrundbahnzuges hin und her schwankte. Sie saß sehr gerade und hielt ihren Schirm und ihre Handtasche fest. Ihre Fahrkarte hatte sie sorgfältig in die Öffnung ihres Handschuhs gesteckt. Es fiel ihr gar nicht ein, sich zu fragen, was die Mitreisenden wohl denken würden, wenn sie wüßten, daß sie vor zwei Tagen ihren Mann in der Westminsterabtei begraben hatte. Sie beschäftigte sich viel mehr mit der außergewöhnlichen Empfindung, von Carrie unabhängig zu sein.

(Haltestelle Leicester Square.)

Wie Henrys Tod diese plötzliche Befreiung herbeigeführt hatte, konnte sie nicht begreifen. Es war nur ein weiteres Beispiel für die undeutliche Beobachtung, die sie ihr ganzes Leben gemacht hatte: wie gewisse Ereignisse augenscheinlich Folgen hatten, die nichts mit ihnen zu tun zu haben schienen. Sie hatte Henry einmal gefragt, ob dieselbe Erscheinung auch auf dem Gebiet der Politik zu beobachten sei, aber obwohl er ihr (wie immer und jedem) mit der größten Höflichkeit und Aufmerksamkeit zugehört hatte, hatte er offenbar nicht verstanden, was sie meinte. Und doch mißlang es Henry nur selten, den Kern einer ihm gestellten Frage sofort aufzugreifen. Im Gegenteil, er ließ die Leute reden, hielt die ganze Zeit hindurch seine scharfen schalkhaft blitzenden Augen auf sie gerichtet und griff dann den Kernpunkt ihrer Meinung heraus, wie unbeholfen sie diese auch ausgedrückt hatten, nahm sie in die Hände, warf sie hoch und fing sie wieder auf, so wie ein Taschenspieler mit goldenen Kugeln spielt, bis sie unter dem Einfluß seiner unvergleichlichen Intelligenz von einem unansehnlichen armseligen Ding zu etwas Glitzerndem, Sprudelndem und Bedeutendem wurde, denn dies war das Bemerkenswerte, das Anziehende an Henry, die Eigenschaft, die ihm den Namen des scharmantesten Mannes in der Welt eintrug: daß er seine ganze Intelligenz jedem darbot, der sie in Anspruch nehmen wollte, ob das nun ein Minister bei einer Kabinettssitzung oder eine schüchterne junge Dame war, die er als Tischnachbarin hatte. Er war nie abweisend, schenkte jedem seine ganze Aufmerksamkeit und nahm jeden und alles wichtig. Er beschäftigte sich mit jedem Thema, wie unbedeutend es auch sein mochte, und je weiter es von seiner Arbeit oder seinen Interessen entfernt lag, desto lieber war es ihm. Er sprach über Ballkleider mit einer jungen Dame, die bei Hof vorgestellt wurde, über Poloponies mit einem Untergebenen oder über Beethoven mit beiden. So brachte er ungezählte Leute zu der Überzeugung, daß sie wirklich sein Interesse erweckt hätten.

(Haltestelle Tottenham Court Road.)

Aber als seine Frau ihm die Frage nach den anscheinend zusammenhanglosen Folgen gewisser Ereignisse stellte, war er zu keiner Erörterung aufgelegt und spielte statt dessen mit den Ringen an ihren Fingern. Sie blickte jetzt auf die Ringe nieder, die sich unter den schwarzen Handschuhen abhoben. Sie seufzte. Wie oft hatte sie versuchsweise an einem geistigen Schalter geknipst, aber die Leitung hatte nicht funktioniert, und Henrys Geist war dunkel geblieben. Sie hatte sich schließlich damit abgefunden und Zuflucht in dem Gedanken gesucht, daß sie wahrscheinlich die einzige Person in der Welt war, bei der er sich nicht anzustrengen brauchte. Das war ein vielleicht etwas mageres, aber immerhin aufrichtiges Kompliment. Sie bedauerte es jetzt. Es gab so viele Dinge, die sie gern mit Henry besprochen hätte, unpersönliche Dinge, nichts, was ihn in Verlegenheit bringen konnte. Sie hatte fast siebzig Jahre lang diese einzigartige Gelegenheit, dieses leider nicht zur Wirkung gekommene Vorrecht gehabt, aber nun war es dahin, zerdrückt unter den Fliesen der Westminsterabtei.

(Haltestelle Goodge Street.)

Es hätte ihm Spaß gemacht, wenn er geahnt hätte, daß sie sich von Carrie losmachen würde. Er hatte Carrie nie gemocht. Sie hatte Zweifel, ob er überhaupt eines seiner Kinder sehr gern gehabt hatte. Er kritisierte nie jemanden – das war einer seiner charakteristischen Züge –, aber Lady Slane kannte ihn gut genug (wenngleich sie ihn eigentlich überhaupt nicht kannte), um zu erkennen, ob er jemand leiden mochte oder nicht. Seine Lobsprüche waren immer gemessen, aber wenn er umgekehrt mit ihnen zurückhielt, so konnte man daraus allerlei entnehmen. Sie konnte sich nicht erinnern, daß er für Carrie je ein Wort des Lobes gehabt hatte, man hätte denn die

Bemerkung »Verdammt tüchtiges Weib, meine Tochter« in zustimmendem Sinne auffassen müssen. Der Blick, mit dem er Herbert ansah, war nicht mißzuverstehen. Auch Charles hatte bei den vielen Klagen, die er vorzubringen hatte, nie große Sympathie bei seinem Vater finden können.

(Haltestelle Euston.)

Lord Slane pflegte seinen Sohn, den General, mit einem Ausdruck zu betrachten, der etwa sagte: »Soll ich mich nun anstrengen und diesem redseligen und mürrischen Kerl genau sagen, was ich von Regierungsämtern halte, von denen ich schließlich doch ein bißchen mehr verstehe als er, oder soll ich es lieber nicht tun?« Soviel Lady Slane wußte, hatte er es nie getan. Er hatte es vorgezogen, ihn schweigend zu ertragen. William schnitt er ganz offen, obgleich Lady Slane aus nicht ganz aufrichtiger Zuneigung zu ihrem Sohn immer versucht hatte, dieses Verhalten ihres Mannes aus einer Abneigung gegen Lavinia zu erklären. »Meine Liebe«, hatte Henry einmal gesagt, als sie ihm sanfte Vorhaltungen darüber machte, »es fällt mir schwer, mit Personen umzugehen, die ihren Geist wie in einem Hauptbuch bilanzieren.« Lady Slane hatte geseufzt und hatte ja gesagt, es müsse zugegeben werden, daß Lavinia auf den armen William keinen ganz guten Einfluß ausgeübt habe, worauf Lord Slane erwidert hatte: »Einfluß? Sie sind einer wie der andere«, was für ihn eine scharfe Erwiderung war.

(Haltestelle Camden Town.)

Für Edith hatte er eine etwas selbstsüchtige Zuneigung. Sie war zu Hause geblieben, sie war gefällig, sie hatte ihn spazierengeführt, sie hatte manchmal Briefe für ihn beantwortet. Allerdings hatte sie oft Unheil mit ihnen angerichtet, hatte sie ohne Unterschrift weggesandt oder, wenn sie unterzeichnet waren, ohne Adresse, in welchem Fall sie durch das Amt für unzustellbare Briefe mit der Aufschrift »Slane, Elm Park Gardens« zurückgeschickt wurden, eine Unannehmlichkeit, die Lord Slane immer mehr Belustigung als Ärger verursachte. Nie hatte Lord Slane Gelegenheit gehabt, seine Tochter Edith ein verdammt tüchtiges Weib zu nennen. Lady Slane war manchmal auf den Gedanken gekommen, daß er Edith mehr deshalb liebte, weil sie ihm Anlaß zu Neckereien gab, als weil er Wert auf ihre in guter Absicht angebotenen Dienste legte.

(Haltestelle Chalk Farm.)

Kay. Aber bevor Lady Slane überlegen konnte, was Lord Slane aus diesem sonderbaren Problem Kay gemacht hatte, bevor sie wie an einer langen Angelschnur einen weiteren Erinnerungsfisch hochziehen konnte, fiel ihr ein, daß sie sich selbst eine Beschränkung auferlegt hatte, nämlich, daß sie nicht auf Erinnerungspfaden wandeln wollte, ehe sie zu völliger Ruhe gekommen war, nicht in Erinnerungen schwelgen wollte, bis sie das nach Herzenslust und in völliger Freiheit tun konnte. Sie durfte sich diesen Schmaus nicht dadurch verderben, daß sie vorher allerlei kleine Bissen naschte. Der Zug kam ihr zu Hilfe, er sprang über Weichen und lief dann wieder in einen weiß ausgekachelten Bahnhof ein, auf dem eine Linie roter Kacheln den Namen: Hampstead bildete. Lady Slane richtete sich schwankend auf und streckte die Hand nach einer hilfreichen Stange aus. Nur bei einer solchen Gelegenheit und bei einer solchen allein, wenn sie es mit der Hast des mechanischen Lebens aufzunehmen hatte, verriet sie äußerlich, daß sie eine alte Dame war. Sie wurde dann ein wenig zitterig, ein wenig ängstlich. Es wurde dann offenbar, daß sie sich in ihrer Schwäche fürchtete, umgestoßen zu werden. Doch in ihrer Ängstlichkeit, anderen keine Ungelegenheiten zu bereiten, nahm sie es wörtlich und beeilte sich gehorsam, wenn die Schaffner riefen: »Schnell aussteigen, bitte.« Mit derselben Ängstlichkeit jedoch vermied sie es, sich vorzudrängen, und ließ andere immer zuerst in den Zug oder in den Omnibus steigen, während sie sich selbst höflich zurückhielt. Durch diese Methode hatte sie schon manchen Zug und Omnibus verpaßt, oft zur Verzweiflung Carries, die sich selbst stets ihren Platz sicherte und davonfuhr, während ihre Mutter auf dem Bahnsteig oder am Kantstein stehenblieb.

Es war ein Wunder, daß Lady Slane bei ihrer Ankunft in Hampstead rechtzeitig aus dem Zuge kam und ihren Schirm, ihre Handtasche und ihre in den Handschuhschlitz gesteckte Fahrkarte glücklich mit hinausbrachte, aber es gelang ihr, und nun stand sie da in der warmen Sommerluft und sah die Dächer Londons zu ihren Füßen. Die Vorübergehenden beachteten sie nicht, so gewöhnt waren sie an den Anblick alter Damen in Hampstead. Als sie sich zu gehen anschickte, war sie sich nicht ganz klar darüber, ob sie den Weg wiederfinden würde, aber Hampstead schien kaum ein Teil Londons zu sein, so schläfrig und dörfisch war es mit seinen Baumgruppen und Ausblicken, die sie angenehm an Constables Gemälde erinnerten. Sie ging langsam, aber in fröhlicher Stimmung und ohne Ängstlichkeit wie in einem freundlichen Winkel voll Geborgenheit. Sie dachte nicht mehr daran, welche Meinung Henry von seinen Kindern hatte, sie dachte überhaupt nur daran, daß sie jetzt das Haus finden mußte, *ihr* Haus, das vor dreißig Jahren in einer ebensolchen Reihe roter Backsteinhäuser gestanden und wie jedes von ihnen einen Garten hinter sich gehabt hatte. Es war ein sonderbarer Gedanke, daß sie es jetzt gleich wiedersehen würde. Dreißig Jahre waren vergangen, zehn Jahre mehr, als ein Kind brauchte, um den vollen Gebrauch seiner Verstandeskräfte zu gewinnen. Wer konnte sagen, was während dieser Zeitspanne mit dem Haus geschehen war? Hatten sich in ihm stürmische Szenen ereignet, hatte es voll Trostlosigkeit oder in heiterer Gemächlichkeit dagestanden?

*

Das Haus hatte in der Tat mehrere Jahre dagestanden und darauf gewartet, daß jemand käme und es bewohne. Es war, seitdem es Lady Slane vor dreißig Jahren zum erstenmal gesehen hatte, nur einmal an ein ruhiges altes Ehepaar vermietet worden, Leute, deren Leben so einfach dahinflog wie das der meisten Menschen. Es war in ihren eigenen Augen, weiß Gott, ereignisreich genug, aber so alltäglich, daß es, ohne Spuren zu hinterlassen, in den allgemeinen Ozean des Lebens versank. Ein ruhiges altes Ehepaar, das die Wechselfälle des Lebens hinter sich hatte. Sie waren in das Haus gezogen, um langsam dahinzuwelken, sanft aus dem Dasein zu treiben, und so waren sie verwelkt, so waren sie fortgetrieben, sie hatten tatsächlich beide ihren letzten Atemzug in dem über dem Pfirsichspalier liegenden südlichen Schlafzimmer getan, wie die Hausmeisterin Lady Slane als aufmunternden Auftakt erzählte, während sie in lässiger, unbekümmerter Weise die Rolläden aufzog und die Sonne hereinließ. Sie schwatzte dabei ununterbrochen, wischte mit der Schürze ein Spinnweb von dem Fensterbrett und sah sich dann nach Lady Slane um, als wollte sie sagen: »So, jetzt können Sie sehen, wie das Haus aussieht, nicht viel los damit, nur so ein Haus, das zu vermieten ist – entschließen Sie sich um Himmels willen nur schnell, damit ich zu meinem Nachmittagstee zurückgehen kann.« Aber Lady Slane blieb in dem leeren Zimmer stehen und sagte ruhig, sie habe eine Verabredung mit Herrn Bucktrout.

Die Hausmeisterin könne gehen, sagte sie, sie brauche nicht zu warten. In ihrer Stimme mußte wohl ein Ton vizeköniglicher Autorität nachgeklungen haben, denn die Hausmeisterin wurde auf einmal ganz demütig und folgsam. Aber abschließen, sagte sie, müsse sie trotzdem. Sie zeigte auf die Schlüssel. Tag für Tag hatte sie das Haus aufgeschlossen, hastig hier und dort ein bißchen Staub gewischt und es wieder zugeschlossen. Das Haus kehrte dann zu seinem Schweigen zurück, das nur gelegentlich durch das Abbröckeln des Wandmörtels unterbrochen wurde. Während der Nacht fiel immer etwas Gips und Mörtel herunter und mußte am Morgen aufgeputzt werden. Ein unbewohntes Haus geriet gar zu leicht in einen schrecklichen Zustand. Sogar der Efeu kroch zwischen den Fenstern hindurch. Lady Slane erblickte einen bleichen jungen Schößling, der trübselig in der Sonne hing. Strohteilchen trieben sich hier und da auf dem Boden herum. Eine große Spinne rannte eilig die Wand hinauf und verschwand in einem Spalt. Ja, sagte Lady Slane, die Hausmeisterin könne ruhig gehen, Herr Bucktrout werde sicher die Freundlichkeit haben, das Haus abzuschließen.

Die Hausmeisterin zuckte die Schulter. Schließlich war ja nichts in dem Hause, was Lady Slane hätte stehlen können, und sie wollte Tee trinken. Nachdem Lady Slane ihr eine halbe Krone in die Hand gedrückt hatte, ging sie. Lady Slane blieb allein in dem Hause zurück. Sie hörte die Haustür zuschlagen. Wie wenig doch diese Hausmeister ihren Namen verdienten, sie gaben so wenig Obacht. Dann und wann trugen sie mal einen Eimer schwärzlichen Wassers herbei, schmierten mit einem schmutzigen Wischlappen über den Boden und hielten dann ihre Arbeit für getan. Man konnte ihnen nicht einmal einen Vorwurf machen, sie empfingen ein paar Schilling in der Woche, und dafür erwartete man von ihnen, daß sie sich die Knöchel noch schwieliger rieben, und alles wegen eines Hauses, das für sie im besten Falle einen Verdienst, im schlimmsten eine Last bedeutete. Man konnte von ihnen nicht erwarten, daß sie ihm die Pflege angedeihen ließen, die von Herzen kommt. Ein paar Monate solcher Arbeit würden jedermanns Eifer abstumpfen, aber Hausmeister mußten diese Arbeit ihr ganzes Leben tun. Man konnte von ihnen auch nicht erwarten, daß sie ein Gefühl dafür bekamen, was für ein sonderbares Ding ein Haus war, besonders ein leeres Haus, nicht nur eine systematische Anhäufung von Ziegelsteinen, die beim Bau durch Senkblei und Wasserwaage in eine bestimmte Ordnung gebracht und hier und da von Tür- und Fensterlöchern durchbrochen waren, sondern ein Wesen mit selbständigem Leben, als wenn in die in diesem viereckigen Backsteinwürfel eingeschlossene Luft ein einigender, das Ganze zusammenfügender Atem geblasen wäre, dessen Wirkung anhielt, bis die ihn einschließenden Wände auseinanderfielen und das Innere fremden Blicken preisgaben. Ein Haus war etwas sehr Privates, es hatte eine stille Abgeschlossenheit, die nicht von Schlössern und Vorlegestangen abhing. Wem diese Vorstellung als unvernünftiger Aberglaube erschien, dem konnte man erwidern, daß auch der Mensch nur eine Ansammlung von Ziegelsteinen war, aber Anspruch auf eine Seele, auf einen Geist, auf die Gabe der Erinnerung und der Wahrnehmung machte, die mit seinen ruhelosen Atomen nicht mehr zu tun hatten als das Haus mit seinen ruhig daliegenden Steinen. Für einen solchen Glauben konnte man keine rationale Erklärung beibringen, man konnte von einem Hausmeister nicht erwarten, daß er sich über eine solche Vorstellung viele Gedanken machte.

Lady Slane erlebte das sonderbare Gefühl, das allen gemeinsam ist, die zum erstenmal allein in einem leeren Hause bleiben, das vielleicht ihr Heim werden soll. Sie blickte aus dem Fenster des ersten Stocks, aber im Geiste lief sie die Treppen auf und ab und sah sich die Zimmer an, denn schon bei diesem ihrem ersten Besuch erschien ihr das Haus vertraut. Das war bereits ein Zeichen, daß sie und das Haus zusammenklangen. Sie stieg im Geiste sogar in den Keller hinunter, den sie noch nicht besichtigt, dessen moosbedeckte Stufen sie jedoch gesehen hatte. Sie hing sogar müßig dem Gedanken nach, ob dort wohl der Schwamm wuchs, nicht die gefleckte orangenfarbige, sondern die bleiche Art, die weit ungesunder und unangenehmer war. Wahrscheinlich befand sich auch der Schwamm unter den Eindringlingen dieses Hauses, und dieser Gedanke brachte sie zu dem leeren Zimmer zurück, in dem sie stand, dessen unverschämte Bewohner nach Herzenslust am Boden herumwehten, an den Fenstern schwebten und an den Wänden entlangliefen.

Seit langer Zeit hatten diese Dinge – die Strohteilchen, der Efeuschößling, die Spinne – das Haus ganz für sich allein gehabt. Sie hatten keine Miete bezahlt, hatten aber während eines leichten und flüchtigen Daseins den Boden, das Fenster und die Wände ganz nach Gutdünken benutzt. Das war die Gesellschaft, die Lady Slane wünschte. Sie hatte genug von Geschäftigkeit, Wettbewerb und ehrgeizigen Bestrebungen aller Art. Sie wollte mit den Dingen verschmelzen, die Zugang in ein leeres Haus fanden, wenn sie auch nicht wie die Spinne Netze weben wollte. Sie wollte sich damit begnügen, sich vom Wind bewegen zu lassen, grün zu werden im Licht der Sonne, sich den Korridor der Jahre hinuntertreiben zu lassen, bis der Tod sie sanft nach draußen wehte und die Tür hinter ihr schloß. Sie wollte sich ganz passiv verhalten, während diese äußeren Dinge mit ihr taten, was sie wollten. Aber erst einmal mußte sie wissen, ob sie das Haus haben konnte.

Ein leichtes Geräusch unten im Hause – war es das Öffnen einer Tür? – ließ sie aufhorchen. War es Herr Bucktrout? Sie hatte sich für halb fünf mit ihm verabredet, und die Zeit war schon überschritten. Sie mußte wohl oder übel mit ihm sprechen, obwohl sie geschäftliche Erörterungen haßte und am liebsten Besitz von dem Hause ergriffen hätte, wie das die Strohteilchen, der Efeu und die Spinne getan hatten, einfach dadurch, daß sie ihre Zahl durch ihre Person um noch eine weitere vermehrte. Sie seufzte, sie sah eine Menge Unannehmlichkeiten voraus, bevor sie in Ruhe im Garten sitzen konnte. Dokumente mußten unterzeichnet, Aufträge gegeben, Vorhänge und Teppiche ausgewählt und verschiedene Menschen in Bewegung gesetzt werden, die alle mit Hämmern, Nägeln, Nadel und Faden anrücken würden, bevor sie und ihre Sachen nach ihrer letzten Reise sich häuslich niederlassen konnten. Warum besaß man nicht Aladins Ring? Man mochte das Leben vereinfachen wie man wollte, seinem ungeheuer komplizierten Mechanismus konnte man nicht ganz entrinnen.

Es kam ihr plötzlich der Gedanke, daß der Herr Bucktrout, dessen Namen sie sich vor dreißig Jahren notiert hatte, inzwischen durch einen geschäftstüchtigen jungen Sohn ersetzt sein könnte, und groß war ihre Erleichterung, als sie über das Treppengeländer blickte und unten in der Halle in einer durch ihren Standpunkt bewirkten sonderbaren Verkürzung einen zuverlässig alten Herrn stehen sah. Sie blickte auf seine Glatze nieder, darunter sah sie seine Schultern, kaum eine Andeutung von Körper und dann zwei Lackschuhe. Er stand zögernd da, vielleicht wußte er nicht, daß seine zukünftige Mieterin bereits da war, vielleicht war ihm das auch gleichgültig. Sie hielt das letztere für wahrscheinlicher. Er schien es gar nicht eilig zu haben, das herauszufinden. Lady Slane stieg mühsam ein paar Stufen nach unten, um ihn besser sehen zu können. Er trug einen langen Leinenmantel, der ihm das Aussehen eines Anstreichers gab. Er hatte ein rosiges und etwas pausbäckiges Gesicht und preßte einen Finger gegen die Lippen, als beschäftige sich sein Geist in schlau überlegender und spitzbübischer Weise mit irgendeinem Problem. Was wird er nur tun, fragte sich Lady Slane, indem sie diese sonderbare kleine Gestalt beobachtete. Er hielt noch immer seinen Finger gegen die Lippen gepreßt, als wolle er jemanden zum Schweigen ermahnen, dann ging er auf den Zehenspitzen durch die Halle bis zu einer Stelle, wo ein Fleck an der Wand anzeigte, daß dort ehemals ein Barometer gehangen hatte. Dann klopfte er schnell gegen die Wand, wie ein Specht gegen einen Baum klopft, schüttelte den Kopf, murmelte: »Fällt! Fällt!«, hob die Zipfel seines Mantels hoch und tanzte in zwei niedlichen Pirouetten in die Mitte der Halle zurück und blieb dort mit zierlich vorgestrecktem Fuß stehen.

»Herr Bucktrout?« sagte Lady Slane, noch weiter herabsteigend.

Herr Bucktrout tat einen kleinen Sprung und streckte dann den anderen Fuß vor. Er legte eine Pause ein, um seinen Spann zu bewundern. Dann blickte er auf. »Lady Slane?« sagte er, indem er eine tiefe altmodische Verbeugung machte.

»Ich bin wegen des Hauses gekommen« sagte Lady Slane in vorzüglicher Stimmung, da sie sofort eine große Sympathie zu dieser exzentrischen Person verspürte.

Herr Bucktrout ließ die Zipfel seines Mantels fallen und stellte sich wie ein normaler Mensch auf zwei Füße. »Jawohl, wegen des Hauses«, sagte er. »Ich hatte es ganz vergessen. Da muß man nun wohl an geschäftliche Dinge denken, obwohl das Barometer fällt. Sie wollen also das Haus besichtigen, Lady Slane. Es ist ein reizendes Haus, so reizend, daß mir gar nichts daran liegt, es zu vermieten. Es ist nämlich mein eigenes Haus, ich bin zugleich Besitzer und Verwalter. Wenn ich nur der Verwalter wäre und im Namen des Besitzers handelte, hätte ich es für meine Pflicht gehalten, es nach Möglichkeit zu vermieten. Darum hat es so lange leer gestanden. Es haben sich viele Bewerber gemeldet, aber keiner von ihnen gefiel mir. Aber Sie sollen es sehen.« Er legte auf das »Sie« einen leichten Nachdruck.

»Ich habe es bereits gesehen«, sagte Lady Slane. »Die Hausmeisterin führte mich umher.«

»Ah so. Ein schreckliches Weib. So grob, so schmutzig. Haben Sie ihr ein Trinkgeld gegeben?«

»Ja«, sagte Lady Slane belustigt. »Ich habe ihr eine halbe Krone gegeben.«

»Ach, schade. Aber jetzt ist es natürlich zu spät. Sie haben also das Haus gesehen. Haben Sie es ganz gesehen? Drei Schlafzimmer, ein Badezimmer, zwei Toiletten, eine oben und eine unten; drei große Wohnzimmer, Veranda, die üblichen Nebenräume. Allgemeine Wasserversorgung, elektrisches Licht. Zweitausend Quadratmeter Garten, alte Obstbäume, darunter ein Maulbeerbaum. Schöne Keller. Essen Sie gern Pilze? Sie könnten Pilze im Keller züchten. Damen machen sich gewöhnlich nicht viel aus Wein, so könnte man den Keller zur Pilzzucht verwenden. Ich habe noch nie eine Dame getroffen, die Wert darauf gelegt hätte, sich ein Fäßchen Portwein einzulagern. Wenn Sie also das Haus gesehen haben, Lady Slane, was halten Sie davon?«

Lady Slane zögerte, denn es kam ihr der phantastische Einfall, Herrn Bucktrout genau die Gedanken zu erzählen, die ihr durch den Kopf gegangen waren, als sie auf ihn wartete. Sie fühlte zuversichtlich, daß er sie mit großem Ernst und ohne Überraschung aufnehmen würde. Aber statt dessen beschränkte sie sich darauf, mit der erprobten Vorsicht und Zurückhaltung eines Menschen, der eine Wohnung mieten will, zu sagen: »Ich glaube, es würde mir wahrscheinlich sehr zusagen.«

»Ah, aber die Frage ist«, sagte Herr Bucktrout, indem er den Finger wieder an die Lippen legte, »werden Sie *ihm* zusagen? Ich habe das Gefühl, das wird möglich sein. Und jedenfalls dürften Sie es nach dem Ende der Welt nicht mehr brauchen.«

»Ich denke, mein eigenes Ende wird eher eintreten«, sagte Lady Slane lächelnd.

»Durchaus nicht, wenn Sie nicht wirklich sehr alt sind«, sagte Herr Bucktrout in vollem Ernst. »Das Ende der Welt wird in zwei Jahren eintreten – ich könnte Sie durch ein paar einfache mathematische

Berechnungen überzeugen. Vielleicht sind Sie keine Mathematikerin. Nur wenige Damen haben mathematische Begabung. Aber wenn der Gegenstand Sie interessiert, könnte ich eines Tages, wenn Sie Ihren Einzug beendet haben, zum Tee zu Ihnen kommen und Ihnen meine Beweisgründe auseinandersetzen.«

»So werde ich also hier einziehen, ja?« sagte Lady Slane.

»Ich denke, ja«, sagte Herr Bucktrout, indem er den Kopf seitwärts neigte und sie von der Seite her ansah. »Das ist wohl wahrscheinlich. Denn warum sollten Sie sonst dreißig Jahre lang an das Haus gedacht haben – Sie sagten das in Ihrem Briefe –, und warum sollte ich so viele Mieter abgelehnt haben? Die beiden Dinge scheinen zusammenzukommen, nicht wahr, scheinen sich in einem Punkt zu treffen, nachdem jedes eine gesonderte Bogenlinie beschrieben hat. Ich glaube fest an die geometrischen Planungen der Vorsehung. Auch hierüber möchte ich Ihnen eines Tages meine Meinung vortragen, wenn ich Sie zum Tee besuchen darf. Wenn ich natürlich nur der Verwalter wäre, würde ich Ihnen nie einen solchen Vorschlag machen. Das würde sich nicht schicken. Da ich aber auch der Eigentümer bin, habe ich das Gefühl, daß wir, wenn wir die geschäftlichen Dinge hinter uns gebracht haben, uns auf gleichem Fuß begegnen können.«

»Ich hoffe in der Tat, daß Sie kommen werden, wenn Sie Lust dazu verspüren, Herr Bucktrout«, sagte Lady Slane.

»Sie sind sehr liebenswürdig, Lady Slane. Ich habe wenige Freunde, und ich finde, wenn man älter wird, zieht man mehr und mehr die Gesellschaft Gleichaltriger vor und scheut den Verkehr mit jüngeren Leuten. Sie ermüden einen so. Sie bringen einen aus der Fassung. Ich kann gegenwärtig kaum die Gesellschaft von Menschen ertragen, die unter siebzig sind. Junge Leute zwingen uns, vorwärts auf ein Leben voll Mühe und Anstrengung zu blicken. Alte Leute erlauben uns, rückwärts auf ein Leben zu schauen, dessen Mühen endgültig vorüber sind. Das läßt einen ausruhen. Ruhe, Lady Slane, ist eines der wichtigsten Dinge im Leben, aber wie wenige finden sie! Wie wenige in der Tat wünschen sie! Den Alten wird sie aufgedrängt. Sie sind entweder krank oder müde. Aber die Hälfte von ihnen seufzt noch nach der Energie, die sie einstmals hatten. Was für ein Fehler!«

»Das ist jedenfalls ein Fehler, den ich mir nicht vorzuwerfen habe«, meinte Lady Slane erleichtert und Herrn Bucktrout gegenüber ganz offenherzig.

»Nein? Dann sind wir wenigstens über einen der Hauptpunkte einig. Es ist schrecklich, zwanzig zu sein, Lady Slane. Es ist ebenso schlimm, wie wenn man vor der Aufgabe steht, im Großen National-Rennen zu reiten. Man weiß, daß man fast sicher in den Bach des Wettbewerbs fallen, beim Sprung über die Hecke der Enttäuschung ein Bein brechen, über den Draht der Intrige stolpern und ganz gewiß beim Satz über das Hindernis der Liebe zu Schaden kommen wird. Wenn man alt ist, kann man sich als Reiter am Abend nach dem Rennen ruhig niederlegen und denken: Nun, diese Strecke werde ich nie mehr zu reiten brauchen.«

»Aber Sie vergessen, Herr Bucktrout«, sagte Lady Slane, die in ihren eigenen Erinnerungen suchte, »daß es einem Spaß machte, als man jung war, gefährlich zu leben – man wollte es – es grauste einem gar nicht.«

»Das stimmt«, sagte Herr Bucktrout. »In meiner Jugend war ich Husar. Mein größtes Vergnügen war die Wildschweinjagd. Ich versichere Ihnen, Lady Slane, daß es für mich der seligste Augenblick meines Lebens war, wenn ich einen Eber mit schönen Hauern auf mich zukommen sah. Ich habe heute noch einige ausgestopfte Exemplare daheim, die ich Ihnen gelegentlich gern zeigen möchte. Aber ich hatte keinen Ehrgeiz – keinen militärischen Ehrgeiz. Ich hatte nie das leiseste Verlangen, Kommandeur meines Regiments zu werden. Darum nahm ich meinen Abschied, sobald ich erkannte, daß ein beschauliches Leben weit mehr Freuden bieten kann als ein von ehrgeiziger Tätigkeit erfülltes.«

Lady Slane stellte sich Herrn Bucktrout als Husaren vor, denn seine sonderbar stelzbeinigen Sätze beschworen dieses Bild herauf, und sie mußte sich sehr bemühen, das Lachen, zu dem dieses Bild sie reizte, zu verbergen. Es leuchtete ihr ohne weiteres ein, daß er niemals militärischen Ehrgeiz besessen hatte. Er war ihr sofort sehr sympathisch, doch mußte sie ihn nun wohl an praktische Dinge erinnern, obgleich, weiß Gott, diese zwanglose Unterhaltung für sie ein neuer und schwelgerischer Genuß war. »Aber jetzt müssen wir mal von dem Haus sprechen, Herr Bucktrout«, begann sie etwa in der Art, wie Carrie das Thema bei der Verteilung des Schmuckes angeschlagen hatte. Dieser Rückfall in die Sprechweise, die ihr einst als Frau eines Vizekönigs geläufig gewesen war, führte Herrn Bucktrout von seinen Wildschweinschlachten im Busch zu dem Gegenstand einer Hausvermietung in Hampstead zurück. »Mir gefällt das Haus«, sagte Lady Slane, »und anscheinend«, setzte sie mit einem Lächeln hinzu, das die angenommene hoheitsvolle Art Lügen strafte, »lehnen Sie mich als Mieterin nicht ab. Aber wie ist es nun mit dem geschäftlichen Teil? Wie hoch ist die Miete?«

Er sah sie überrascht an. Offenbar war er inzwischen eifrig auf der Jagd gewesen, war als Husar ins Leben zurückgekehrt, hatte ganz vergessen, daß er Hausbesitzer und Hausverwalter war. Dieses Mal legte er den Finger an die Nase, wobei er Lady Slane verschmitzt ansah und sich selbst Zeit zum Nachdenken gab. Der Gegenstand schien ihm verhaßt zu sein, aber in seinem Inneren rührten sich Reste ehemaliger Geschäftstüchtigkeit und zogen in seinem Geist an einem Erinnerungsfaden. Er lebte natürlich wie Lady Slane in einer Welt, in der Mieten von keiner großen Wichtigkeit waren, und so konnte man sich kaum ein unpassenderes und doch auch wieder ein passenderes Paar zur Erörterung von Mieten vorstellen. »Die Miete... die Miete...« sagte Herr Bucktrout wie jemand, der sich bemüht, ein Wort in einer fremden Sprache zu erhaschen, die er einmal gekonnt hat.

Dann klärte sich sein Gesicht auf. »Natürlich – die Miete«, sagte er lebhaft. »Sie wollen einen jährlichen Mietvertrag, nicht wahr?« fragte er, indem er aus dem Dickicht, in dem er vor fünfzig Jahren als Husar Wildschweine gejagt hatte, endlich zur Gegenwart zurückkehrte und als Geschäftsmann seinen Wortschatz wiederfand. »Es würde sich kaum für Sie lohnen, einen längeren Vertrag zu machen. Sie könnten es jeden Augenblick wieder räumen müssen, und Ihre Erben würden es sicher nicht gern auf dem Halse haben. Ich denke, daß wir auf dieser Grundlage zu einer befriedigenden Regelung kommen können. Es ist mir angenehm, einen Mieter zu finden, der mich auf kurze Zeit der Sorge um das Haus enthebt. Ganz abgesehen von meiner persönlichen Vorliebe für Sie, mag diese Vorliebe auch ganz plötzlich entstanden sein, ist mir der Gedanke angenehm, daß gerade dieses Haus nach kurzem Zwischenraum wieder zu meiner Verfügung stehen wird. Schon aus diesem Gesichtspunkt heraus würden Sie mir als Mieterin wunderbar passen. Es gibt natürlich noch andere Gesichtspunkte, wie immer in diesem Leben, aber aus

Geschäftsinteresse darf ich sie augenblicklich nicht ins Auge fassen. Jene anderen Gesichtspunkte sind rein gefühlsmäßig – nämlich, daß ich Sie mir recht gut als Bewohnerin gerade dieses Hauses vorstellen kann (vom Standpunkt des Eigentümers, nicht des Maklers aus gesprochen) und daß ich angenehmen Nachmittagen entgegensehe, wenn ich Ihnen als einer Dame mit großem Verständnis beim Tee meine verschiedenen kleinen Probleme auseinandersetze. Diese Überlegungen müssen für den Augenblick beiseitestehen. Wir sind hier, um die Frage der Miete zu erörtern.« Er stellte einen Fuß vor, bedachte sich, zog ihn zurück und sah Lady Slane befriedigt und triumphierend an.

Er drückt es auf wunderbar zarte Weise aus, dachte Lady Slane. Es würde sich kaum für mich lohnen, einen längeren Mietvertrag als auf ein Jahr abzuschließen, da ich das Haus jeden Augenblick wieder räumen könnte, indem ich in meinem Sarge hinausgetragen werde. Aber wenn er nun vor mir sterben sollte? Denn wenn ich auch eine alte Frau bin, so ist er doch sicher ebenfalls ein alter Mann. Es ist doch bestimmt lächerlich, wenn Leute, die dem Tode so nahe sind, sich noch feiner umschreibender Redewendungen befleißigen. Aber man spricht eben doch nicht gern in nackten Worten vom Tode, wie sehr auch sein unmittelbares Bevorstehen unser Herz bedrücken mag, und darum unterließ es Lady Slane, den möglichen Trugschluß in Herrn Bucktrouts Berechnungen aufzudecken, und sagte nur: »Ein jährlicher Mietvertrag wäre mir recht, aber damit ist meine Frage nach der Miete noch immer nicht beantwortet.«

Herrn Bucktrout war es offensichtlich peinlich, so in die Enge getrieben zu werden. Obgleich er sowohl Hausbesitzer wie auch Makler war, gehörte er doch zu jenen Leuten, die ihre Träume nicht gern in Mark und Pfennig ausgedrückt sehen. Überdies war er nun versessen darauf, Lady Slane als Mieterin zu bekommen. Er versuchte, Zeit zu gewinnen. »Nun, Lady Slane, ich beantworte Ihre Frage mit einer Gegenfrage. Welche Mietsumme wären Sie wohl bereit zu zahlen?«

Er geht wieder mit großer Zartheit vor, dachte Lady Slane. Er fragt nicht: »Welche Mietsumme können Sie bezahlen?« Sie kreuzten die Klingen, sie gingen umeinander herum wie zwei verliebte Tauben, es wurde allmählich komisch. Henry wäre dazwischengefahren, hätte ihre Unschlüssigkeit mit einem Axthieb kalten Verstandes gespalten. Doch sie hatte den seltsamen kleinen Mann gern, war froh, von Herzen froh, daß sie Carries Begleitung zurückgewiesen hatte. Carrie wäre wie ihr Vater drastisch dazwischengefahren und hätte dadurch eine Beziehung zerstört, die sich gerade so schnell und fein gebildet hatte wie ein aus Glas geblasenes Segelschiff, bei dem jeder Faden sogleich hart wird, wenn er das Blasinstrument verläßt und an die Luft tritt, und doch so zerbrechlich bleibt, daß eine falsche, die Ätherwellen mißtönig berührende Note ihn zersplittern kann. Widerwillig nannte Lady Slane eine Summe, die natürlich zu hoch war. Herr Bucktrout halbierte sie umgehend, aber da war sie natürlich zu klein.

Aber schließlich kamen sie zu einer Vereinbarung. Wenn auch diese Art, geschäftliche Verhandlungen zu führen, nicht nach jedermanns Geschmack sein mochte, so gefiel sie ihnen doch sehr gut, und sie schieden mit beiderseitigem Wohlgefallen voneinander.

Carrie fand, daß ihre Mutter in ihren Äußerungen sehr zurückhaltend über das Haus war. Ja, sie hatte es besichtigt, ja, sie hatte mit dem Verwalter gesprochen, ja, sie hatte es gemietet. Sie hatte einen Mietvertrag auf ein Jahr geschlossen. Carrie geriet in Aufregung. Was nun, wenn der Verwalter ein besseres Angebot erhielt und sie hinauswarf? Lady Slane lächelte überlegen. Der Verwalter, sagte sie, werde sie nicht hinauswerfen. Aber Hausverwalter, entgegnete Carrie, seien so furchtbar habgierige Leute – ganz natürlich, denn sie müßten wohl oder übel so sein –, und welche Garantie habe ihre Mutter, sich nicht nach Ablauf eines Jahres nach einem anderen Hause umsehen zu müssen? Lady Slane sagte, eine solche Notwendigkeit sehe sie nicht voraus, so ein Mensch sei Herr Bucktrout nicht. Aber, meinte Carrie verzweifelt, Herr Bucktrout müsse doch Geld verdienen. Geschäftliche Beziehungen gründeten sich nicht auf menschenfreundlichen Neigungen. Dann fragte sie, indem sie zu einem anderen Thema überging, da sie alle Hoffnung aufgab, die Vermietung noch rückgängig machen zu können, ob ihre Mutter Vereinbarungen über Reparaturen und Innenausstattung getroffen habe. Wie war es zum Beispiel mit dem Tapezieren und Anstreichen und der Ausbesserung von Dachschäden, hatte ihre Mutter wohl daran gedacht? Carrie, die alle Entscheidungen ihrer Mutter seit Jahren kontrolliert hatte, stand wahre Höllenqualen aus, die noch dadurch vergrößert wurden, daß sie ihrer Entrüstung nicht frei die Zügel schießen lassen konnte, denn sie konnte bei bestem Willen einer alten Dame von achtundachtzig Jahren keine Befehle erteilen, wenn diese alte Dame plötzlich zu verstehen gab, daß sie nach Erreichung dieses Alters endlich ihre Angelegenheiten selbst ordnen konnte. Carrie war überzeugt, daß sie das nie fertigbringen werde. Sie war nicht nur starr vor Erstaunen, weil sie sich so plötzlich entthront sah, sondern auch aufrichtig besorgt, weil sie ihre Mutter stracks und unrettbar in die schrecklichsten Schwierigkeiten rennen sah. Lady Slane erwiderte inzwischen ruhig, daß Herr Bucktrout versprochen habe, in ihrem Namen mit Schreinern, Anstreichern, Installateuren und Tapezierern zu verhandeln. Es sei sehr lieb von Carrie, wenn sie sich Sorgen mache, aber ganz unnötig. Sie und Herr Bucktrout würden alles unter sich regeln.

Carrie fühlte, daß es nicht einmal Sinn hatte, das Wort Voranschlag zu erwähnen. Ihre Mutter schien sich ganz von ihr gelöst und sich in eine nicht von Vernunft, sondern von Gefühlen beherrschte Welt verirrt zu haben, eine Welt, in der man die Anständigkeit anderer Leute als selbstverständlich voraussetzte. Aber diese Welt hatte, wie Carrie genau wußte, keine Beziehung zu irgendwelchen Dingen auf diesem Planeten. Diese Haltung ihrer Mutter war im Grunde dasselbe wie ihre außerordentliche Gleichgültigkeit und Stumpfheit, die sie bei der Verteilung der Juwelen gezeigt hatte. Welcher Mensch mit klarem Verstand würde auf diese Weise Juwelen verschenkt haben, die fünf-, vielleicht sogar siebentausend Pfund wert waren? Welcher Mensch mit richtigem Unterscheidungsvermögen würde nicht darauf gekommen sein, daß auch Carrie und Lavinia wenigstens einen Teil davon haben sollten? Von Edith gar nicht zu reden. Eine Brosche hätte sie Edith schon gegönnt. Schließlich war Edith Vaters Tochter. Aber ihre Mutter hatte alles fortgegeben, als wäre es wertloser Plunder, genau wie sie jetzt sich und ihre Börse einem alten Haifisch mit Namen Bucktrout ausgeliefert hatte.

Carrie fand jedoch großen Trost darin, die Sache in langen und wiederholten Unterredungen mit ihren Verwandten zu besprechen. Ihr Zusammenhalt wurde dadurch gefestigt. Sie hatten alle großen Genuß bei diesen Besprechungen am Teetisch – der Nachmittagstee war ihre Lieblingsmahlzeit, vielleicht weil sie die billigste war –, und niemand achtete darauf, wie oft jemand dasselbe und sogar in denselben Worten sagte. Sie hörten alle mit immer wiederholter Zustimmung zu und nickten beifällig, als wäre gerade eine neue und umwälzende Entdeckung gemacht worden. Carrie und ihre Verwandten fanden sich durch diese Vorträge und ihre beifällige Aufnahme ungemein gestärkt. Man braucht eine Sache nur oft genug zu wiederholen, und sie wird wahr. Durch das Einhämmern genügend vieler Pfähle derselben Art errichteten sie eine Palisade zwischen sich und den wilden Gefahren des Lebens. Die Phrase »Mutter ist wundervoll«, die sie so häufig in den Tagen zwischen dem Tod und dem Begräbnis gebraucht hatten, wurde durch die Bemerkung abgelöst »Die arme Mutter – so hoffnungslos unbeholfen in praktischen Dingen«. Aber nachdem sie diese mit lobenswerter Ausdauer vorgebracht hatten – in Queen's Gate, wo William und Lavinia wohnten, in Lower Sloane Street, wo Carrie und Roland wohnten, in Cromwell Road, wo Charles seine Wohnung hatte, in Cadogan Square, wo Herbert und Mabel hausten –, sahen sie zu ihrem Erstaunen, daß sie nicht imstande waren, mit dieser leicht unbeholfenen Mutter fertig zu werden. Sie war doch früher immer so angenehm, so leicht zu lenken gewesen, und jetzt hatte sie ihnen einen solchen Possen gespielt – sie mit ihrem Hause in Hampstead und ihrem Herrn Bucktrout. Keiner von ihnen hatte Herrn Bucktrout zu Gesicht bekommen, das war ihnen nicht gestattet worden, selbst Carrie und ihr zu Fahrten angebotenes Auto waren zurückgewiesen worden, aber seine Unsichtbarkeit verstärkte nur noch ihr Mißtrauen gegen ihn. Er wurde »dieser Mann, der Mutter in den Klauen hat«. Wenn Lady Slane nicht bereits alle Perlen, Rubine und Smaragde in ihrer unbekümmerten Weise Herbert und Mabel gegeben hätte, so hätten sie sich leicht vorstellen können, wie sie diese Herrn Bucktrout auf dessen Wink aushändigte. Was konnte dieser Herr Bucktrout, dem gar nichts an einem festen Mietvertrag zu liegen schien, der so hilfreich im Namen seiner Mieterin mit Schreinern, Anstreichern, Installateuren und Tapezierern verhandelte, anders sein als ein Haifisch? Im günstigsten Falle flossen für Carrie und ihre Familie seine Beweggründe in dem verdächtigen Wort Vollmacht zusammen.

Aber inzwischen hatte Herr Bucktrout sich die Dienste Herrn Gosherons gesichert.

»Sie müssen verstehen«, sagte er zu diesem schätzenswerten Handwerker, »daß Lady Slane trotz ihrer hohen Stellung eine Dame mit beschränkten Mitteln ist. Es ist nicht immer richtig, Herr Gosheron, Aristokratie und Reichtum gleichzusetzen. Wenn jemand Vizekönig von Indien und Premierminister von England gewesen ist, so heißt das nicht, daß seine Hinterbliebenen im Überfluß leben. Die staatliche Verwaltung, Herr Gosheron, wird nach ganz anderen Grundsätzen geführt. Deshalb müssen Sie, Herr Gosheron, Ihren Voranschlag so niedrig halten, wie es mit Ihrem wohlüberlegten und vertretbaren Gewinn verträglich ist. Als Makler und auch als Grundbesitzer habe ich einige Erfahrung in diesen Dingen. Und ich versichere Ihnen, daß ich es mir zur Pflicht mache, Ihre Kostenanschläge für Lady Slane so niederzudrücken, als müßte ich das Geld aus eigener Tasche bezahlen.«

Herr Gosheron wiederum versicherte Herrn Bucktrout, daß er nie daran denken werde, Lady Slane zu übervorteilen.

Genoux faßte vom ersten Augenblick an eine Vorliebe für Herrn Gosheron. »Voilà un monsieur«, sagte sie, »qui connaî son travail. Il sait par exemple«, setzte sie hinzu, »quels Bleigewichte il faut mettre dans les rideaux. Et il sait faire de la peinture pour que ça ne klebt pas. J'aime le bon travail – pas trop cher, mais pas de pacotille.« Genoux und Lady Slane, die von Carrie erlöst waren, verbrachten sehr glückliche Tage mit Herrn Bucktrout und Herrn Gosheron. Lady Slane gefiel alles an Herrn Gosheron, selbst sein Aussehen. Er sah sehr bieder aus und trug ständig einen alten, vor Alter grünen steifen Hut, den er nicht einmal im Hause absetzte. Wenn er Lady Slane grüßen wollte, faßte er ihn hinten an der Krempe und schob ihn etwas nach vorn, um ihn dann wieder in seine alte Lage zu bringen. Sein Haar, das ehemals braun gewesen, aber nunmehr grau und strähnig war, geriet durch dieses Hin- und Herschieben des Hutes immer in Unordnung, so daß nach der Verschiebung hinten eine Strähne hervorguckte, die Lady Slane fasziniert anstarrte, die aber von dem Eigentümer des Hutes nicht bemerkt wurde. Er trug immer einen Bleistift hinter dem Ohr, einen Bleistift, der so breit war und ein so weiches Blei hatte, daß er zu nichts anderem dienen konnte, als einen Strich über ein Holzbrett zu ziehen. Lady Slane sah ihn aber nur dazu gebraucht, sich damit den Kopf zu kratzen. Sie erkannte in Herrn Gosheron schnell einen jener Handwerker, die an jeder nicht unter ihrer eigenen Anleitung ausgeführten Arbeit etwas auszusetzen haben. »So 'n armseliges Ding«, pflegte Herr Gosheron zu murmeln, wenn er etwa die Zugklappe des Küchenherdes untersuchte. Er gab immer zu verstehen, daß, wenn die Arbeit ihm übertragen worden wäre, er sie besser gemacht haben würde. Aber gleichzeitig gab er auch zu verstehen, daß ein erfahrener Mann den Schaden wieder in Ordnung bringen und diese ganz schlechte Arbeit, wenn auch nicht ganz zufriedenstellend, einigermaßen wieder richten könne. Gewöhnlich schweigsam und in Gegenwart Herrn Bucktrouts ziemlich kleinlaut, ließ er gelegentlich seinem Groll die Zügel schießen. Lady Slane hörte zum Beispiel gern seine Ausbrüche gegen die mit Asbest gedeckten durchschnittlichen Wochenendhäuschen. Diese Ausbrüche waren ihr besonders wertvoll, weil sie so selten waren. »Ich kann nicht verstehen, wie man ohne Schönheit leben kann.« Herr Gosheron konnte ein Dielenbrett schön finden, wenn es gut geschnitten und eingepaßt war, obgleich er natürlich eins aus Eiche vorzog. »Grauenhaft, wie einige die Faserung des Holzes mit Farbe zuschmieren!« Herr Gosheron war kein junger Mann mehr. Er war mindestens siebzig, aber seine handwerkliche Tradition ging auf hundert oder mehr Jahre zurück. »Diese Lastwagen«, sagte er, »die die Mauern erschüttern!« Henry Slane, der immer fortschrittlich war, waren Lastwagen so schön erschienen wie Herrn Gosheron ein gut gezimmertes Brett. Aber Lady Slane, die sich als brave Gattin viele Jahre lang bemüht hatte, die Schönheit der Lastwagen zu entdecken, befand sich nun weit wohler in einer neuen Wertordnung. Sie konnte ganze Stunden mit Herrn Bucktrout und Herrn Gosheron vertrödeln, wobei Genoux ihnen wie ein geschlossener und nie wankender Chor folgte. Fest auf ihre zwei Füße gepflanzt, stand sie in einiger Entfernung von den dreien, und wenn sie sich bewegte, knisterten die Einlagen von braunem Packpapier. Genoux, die ihr ganzes Leben hindurch grundsätzlich jeden mit Mißtrauen betrachtet hatte, empfand für Herrn Bucktrout und Herrn Gosheron eine Zuneigung, die fast an Liebe grenzte. Wie verschieden, wie erstaunlich angenehm verschieden sie von den Kindern ihrer Herrin waren – für die Genoux trotzdem eine scheue Ehrfurcht hegte. Die beiden alten Herren schienen ängstlich darauf bedacht zu sein, daß Lady Slane alles nach ihrem Wunsch bekam, aber doch möglichst geringe Ausgaben hatte. Wenn sie zögernd fragte, ob im Badezimmer wohl ein Regal aus Glas angebracht werden könne, oder was es sonst auch sein mochte, so sahen sich die beiden wie zwei Verschworene an, fast zwinkernd, und sagten regelmäßig, sie glaubten, das werde wohl noch möglich sein. So sah Genoux Miladi gern behandelt – wie ein kostbares, zerbrechliches und selbstloses Wesen, dem andere schützend zur Seite standen, um ihre Rechte, die sie selbst niemals durchsetzte, wahrzunehmen. Nie war sie früher so behandelt worden. Milord hatte sie natürlich geliebt und hatte sie immer vor Unannehmlichkeiten bewahrt (Milord, der sich gegen jeden so reizend betrug), aber er selbst war eine so gewichtige Persönlichkeit, daß andere natürlicherweise in seinem Schatten standen. Ihre Kinder liebten sie wohl auch, wie Genoux annahm, denn für sie war es undenkbar, daß ein Kind seine Mutter, selbst nach sechzig Jahren, nicht lieben sollte, aber es hatte Zeiten gegeben, wo Genoux ihr Betragen gegen ihre Mutter nicht billigen konnte. Lady Charlotte zum Beispiel war wirklich zu tyrannisch, kam zu allen Stunden des Tages nach Elm Park Gardens, und ihr Anblick allein konnte eine schüchterne alte Dame zum Zittern bringen. Sehr oft konnte man eine verschleierte Ungeduld hinter ihren Worten spüren. Nach Genoux' Meinung waren sie alle zu energisch, außer Lady Edith und Herrn Kay. Sie stießen ihre arme Mutter herum, sprachen laut und hielten es für selbstverständlich, daß ihre Kräfte den ihren die Waage hielten. Einmal, als Herr William mit Lady Slane ausging, hatte sie den Vorschlag gemacht, eine Droschke zu nehmen, aber Herr William hatte gesagt, sie könnten ebensogut im Omnibus fahren, und Genoux, die ihnen die Haustür öffnete, hätte beinahe ihre Börse hervorgezogen, um Herrn William das Fahrgeld zu geben. Sie wünschte jetzt, sie hätte sich dieses freche Stückchen geleistet. Es war unvernünftig, eine Dame von achtundachtzig zu behandeln, als wäre sie erst fünfundsechzig. Genoux, die selbst nur zwei Jahre Jünger war als Lady Slane, wurde erbost, wenn sie in der Halle von Elm Park Gardens Lady Slane die Überschuhe anzog und ihr den Regenschirm gab, weil sie in das schlechte Wetter hinausgehen mußte. Es war nicht recht, besonders wenn man in Betracht zog, an welches Leben Lady Slane gewöhnt gewesen war in jener Zeit, da sie auf einem Elefanten saß mit einem Mahut hinter sich, der ihr einen Sonnenschirm über den Kopf hielt. Genoux war lieber in Kalkutta als in Elm Park Gardens gewesen.

Aber in Hampstead hatte man dank Herrn Bucktrout und Herrn Gosheron endlich die richtige Atmosphäre gefunden. Sie war bescheiden. Es gab keine Adjutanten und keine Fürsten, aber wenn sie auch bescheiden war, so war sie doch warm und herzlich und anständig und großzügig, gerade wie sie sein sollte. Herr Bucktrout drückte sich in einem Stil aus, den Genoux für ganz ausgezeichnet hielt. Er war sicher sonderbar, aber er war ein Kavalier – ein echter Monsieur. Er hatte seltsame und schöne Gedanken, er hatte es nie eilig. Manchmal, wenn er von geschäftlichen Dingen sprach, brach er mitten drin ab, um etwas über Descartes ober über ein befriedigendes Muster zu sagen. Und wenn er Muster sagte, meinte er kein Tapetenmuster, sondern ein Muster der Lebensführung. Herr Gosheron hatte es nie eilig. Manchmal hob er seinen steifen Hut von hinten her hoch und kratzte sich mit dem Bleistift am Kopf, und diese Gebärde diente anstatt einer Bemerkung. Er sprach sehr wenig und immer mit leiser Stimme. Er bedauerte den Verfall der handwerklichen Tüchtigkeit in der modernen Welt, weigerte sich, gewerkschaftlich organisierte Arbeiter zu beschäftigen, und arbeitete mit solchen, die er selbst herangezogen hatte und die folglich schon so alt waren, daß Genoux manchmal Angst hatte, sie könnten von der Leiter fallen. Auch die Arbeiter hatten sich verschworen, Lady Slane zufriedenzustellen. Wenn sie kam, begrüßten sie sie immer mit strahlendem Gesicht, nahmen ihre Mützen ab und beeilten sich, ihr die Farbtöpfe aus dem Wege zu räumen. Doch wenn es bei der Arbeit auch gemütlich zuging, so schien sie trotzdem schnell weiterzuschreiten, und jedesmal wenn Lady Slane nach Hampstead kam, gab es eine Überraschung für sie.

Herr Bucktrout machte ihr sogar kleine Geschenke, die er jedoch aus Feinfühligkeit immer in bescheidenem Rahmen hielt, so daß Lady Slane sie ohne Verlegenheit annehmen konnte. Manchmal war es eine Pflanze für ihren Garten, manchmal eine Vase mit Blumen, die auf dem Fensterbrett eines leeren Zimmers seltsame Leuchtkraft gewann. Er müsse sie auf ein Fensterbrett setzen, erklärte er, da noch keine Tische oder andere Möbelstücke vorhanden seien, aber Lady Slane hatte ihn im Verdacht, daß er das Fensterbrett deshalb vorzog, weil er sein Geschenk dann so zurechtrücken konnte, daß die Sonnenstrahlen gerade zu der Stunde darauf fielen, wo er seine Mieterin erwartete. Sie neckte ihn manchmal, indem sie eine halbe

Stunde zu spät kam, aber er ließ sich nicht beirren, und einmal verriet ihn ein feuchter Ring neben der Vase. Er war, als er sah, daß sie nicht rechtzeitig eintraf, wieder nach oben gegangen und hatte die Blumen weiter in die Sonne vorgerückt. Hohes Alter, dachte Lady Slane, müsse sich sicher mit sehr kleinen Freuden begnügen, nach dem Vergnügen zu urteilen, das sie bei der Bestätigung ihrer Verdachtsgründe empfand. Müde, schwach, bereit abzutreten, konnte sie sich noch damit belustigen, ein winziges Miniaturspiel mit Herrn Bucktrout und Herrn Gosheron zu treiben, eine Art Menuett, das nach einer verklingenden Musik getanzt wurde, das vielleicht künstlich war, aber doch symbolisch für eine Wirklichkeit, die sie mit ihren eigenen Kindern nie erreicht hatte. Die Künstlichkeit lag in der Art, auf die es gepielt, die Wirklichkeit in der Herzlichkeit, mit der es erfunden wurde. Ritterlichkeit war kein künstliches Produkt mehr, wenn sie auf wirklicher Hochachtung beruhte, sie wurde dann eine der keuschen, verhüllenden Grazien, eine Formel, durch die ein tieferes Gefühl mitgeteilt werden konnte.

Sie waren alle drei zu alt, um starke Gefühle zu äußern, um in Wettbewerb zu treten, zu überlisten und Siege davonzutragen. Sie mußten in den alten Takt des Menuetts verfallen, in dem die Verbeugung des Herrn alles ausdrückte, was er an galanter Zuneigung für die Frauen fühlte, und der Fächer der Dame einen so sanften Luftzug erregte, daß nicht einmal ein Härchen davon bewegt wurde. Das war das Alter, in dem man alles so gut kannte, daß man es nur noch in Symbolen ausdrücken konnte. Die Zeit war dahin, da das Gefühl seine Grenzen überschritt und heiß aus dem Schmelzofen strömte, da das Herz von starken und sich widerstreitenden Gefühlen zu zerreißen drohte. Es war nur noch ein einfarbiges Gemälde übriggeblieben, die Landschaft war noch dieselbe, aber alle Farben waren aus ihr verschwunden, und an die Stelle des Wortes war eine Gebärde getreten.

Lady Slane war es am liebsten, wenn Herr Bucktrout seine kleinen Geschenke in Form von Blumen brachte. Sie entdeckte an ihm mit der Zeit manche kleinen Talente, unter denen die Gabe, einen Blumenstrauß zusammenzustellen, nicht das geringste war. Er machte kühne und überraschende Farben- und Formenzusammenstellungen, so daß man glaubte, ein Stilleben und nicht mehr einen Strauß lebender Blumen vor sich zu haben, dem jedoch ein Leben eingehaucht war, das keine Farbe hervorzaubern konnte. Wenn der Strauß auf dem Fensterbrett in der Sonne leuchtete, und sein Leuchten war auf den kahlen Brettern und im Gegensatz zu den nackten Wänden um so intensiver, erschien sein Gewebe eher von innen her als von außen bestrahlt. Herrn Bucktrouts Erfindungskraft erlahmte auch nicht, denn in dieser Woche brachte er einen Strauß, der so bunt war wie ein Zigeuner, alles blau, purpurn und orange, in der nächsten aber ein diskretes Pastellbild, alles rosa und grau mit einem Fleck Gelb darin und einem federigen, leicht kremfarbigen Zweig. Lady Slane, die beinahe Malerin geworden war, wußte diese Farbwirkungen wohl zu schätzen. Herr Bucktrout sei ein Künstler, sagte Lady Slane, und selbst Genoux, die nicht viel Wert auf Blumen im Hause legte, weil sie ihre Blätter über die Tische verstreuten und schließlich weggeworfen werden mußten und dann den ganzen Inhalt des Papierkorbs feucht machten, bemerkte eines Tages, daß »Monsieur aurait dû se faire floriste«.

Als Herr Bucktrout sah, daß seine Bemühungen gewürdigt wurden, wurden seine Geschenke allmählich persönlicher. Außer der Vase mit Blumen brachte er noch ein Sträußchen mit, das dazu bestimmt war, an Lady Slanes Schulter gesteckt zu werden. Das erstemal ergab sich dabei eine Schwierigkeit. Sie hatte voll Besorgnis, den alten Herrn nicht zu enttäuschen, unter ihren Spitzen und Rüschen vergeblich nach einer Nadel gesucht. Von nun an war an dem mitgebrachten Sträußchen immer eine große schwarze Sicherheitsnadel sichtbar, die sorgfältig durch das die Stengel umhüllende Silberpapier gesteckt war und die Lady Slane immer gehorsam benutzte, obwohl sie vorahnend nie mehr vergaß, selbst eine bei sich zu tragen. Aus solch kleinen, stillschweigenden und gegenseitigen Artigkeiten baute sich ihre Beziehung auf.

Eines Tages fragte sie ihn, warum er sich ihretwegen so viel Mühe gebe. Warum hatte er es auf sich genommen, Herrn Gosheron für sie ausfindig zu machen, seine Voranschläge durchzusehen und sich um jede Einzelheit der Arbeit zu bekümmern? Das war doch bei einem Häusermakler sicher nicht üblich, selbst dann nicht, wenn dieser Makler zugleich Hausbesitzer war? Herr Bucktrout war sofort sehr ernst. »Ich habe mir schon gedacht, Lady Slane«, sagte er, »daß Sie mir eine solche Frage stellen würden. Ich freue mich, daß Sie sie gestellt haben, denn ich bin immer dafür, Licht in die Dickichte der

Mißverständnisse einzulassen. Sie haben recht: es ist nicht üblich. Sagen wir, daß ich es tue, weil ich sonst sehr wenig zu tun habe, und daß ich, solange Sie keine Einwände erheben, dankbar bin, wenn Sie mir Anlaß zur Beschäftigung geben.«

»Nein«, sagte Lady Slane verlegen, aber bestimmt, »das ist nicht der Grund. Warum nehmen Sie meine Interessen auf diese Weise wahr? Sehen Sie, Herr Bucktrout, Sie überwachen nicht nur Herrn Gosheron – ich habe eigentlich nie einen Handwerker gesehen, der so wenig Überwachung nötig hätte –, sondern von Anfang an waren Sie besorgt, mir soviel wie möglich abzunehmen. Ich mag in praktischen Dingen nicht sehr bewandert sein«, fuhr sie mit ihrem reizenden Lächeln fort, »aber ich habe mich hinreichend in der Welt umgesehen, um zu wissen, daß Geschäfte gewöhnlich nicht nach Ihrem System geführt werden. Meine Tochter Charlotte übrigens – aber sprechen wir nicht von meiner Tochter Charlotte. Es bleibt die Tatsache bestehen, daß ich überrascht und auch ziemlich neugierig bin.«

»Ich möchte nicht, daß Sie mich für einen Einfaltspinsel halten, Lady Slane«, sagte Herr Bucktrout sehr ernst. Er zögerte, als überlege er sich, ob er sie ins Vertrauen ziehen solle, dann sprach er schnell weiter. »Ich bin kein Einfaltspinsel, auch kein kindischer alter Mann. Man spreche mir nur nicht von Kindischwerden und solchem Unsinn. Leute, die sagen, daß die Welt anders ist als sie ist, machen mich nur ungeduldig. Die Welt, Lady Slane, ist einfach grauenhaft. Sie ist grauenhaft, weil sie auf Wettbewerb gegründet ist – und man weiß wirklich nicht, ob man die Grundlage dieses Kampfes eine Konvention oder eine Notwendigkeit nennen soll. Ist er ein außerordentliches Blendwerk oder ein Lebensgesetz? Ist er vielleicht ein tierisches Gesetz, von dem die Kultur uns schließlich befreien kann? Gegenwärtig scheint es mir, Lady Slane, daß der Mensch alle seine Berechnungen auf ein von Grund aus falsches mathematisches System gegründet hat. Für seinen eigenen Zweck geht die Rechnung wohl auf, weil er diesen Planeten so zurechtgestutzt und zurechtgebogen hat, daß die Prämissen für ihn stimmen. Wenn man aber nach anderen Gesetzen urteilt, so würden die Resultate zwar richtig bleiben, die Prämissen aber würden einfach verrückt erscheinen, zwar geistreich genug, aber verrückt. Vielleicht wird eines Tages eine wahre Kultur kommen und alle unsere Rechnungen als falsch durchstreichen. Aber bis dahin haben wir noch einen weiten Weg zu gehen – einen weiten Weg.« Er schüttelte den Kopf, stellte den Fuß vor und versank in Gedanken.

»Sie denken also«, sagte Lady Slane, da sie merkte, ihn in die Wirklichkeit zurückrufen zu müssen, »daß jeder, der gegen dieses außerordentliche Blendwerk angeht, der Kultur weiterhilft?«

»Jawohl, Lady Slane, das denke ich. Aber bei dem jetzigen Zustande der Welt ist das ein Luxus, den sich nur Dichter oder sehr alte Leute leisten können. Ich versichere Ihnen, daß ich, nachdem ich meinen Abschied genommen hatte und Geschäftsmann geworden war, einfach wild war. Es ist wirklich das einzige Wort. Wild. Niemand konnte es mit mir aufnehmen. Und je rücksichtsloser ich vorging, desto mehr Achtung brachte man mir entgegen. Nichts verschafft einem so schnell Achtung, wie wenn man seine Mitmenschen wissen läßt, man sei ihnen gewachsen. Andere Methoden können einem zwar auf lange Sicht auch Achtung verschaffen, aber wenn man sie auf kürzerem Wege erringen will, so ist das beste Mittel, sich selbst einen hohen Wert beizulegen und andere zu zwingen, diese Wertung anzuerkennen. Bescheidenheit, Mäßigung, Rücksichtnahme, Nettigkeit taugen nichts, sie machen sich nicht bezahlt. Wenn Sie einmal einen meiner früheren Kollegen treffen sollten, Lady Slane, so würde er Ihnen erzählen, daß ich zu meiner Zeit eine richtige Dampfwalze gewesen bin.«

»Und wann haben Sie diese rücksichtslosen Grundsätze aufgegeben, Herr Bucktrout?« fragte Lady Slane.

»Sie nehmen doch wohl nicht an, daß ich prahle, Lady Slane«, sagte Herr Bucktrout, indem er sie streng ins Auge faßte. »Ich erzähle Ihnen dies alles, damit Sie sehen, daß Einfalt nicht meine Schwäche ist. Wie ich Ihnen schon sagte, Sie dürfen mich nicht für einen Einfaltspinsel halten. – Wann ich diese Grundsätze aufgab? Nun, ich setzte mir einen Termin. Ich beschloß, mich mit fünfundsechzig Jahren von den eigentlichen Geschäften zurückzuziehen. An meinem fünfundsechzigsten Geburtstage – oder, um es genauer zu sagen, an meinem sechsundsechzigsten – erwachte ich als freier Mann. Denn ich war mehr aus Vorsatz als aus Neigung Geschäftsmann gewesen.«

»Aber was ist's denn mit diesem Hause?« fragte Lady Slane. »Sie haben mir erzählt, daß Sie dreißig Jahre lang Mieter zurückgewiesen haben, wenn sie Ihnen nicht paßten. Das war doch sicher Neigung, nicht wahr? Denn Geschäftstüchtigkeit konnte man das doch bei bestem Willen nicht nennen.«

»Ach«, sagte Herr Bucktrout, indem er den Finger an die Nase legte, »Sie sind zu schlau, Lady Slane, Sie haben ein zu gutes Gedächtnis. Aber seien Sie nicht zu hart gegen mich. Dieses Haus war immer der Tummelplatz meiner Torheiten, oder soll ich sagen, der Übungsplatz meines gesunden Verstandes? Ich bin gern genau in meinen Ausdrücken. Ich sehe, Lady Slane, daß Sie gern ein bißchen necken. Ich will Ihnen nicht zu nahe treten. Wenn uns die Damen nicht neckten, würden wir in Gefahr geraten, uns zu ernst zu nehmen. Ich habe mir immer vorgestellt, meine Tage in diesem Hause zu beenden, deshalb wünschte ich natürlich nicht, seine Atmosphäre durch unsympathische Einflüsse zu verderben. Sie haben vielleicht bemerkt – natürlich haben Sie es bemerkt –, daß es eine sonderbar gereifte und reservierte Atmosphäre hat. Ich habe diese Atmosphäre mit der größten Sorgfalt erhalten, denn wenn man auch keine Atmosphäre schaffen kann, so kann man sie doch wenigstens vor Störungen bewahren.«

»Aber wenn Sie selbst hier wohnen wollen – und sogar hier sterben«, sagte Lady Slane und sah, daß er eine Hand erhoben hatte und sie verbessern wollte, »warum haben Sie dann das Haus an mich vermietet?«

»Oh«, sagte Herr Bucktrout leichthin und tröstend, »Sie durchkreuzen meine Pläne nicht, wenn Sie hier wohnen.«

Denn so höflich Herr Bucktrout war, in dieser Hinsicht blieb er völlig unsentimental und verhehlte nicht seine Ansicht, Lady Slane werde das Haus nur für kurze Zeit benötigen. Wenn er ihr von unnötigen Ausgaben abriet, so tat er es aus dem Grunde, weil sie sich kaum für sie lohnten. Wenn sie vorsichtig von Zentralheizung sprach, erinnerte er sie daran, daß sie in dieser ihrer letzten Wohnung nur wenige Winter, wenn überhaupt einen, verbringen werde. »Wenngleich sicherlich kein Grund vorhanden ist«, setzte er teilnahmsvoll hinzu, »warum man es sich nicht, wenn man will, so bequem wie nur möglich machen sollte.« Genoux, die diese Bemerkung zufällig hörte, rief ihre Religion zur Unterstützung ihrer Entrüstung zu Hilfe. »Monsieur pense donc qu'il n'y a pas de radiateurs au paradis? Il se fait une idée bien mièvre d'un Bon Dieu peu neuzeitlich.« Aber Herr Bucktrout beharrte bei seiner Meinung, daß Petroleumbrenner zur Erwärmung der Zimmer genügen würden. Er rechnete aus, wieviel Liter Petroleum sie in einem Winter gebrauchen würden, und stellte daneben die Kosten, die die Anlegung einer Zentralheizung mit der dazu nötigen Durchbrechung der Wände durch Röhren erfordern würde. »Aber Herr Bucktrout«, sagte Lady Slane nicht ohne Bosheit, »als Hausbesitzer sollten Sie mich doch eigentlich zur Anlage einer Zentralheizung ermutigen. Denken Sie doch daran, wie angenehm das für Ihren nächsten Mieter sein müßte.«

»Lady Slane«, erwiderte Herr Bucktrout, »der Gedanke an meinen nächsten Mieter ist von dem an meinen jetzigen Mieter gänzlich getrennt. Das ist im Leben immer meine Richtschnur gewesen, und dank derselben habe ich stets meine verschiedenen Beziehungen getrennt halten können. Ich bin für scharfe Umrisse. Zu große Weichheit gefällt mir nicht. Viele Leute sind in den Irrtum verfallen, es sei das beste, nirgendwo anzustoßen, aber dadurch taten sie niemandem einen Gefallen, am wenigsten sich selbst. Bei einem Kompromiß kommt schließlich nichts heraus. Es war immer mein Grundsatz, daß es besser ist, einer Person sehr zu Gefallen zu sein als einer Anzahl von Personen ein wenig, gleichgültig wie viele man dadurch vor den Kopf stößt. Ich habe in meinem Leben viele vor den Kopf gestoßen, aber das reut mich in keinem einzigen Falle. Ich bin dafür, daß man das Interesse des Augenblicks wahrnehmen soll. Das Leben ist so flüchtig, Lady Slane, daß man es beim Schwanz fassen muß, wenn es vorüberfliegt. Es hat keinen Zweck, an gestern oder an morgen zu denken. Gestern ist vorbei, und morgen ist problematisch. Selbst das Heute ist unsicher, weiß Gott. Deshalb sage ich Ihnen«, fuhr Herr Bucktrout in biblischer Sprache fort, indem er einen Fuß vorsetzte, als wolle er damit seinen Worten Nachdruck verleihen, »legen Sie keine Zentralheizung an, denn Sie wissen nicht, wie lange Sie leben und sich ihrer erfreuen können. Mein nächster Mieter mag sich meinetwegen in der Hölle wärmen. Ich bin hier, um Ihnen einen Rat zu geben, und ich rate Ihnen: kaufen Sie einen Petroleumbrenner – mehrere Petroleumbrenner. Die werden Sie wärmen und Sie überdauern, wie oft Sie auch die Dochte werden erneuern müssen.« Er wechselte den Fuß und gab seinen Rockschößen einen seine Worte unterstützenden Schwung. Herr Gosheron schob verlegen seinen Hut vor.

Diese Überzeugung von der kurzen Dauer ihrer Mietzeit hatte, wie Lady Slane entdeckte, zwei Gründe: die Einschätzung ihres hohen Alters und seine prophetischen Ansichten über das unmittelbar bevorstehende Ende der Welt. Er hielt lange Vorträge über dieses Thema, ohne sich durch die Gegenwart Genoux' und Herrn Gosherons beirren zu lassen, die lieber solche Unterhaltungsgegenstände vermieden und dafür von Wäscheschränken und Anstreichen gesprochen hätten. Genoux' Leinentücher mußten warten und ebenso Herrn Gosherons kleine Farbenscheibchen, winzige Vollmonde, genannt pompejanisch rot, steingrau, olivgrün, garnelenrosa. Herrn Bucktrouts Aufmerksamkeit war zu sehr auf die Ewigkeit gerichtet, als daß Wäscheschränke und Farben mehr als ein flüchtiges Interesse bei ihm erregen konnten. Länger als fünf Minuten konnte er sich mit so etwas nicht beschäftigen. Später pflegte er dann Herrn Gosheron mit sarkastischen Bemerkungen in Verlegenheit zu setzen, indem er etwa sagte, sein Meterstab habe in jedem Zimmer eine verschiedene Länge, je nachdem dieses nach Norden oder Süden, Osten oder Westen liege, und Genoux' Schrankbretter könnten nie ganz waagerecht sein, da nämlich das ganze Weltall auf einer Kurve basiere, wodurch er Genoux und Herrn Gosheron außer Fassung brachte, aber doch bewirkte, daß Genoux wegen seiner Gelehrsamkeit noch mehr Respekt vor ihm bekam und Herrn Gosheron der Hut fast bis auf die Nasenspitze rutschte. Herr Bucktrout, der diese Wirkung beobachtete, schwoll vor sadistischem Vergnügen. Er wußte, daß er an Lady Slane eine verständnisvolle Zuhörerin hatte. Er behielt ja auch seine beiden Füße immer genügend auf der Erde, um ihr in praktischen Dingen Beistand zu leisten. »Es gibt wenigstens vier Theorien«, sagte er in einem Zimmer, das gerade gestrichen wurde, und die Arbeiter hörten mit dem Pinseln auf, um ihm zuzuhören, »vier Theorien, die sich mit der Art des Weltuntergangs beschäftigen. Sie führen ihn auf folgende Ursachen zurück: Feuer, Überschwemmung, Kälte und Zusammenstoß. Es gibt noch andere, aber sie sind so unwissenschaftlich und unwahrscheinlich, daß man sie übergehen kann. Dann sind natürlich noch die prophetischen Zahlen zu berücksichtigen. Soweit ich glaube, daß Zahlen einer der Grundpfeiler der ewigen Harmonie sind, bin ich überzeugter Pythagoräer. Zahlen existieren im leeren Raum. Es ist unmöglich, sich die Vernichtung von Zahlen vorzustellen, selbst wenn man sich die Vernichung des Weltalls vorstellen kann. Ich will hiermit nicht sagen, daß ich es mit solchen geistreichen Theorien halte wie etwa mit der großen heiligen Zahl der Babylonier, zwölf Millionen neunhundertundsechzigtausend, wenn Sie sich erinnern, auch nicht mit solchen Berechnungen, wie sie William Miller veranstaltet hat, der durch ein System von Additionen und Subtraktionen zu der Überzeugung kam, daß die Welt am 21. März 1843 enden werde. Nein, ich habe mein eigenes System ausgearbeitet, Lady Slane, und ich kann Ihnen versichern, es ist unwiderlegbar, wenn es auch betrüblich sein mag. Die große Vernichtung steht nahe bevor.« Herr Bucktrout war losgelassen. Er ging auf den Zehenspitzen zur Wand und schrieb mit einem Stück Kreide sehr sorgfältig das Wort ΡΩΜΗ hin. Ein Anstreicher ging ihm nach und wischte es ebenso sorgfältig mit dem Pinsel wieder aus.

»Mais attendant, miladi«, sagte Genoux, »mes draps?«

Lady Slane hatte noch an keiner Gesellschaft so viel Vergnügen gefunden. Sie war nie so glücklich gewesen wie mit ihren zwei alten Herren. Sie hatte ihre Rolle unter hervorragenden, unter bedeutenden Menschen gespielt, sie hatte sich ihrer Unterhaltung angepaßt, und während der Jahre, in denen sie im Brennpunkt der Gesellschaft gestanden, hatte sie gelernt, die einzelnen Bruchstücke ihres Wissens zusammenzufügen, denn es war ihr immer schwer gefallen, sie zu ordnen oder gar sie im Gedächtnis zu behalten. So wurde sie immer an ihre Mädchenzeit erinnert, wo große Lücken in ihren Kenntnissen zu klaffen schienen und wo sie vergeblich herauszubekommen suchte, was die Leute eigentlich meinten, wenn sie von der irischen Frage oder der Frauenbewegung sprachen. Schlimmer waren noch die Themen Freihandel und Schutzzölle, zwei besondere Steine des Anstoßes, die sie nie instinktiv unterscheiden konnte, obwohl sie ihr gut ein dutzendmal erklärt worden waren. Sie hatte sich immer entsetzliche Mühe gegeben, ihre Unwissenheit vor Henry zu verstecken. Schließlich war ihr das ganz gut gelungen, und wenn er ihr einen langen Vortrag hielt, in dem er ihr komplizierte politische Probleme auseinandersetzte, so merkte er gar nicht, daß seine Frau schon längst nicht mehr wußte, wovon eigentlich die Rede war. Sie schämte sich im geheimen sehr ihrer Unzulänglichkeit. Aber was konnte man dagegen tun? Es war ihr einfach nicht möglich, sich nach einiger Zeit noch zu erinnern, warum Herr Asquith Herrn Lloyd George nicht leiden konnte oder was die Ziele dieser neuen und beunruhigenden Partei, der Labour Party, waren. Sie konnte weiter nichts tun als ihre Unwissenheit zu verbergen, während sie sich verzweifelt in ihrem Gehirn auf ein bißchen Wissen zu konzentrieren suchte, das ihr eine passende Antwort ermöglicht hätte. Während ihrer Pariser Zeit hatte sie besonders gelitten, denn die gescheite und glänzende Art der französischen Konversation, die sie sehr bewunderte, ließ sie immer fühlen, daß sie ihr nicht gewachsen war, und wenn sie auch stundenlang in Entzücken über das glänzende Feuerwerk dieser geistreichen Bemerkungen und schnellen Entgegnungen schwelgen konnte und über die Geschicklichkeit anderer Leute staunte, eine Seite des Lebens, über die sie gerade wegen ihrer Wichtigkeit ein ganzes Leben nachdenken konnte, in einen kurzen Satz zusammenzufassen, so wurde doch dieses angenehme Vergnügen immer durch die Furcht verdorben, daß in jedem Augenblick ein Gast aus mißverstandener Höflichkeit sich an sie wenden und ihr den Ball, den aufzunehmen sie nicht imstande war, mit der Frage zuwerfen könnte: »Und was denken die Frau Botschafter darüber?« Und wenn sie auch wußte, daß sie innerlich das, was sie sagten, weit besser verstanden hatte, als sie es selbst verstanden – denn die Unterhaltung der Franzosen schien sich immer um Themen zu drehen, die sie zutiefst interessierten und von denen sie ihrem Gefühl nach wirklich etwas verstand, wenn sie es nur hätte ausdrücken können –, so gingen ihr doch die richtigen Worte einfach nicht aus dem Munde, oder sie sagte etwas, was gar nicht zur Sache gehörte oder was sie gar nicht sagen wollte, und dabei war sie sich stets bewußt, daß Henry, der dabeisaß, wegen der schlechten Figur, die seine Frau machte, Qualen ausstand. Doch wenn sie allein waren, sagte er wohl einmal, wenn auch selten, daß sie die klügste Frau sei, die er kenne, da sie, wenn sie auch oft stumm dasitze, niemals eine dumme Bemerkung mache.

Ihr ständiges Gebet war, daß diese Ängste ihr Geheimnis blieben. Weder Henry noch ihre Tischgäste durften sie entdecken. Es gab noch andere ähnliche Schwächen, deren sie sich ebenso schämte, obwohl in etwas geringerem Maße: daß sie zum Beispiel nicht fähig war, einen Scheck richtig auszufüllen, so daß der Betrag in Zahlen mit dem in Worten übereinstimmte, und daß sie vergaß, ihn zu kreuzen und mit ihrem Namen zu zeichnen; daß sie nicht verstand, was eine Obligation war, den Unterschied zwischen gewöhnlichen Aktien und Effekten nicht begriff, ganz abgesehen von jenen rätselhaften Ausdrücken wie Hausse, Baisse, Differenzgeschäfte, Report und Deport. Sie nahm in aller Demut an, daß diese Dinge sehr wichtig waren, da sie offenbar die Welt in Gang hielten. Sie nahm an, daß Parteipolitik, Krieg und Industrie und eine hohe Geburtenziffer (die sie Menschenpotential zu nennen gelernt hatte), Wettbewerb, Geheimdiplomatie und Mißtrauen Teile eines notwendigen Spiels waren, notwendig deshalb, weil die gescheitesten Menschen, die sie kannte, es zu ihrer Angelegenheit machten, wenn es auch für sie als Spiel unverständlich war. Sie nahm an, es müsse so sein, obgleich sie oft das Gefühl ergriff, als sähe sie Gestalten, die sich in der täuschenden Atmosphäre eines schrecklichen und lächerlichen Traumes bewegten. Das ganze tragische System schien auf einer außergewöhnlichen Übereinkunft zu beruhen, die so unbegreiflich war wie die Theorie des Geldes, das, wie man ihr erklärt hatte, keine Beziehung zu dem vorhandenen Goldbestand hatte. Der Zufall hatte die Menschen veranlaßt, Gold zu ihrem Symbol zu machen und nicht Steine. Es war Zufall, daß die Menschen den Kampf zu ihrem Prinzip gemacht hatten und nicht die Verträglichkeit. Daß der Planet mit Steinen und Verträglichkeit besser gefahren wäre – eine einfache Lösung –, war seinen Bewohnern offenbar nie eingefallen.

Ihre eigenen Kinder, sie mochte tun, was sie wollte, waren in denselben Überlieferungen aufgewachsen. Natürlicherweise. Da stritten und kämpften sie nun, waren nicht damit zufrieden, einfach *dazusein*. Herbert, der sich immer so gewichtig ausdrückte, der in seiner dümmlichen Art so ehrgeizig war; Carrie mit ihren Komitees und ihrer harten befehlenden Stimme, die sich in die Angelegenheiten von Leuten mischte, die nichts anderes wollten, als in Ruhe gelassen zu werden, und das nur aus Lust sich einzumischen, wie ihre Mutter überzeugt war; Charles mit seinen ewigen Klagen; William und Lavinia, die immer sparten, beiseitelegten und zusammenkratzten, eine Beschäftigung für sich. Keiner von ihnen besaß wirkliche Güte, Anmut oder ein eigenes Leben. Nur für Edith und Kay konnte ihre Mutter etwas Sympathie aufbringen: Edith, die immer konfus war, die immer versuchte, etwas richtig zu machen, und alles nur noch mehr in Unordnung brachte, die gern ein bißchen zurücktrat, um einen Blick auf das Leben zu werfen, auf das ganze Leben – eine Unmöglichkeit, wie die meisten Leute glaubten, die jedoch Edith quälte und sie unglücklich machte (doch gerade das Mißbehagen, das sie darüber empfand, sprach zu ihren Gunsten). Ja, von allen ihren Kindern war vielleicht Kay, der unter seinen Kompassen und Astrolabien herumwirtschaftete, derjenige, der am wenigsten strebte und kämpfte, derjenige, der, ohne es zu wissen, das stärkste Gefühl für seine eigene Wesenheit besaß, wenn er die Tür hinter sich schloß und den Staubwedel nahm, um seine Regale abzustauben. Ja, Kay und Edith standen ihr am nächsten. Das würde eines der Geheimnisse, eine der Merkwürdigkeiten sein, die sie mit sich ins Grab nahm.

Im übrigen war sie eine einsame Frau gewesen, die immer mit den Ansichten, denen sie sich anscheinend anpaßte, im Widerspruch stand. Dann und wann einmal hatte sie eine köstliche Begegnung mit einem gleichgestimmten Geist gehabt. Da war zum Beispiel der junge Mann gewesen, der sie nach Fatihpur Sikhri begleitet hatte, ein junger Mann, dessen Namen sie vergessen oder nie gekannt hatte. Doch hatte sie einen Augenblick seine Gedanken gelesen und ihn dann entlassen, indem sie sich abwandte und zu dem Vizekönig und zu der Gruppe in Tropenhelmen einherschlendernder Offiziere ging. Solche Begegnungen waren selten gewesen und wegen der Verhältnisse, in denen sie lebte, nur kurz. (Sie behielt jedoch von diesen Begegnungen die Überzeugung, daß viele Geister gleichgestimmt, aber durch die konventionellen Vorstellungen der Welt so verschüttet sind, daß der klare, zur unmittelbaren Verständigung erforderliche Ton nicht mehr angeschlagen werden kann.) Bei Herrn Bucktrout und Herrn Gosheron befand sie sich vollständig wohl und im Gleichgewicht. Sie konnte Herrn Bucktrout ohne Verlegenheit erzählen, daß sie indirekte Steuern von direkten nicht unterscheiden könne. Sie konnte Herrn Gosheron sagen, daß sie den Unterschied zwischen Volt und Ampère nicht verstehe. Keiner von beiden versuchte, ihr eine Erklärung zu geben. Sie gaben das gleich auf und sagten einfach, darum brauche sie sich gar nicht zu kümmern. Sie kümmerte sich nicht darum und überließ die Unterscheidung ihnen, im Vertrauen darauf, daß sie das Rechte treffen würden.

Sonderbar, wie erleichtert und entspannt sie sich in ihrer Gesellschaft fühlte! War das eine Folge der Ermüdung, die hohes Alter mit sich brachte, oder die lang erwartete Wiederkehr der Kindheit, wo man jede Entscheidung und Verantwortung wieder in die Hände anderer legte und sich endlich unbehindert in eine Welt hineinträumen konnte, von deren Sonnenschein und Güte man überzeugt war? Wenn ich nur noch einmal wieder jung sein könnte, dachte sie, so würde ich mich auf die Seite alles Ruhigen und Beschaulichen stellen im Gegensatz zu dem Aktiven, dem Planen und Streben, dem Falschen – ja, dem Falschen, sagte sie laut, indem sie eine Faust ballte und sie mit ungewohnter Energie in die flach ausgestreckte andere Hand fallen ließ. Aber dann fragte sie sich, diesen Gedanken überprüfend, ob das nicht nur ein negativer Glaube, eine Verneinung des Lebens sei, vielleicht sogar ein Geständnis ungenügender Vitalität, kam jedoch dann zu dem Schluß, daß das nicht so war; denn in einer beschaulichen Haltung (und auch bei der Ausübung ihres eigentlichen, angeborenen Berufes, auf den sie hatte verzichten müssen) konnte sie wirksamer zu einem glücklichen Leben vordringen als ihre Kinder, die alles nur nach den Erfolgen und der Leistung beurteilten.

Sie dachte daran, wie einmal, als sie mit Henry durch die persische Wüste gefahren war, ihr Wagen von Schwärmen weißer und gelber Schmetterlinge begleitet worden war, die auf beiden Seiten, über ihren Köpfen und hinten und vorn um sie herum tanzten, jetzt in geschlossener Bewegung voranflogen und dann kehrtmachten, um sie zu begleiten, als ob es ihnen Spaß machte, ihren leichten und schnellen Flug zu hemmen und sich dem Tempo eines so schwerfälligen Gefährtes anzupassen, aber dann doch nicht mit einer so langsamen Nüchternheit Schritt halten konnten und, um ihrer Ungeduld Ausdruck zu geben, in die Luft stiegen oder unter den Achsen durchflogen, um an der anderen Seite wieder zum Vorschein zu kommen, bevor die Pferde den erhobenen Huf niedersetzen konnten, wobei sie die ganze Zeit kleine Schattenflecke auf den Sand warfen, die wie kleine schwarze Anker niederfielen und sie mit unsichtbaren Drähten an die Erde fesselten, aber mit derselben launischen Schnelligkeit wieder hochgerissen wurden und ihnen folgen mußten. Sie erinnerte sich, wie sie damals, eingelullt durch diese eintönige Fahrt, die von früh bis spät der Sonne nachzog wie ein Pflug, der der Sonne in einer geraden, langsam gezogenen Furche rings um die ganze Erde folgt – sie erinnerte sich, daß sie damals gedacht hatte, wie sehr diese Fahrt ihrem Leben ähnelte, das auch der Sonne Henry Holland folgte, aber dann und wann in eine Wolke Schmetterlinge tauchte, die ihre eigenen kecken, unerheblichen Gedanken waren, die umherflitzten und tanzten, aber das Tempo der Fahrt nicht im geringsten änderten, nie den Wagen mit den Flügeln streiften, immer flatternd und fliehend, manchmal vorwärts eilten, aber dann wieder neckend und spielerisch zurückkehrten und unter den Achsen herflogen, Gedanken, die unabhängig und köstlich waren, ein Schwarm von Kobolden, die über die Fläche der Wüste und den schwerfällig dahinrollenden Wagen flitzten. Aber Henry, der eine Inspektionsreise machte, konnte nur sagen: »Schrecklich, wie viele Leute hier an Augenentzündungen leiden, ich möchte wirklich etwas dagegen tun.« Sie mußte ihm recht geben, wußte auch, daß er mit den Missionaren sprechen würde, und so hatte sie ihre Aufmerksamkeit den Schmetterlingen entzogen und sie auf ihre Pflicht gelenkt, entschlossen, daß auch sie, wenn sie nach Yesd oder Schiras oder wer weiß wohin kämen, mit den Frauen der Missionare über die Augenkrankheiten in den Dörfern sprechen und dafür sorgen würde, daß eine neue Sendung Borsäure aus England käme.

Aber merkwürdigerweise war das Flattern der Schmetterlinge immer weit wichtiger geblieben.

Zweiter Teil

> Ihr Herz schwieg still im Straßenlärm,
> Gedränge ließ es unbewegt.
> Kein großer Plan hat ihre Hand,
> Hat ihren Fuß zur Eile angeregt.
>
> *Christina Rossetti*

Als sie nun im Spätsommer unter der Südmauer und den reifen Pfirsichen in Hampstead in der Sonne saß, während die Hände müßig im Schoße ruhten, dachte sie an den Tag ihrer Verlobung mit Henry. Sie hatte jetzt Tag für Tag Muße genug, um ihr Leben zu überschauen, so wie man eine Strecke Land durchquert, bis sie schließlich eine Landschaft wird, aus einer Reihe getrennter Felder oder getrennter Jahre und Tage, aus einer Vielfalt eine Einheit, die sich mit einem Blicke übersehen läßt. So konnte sie dann und wann ein einzelnes Feld herauswählen und es im Geiste umwandern, obgleich sie es dabei zugleich aus der Höhe sah, so daß es den ihm zukommenden Platz unter den anderen erhielt, genau sichtbar mit der es umschließenden Hecke und dem nächsten Feld, zu dem die Lücke in der Hecke führte. So meinte sie schließlich, ihr ganzes Leben mit Kreisen umschließen zu können. Langsam durchquerte sie jenen Tag, wie man eine Wiese auf einem kleinen Pfad durchschreitet, an deren Rändern der Sauerampfer und die Butterblume wuchern. Sie durchschritt diesen Tag langsam von neuem, vom Frühstück bis zum Schlafengehen, und jede Stunde gewann, während der eine Uhrzeiger über den andern wanderte, wieder den ihr eigentümlichen Charakter. Dies war die Stunde, dachte sie, als ich an jenem Tage nach unten kam und den Hut an den Bändern schwang. Und dies war die Stunde, in der er mich überredete, mit ihm in den Park zu gehen, und er mit mir auf einer Bank am See saß und mir erzählte, es entspreche nicht der Wahrheit, daß ein Schwan mit einem Flügelschlag einem Menschen das Bein brechen könne. Sie hatte ihm zugehört, indem sie, wie es sich schickte, ihre Aufmerksamkeit auf den Schwan richtete, der auf sie zu ans Ufer geglitten war, den Kopf ins Wasser tauchte und ihn dann niederbog, um das schneeige Federkleid seiner Brust zu bezupfen, aber sie dachte weniger an den Schwan als an Henrys sprossenden Backenbart, dabei verwirrten sich ihre Gedanken, so daß sie sich fragte, ob Henrys braune Kräuselhaare wohl ebenso weich seien wie die Federn auf der Brust des Schwans, und beinahe spielerisch ihre Hand erhoben hätte, um sie zu befühlen. Dann hörte er auf, von dem Schwan zu sprechen, als ob dieser nur ein Vorwand gewesen wäre, um sein Zögern zu verbergen, und gleich darauf sprach er sonderbar ernst, indem er sich vorbeugte und sogar mit einer Falbel ihres Kleides spielte, als wäre er ängstlich darauf bedacht, irgendeine Verbindung zwischen sich und ihr herzustellen, wenn er sich dieses Vorhabens auch nicht bewußt war, aber für sie war jede wahre Verbindung in dem Augenblick abgerissen, als er begann, so ernst zu sprechen, sie spürte nicht einmal mehr den leisen Kitzel des Verlangens, ihre Hand auszustrecken und die krausen Haare auf seinen Wangen zu berühren. Diese Worte, die er so ernst sprechen mußte, damit der Tonfall ihre ganze Bedeutung fühlbar werden ließ, diese Worte, die er von einem geheimen Ort aus seinem Inneren hervorzuholen, aus dem tiefen Brunnen seiner Persönlichkeit heraufzuziehen schien, diese Worte, die dem Bereich der gewichtigen Welt der Erwachsenen angehörten – diese Worte entfernten ihn schneller von ihr, als wenn ein Adler ihn in seine Fänge genommen und zum Himmel entführt hätte. Er war nicht mehr da. Er hatte sie verlassen. Selbst während sie ihn ernsthaft ansah und ihm zuhörte, wußte sie, daß er bereits viele Meilen von ihr fort war. Er war in jene Sphäre entschwunden, in der Menschen heiraten, zeugen und Kinder bekommen, sie aufziehen, der Dienerschaft Befehle erteilen, Einkommensteuer bezahlen, von Dividenden sprechen, geheimnisvoll in Gegenwart junger Personen flüstern, für sich selbst Entscheidungen treffen, essen, worauf sie Appetit haben, und zu der Stunde ins Bett gehen, die ihnen gerade paßt. Herr Holland bat sie, ihn in diese Sphäre zu begleiten, er bat sie, seine Frau zu werden.

Ein solches Anerbieten anzunehmen, war ihr als glatte Unmöglichkeit erschienen. Der Gedanke war lächerlich. Sie konnte unmöglich Herrn Holland in jene Sphäre folgen, ihm noch weniger als irgendeinem anderen Mann, denn sie wußte, daß er glänzend begabt und für das ihr entfernteste und für sie eindruckvollste aller Geheimnisse ausersehen war: eine große Karriere. Sie hatte gehört, wie ihr Vater sagte, der junge Holland würde, ehe es jemand für möglich hielte, Vizekönig von Indien werden. Da mußte sie also Vizekönigin werden, und bei dem Gedanken schaute sie ihn an wie ein aufgescheuchtes Rehkalb. Herr Holland legte diesen Blick gleich nach seinem Wunsche aus, nahm sie in den Arm und küßte sie leidenschaftlich, wenn auch mit Zurückhaltung, auf die Lippen.

Was sollte ein armes Mädchen tun? Bevor ihr zum Bewußtsein kam, was geschah, sah sie ihre Mutter unter Tränen lächeln, sah, wie ihr Vater Herrn Holland die Hand auf die Schulter legte, hörte, wie ihre Schwestern fragten, ob sie alle Brautjungfern werden könnten, während Herr Holland selbst sehr aufrecht, sehr stolz, sehr schweigsam dastand, sich dann mit leisem Lächeln niederbeugte und sie mit einem Ausdruck ansah, den selbst ihre Unerfahrenheit nur als besitzerisch auslegen konnte. Im Nu hatte sie sich also aus der Person, die sie war, in etwas gänzlich anderes verwandelt. Oder doch nicht? Sie konnte keine Verwandlung an sich selbst feststellen, die dem auf allen Gesichtern aufleuchtenden Lächeln entsprach. Sie hatte das bestimmte Gefühl, daß sie noch genau so war wie kurz vorher. Eine Art Schrecken befiel sie, als man sie plötzlich fragte, welche Meinung sie über dies und das habe, und sie legte die Entscheidung darüber schnell wieder in die Hände anderer. Sie hatte das Gefühl, daß sie durch diese Methode den Augenblick hinauszögern könnte, wo sie endlich und unwiderruflich jene andere Person werden mußte. So konnte sie noch eine kurze Zeit im geheimen weiter sie selbst sein.

Und was warst du eigentlich, fragte sie sich jetzt als alte Frau, die das Mädchen wieder betrachtete, das sie einst gewesen war. Dieses Staunen war die sanfteste, aber auch die ernsteste aller Beschäftigungen, doch machte es nicht melancholisch, war eher der letzte, feinste Genuß, auf dessen Befriedigung sie ihr ganzes Leben lang gewartet hatte. In dieser kurzen Spanne vor dem Tode war gerade noch Zeit, sich ihm hinzugeben. Sie hatte schließlich nichts anderes zu tun. Zum erstenmal in ihrem Leben – nein, zum erstenmal seit ihrer Heirat – hatte sie nichts anderes zu tun. Sie konnte sich an den Tod anlehnen und das Leben betrachten. Dazu war die Luft voll von dem Gesumme der Bienen.

Sie sah sich als junges Mädchen am See entlanggehen. Sie ging langsam und schwang dabei ihren Hut in der Hand. Sie ging in Gedanken, die Augen auf den Boden gerichtet, und dabei stocherte sie mit der Spitze ihres Sonnenschirmes in der lockeren Erde. Sie trug eines der mit Falbeln besetzten, sehr weiblichen Musselinkleider, wie sie um 1860 in der Mode waren. Ihr Haar war schön lockig gedreht, und eine Locke löste sich und fiel sanft gegen ihren Hals. Ein kraushaariger Spaniel begleitete sie und schnupperte in den Büschen herum. Sie sah genau so aus wie das Bild eines Mädchens mit einem Hunde, wie man es manchmal auf gefühlvollen Andenkenbildern erblickt. Ja, das war sie, Deborah Lee, nicht Deborah Holland und nicht Deborah Slane. Die alte Frau schloß die Augen, um das Bild besser sehen zu können. Das Mädchen, das am See entlangging, merkte davon nichts, aber die alte Frau sah die ganze Frische der Jugend wie jemand, der ein Blumenblatt pflückt, das sich gerade entfaltet, tauig, zitternd, jungfräulich, verlangend, getrieben von edlen, doch scheuen Regungen, schüchtern und schnell wie ein Häschen, so vertrauensvoll wie ein Reh, das zwischen den Baumstämmen hervorlugt, so leichtfüßig wie eine Tänzerin, die in den Kulissen wartet, so weich und wohlriechend wie eine Damaszener Rose, voll von Lachen wie eine sprudelnde Fontäne – ja, das war Jugend, zögernd wie jemand, der auf einer fremden Schwelle steht, doch bereit, mit der Brust gegen einen Speer zu rennen. Die alte Frau sah näher hin. Sie sah das zarte Fleisch, die feinen Formen, die tiefen und strahlenden Augen, den ungeküßten Mund, die ringlosen Hände, und da sie das Mädchen liebte, das sie einst gewesen war, versuchte sie einen Ton ihrer Stimme zu erhaschen, aber das Mädchen blieb stumm, ging wie hinter einer Wand von Glas. Sie war allein. Diese nachdenkliche Einsamkeit schien ein Teil ihres Wesens zu sein. Was auch sonst in ihrem Kopf vor sich ging, sicherlich war weder Liebe noch romantische Neigungen noch irgendeine der Erregungen, die man gewöhnlich jungen Leuten zuschrieb, in ihm. Wenn sie träumte, so sicher nicht von einem jungen Adam. Und auch hierin, dachte Lady Slane, soll man jungen Leuten nicht unrecht tun, indem man ihnen nur eine einzige Gedankenrichtung zuschreibt, denn die Jugend ist reicher. Jugend ist voll von vielen weitreichenden Hoffnungen, Jugend will den Fluß in Brand setzen und alle Glockentürme der Welt zum Läuten bringen. Nicht nur um Liebe handelt es sich, sondern auch um Dinge wie Ruhm, Tatendurst und Schöpferdrang, alle diese Dinge, die vielleicht in unserem Herzen sind und gegen die Rippen klopfen. Schließen wir uns schnell in einen Turm ein und laßt uns sehen, ob der Genius in uns sich nicht offenbart. Aber, dachte Lady Slane, im Jahre 1860 bot sich einem Mädchen, das an Ruhm dachte, ein armseliger Ausblick.

Lady Slane war in der glücklichen Lage, in das Herz des Mädchens zu sehen, das sie selbst einst gewesen war. Sie konnte nicht nur den zögernden Schritt beobachten, das Stehenbleiben, die zusammengezogenen Augenbrauen, das Stochern des Schirmes, den gebrochenen zitternden Widerschein in den Wassern des Sees, sie konnte auch die Gedanken lesen, die den einsamen Spaziergang begleiteten. Sie wußte um ihre geheimen und ausschweifenden Hintergründe. Denn die Gedanken hinter diesem zarten und mädchenhaften Äußeren waren von einer unmäßigen Heftigkeit, die einem wilden jungen Mann Ehre gemacht hätte. Sie dachte an nichts weniger als an Flucht und Versteck, sie dachte daran, sich einen anderen Namen beizulegen, sich als Mann zu verkleiden und frei in einer fremden Stadt zu leben – Pläne, wie sie etwa ein Junge hat, der von daheim ausreißen will, um zur See zu fahren. Die Locken da würden unter der Schere fallen – und hierbei fuhr eine Hand nach dem Kopf, um ihn, der in der Vorstellung schon kahl und glatt war, zu streicheln. Das Fichu würde durch ein Hemd ersetzt werden – und die Finger fühlten nach dem Knoten einer Krawatte. Der Rock würde für immer abgelegt werden, und eine Hand sank herab und fühlte, sehr scheu dieses Mal, nach der Öffnung einer Tasche. Das Bild des Mädchens verblaßte, und an ihrer Stelle stand ein schlanker Knabe. Er war zwar ein Knabe, aber im wesentlichen ein geschlechtsloses Wesen, ein bloßes Symbol und die Verkörperung der Jugend, einer, der für immer die Freuden und Rechte des Geschlechts abgeschworen hatte, um einem höheren Ziel zu dienen, wie es ihm seine wilde Phantasie vorstellt. Kurz, Deborah hatte sich im Alter von siebzehn Jahren entschlossen, Malerin zu werden.

Die Sonne, die ihre alten Knochen und die Pfirsiche an der Mauer gewärmt hatte, kroch nach Westen hinter ein Haus, so daß Lady Slane leicht zusammenschauerte, sich erhob und ihren Stuhl auf den noch von der Sonne beschienenen Rasen trug. Sie wollte diesen vergangenen Ehrgeiz von einem zweifelhaften Entstehen durch die Monate hindurch, in denen er sich festigte und wuchs und wie Blut durch sie hindurchfloß, bis zu der Zeit verfolgen, wo er erlahmte und trotz all ihrer Bemühungen, ihn am Leben zu erhalten, erloschen dahinsank. Sie erkannte ihn nun als das, was er war: das einzig Wertvolle, das in ihr Leben getreten war. Wirklichkeit oder was bei anderen Frauen als solche gilt, hatte sie genug gehabt, aber diese

Wirklichkeit wollte sie jetzt nicht untersuchen, sie mußte sich an diese schnell vorübergegangene höhere Wirklichkeit halten, solange sie konnte, sie war so etwas Festes, es machte sie so glücklich, sich daran zu erinnern, wie diese sie einmal gestärkt und aufrechterhalten hatte, denn sie erzählte sich nicht nur jetzt davon, sie fühlte sie wieder in der Tiefe ihres Wesens. Sie hatte die durchdringende Natur der Liebe, solange diese noch stark ist und nicht in kalter Rückerinnerung besteht. Sie brannte wieder in derselben Ekstase, mit derselben Begeisterung. Wie schön war es doch gewesen, in diesem Zustand der Verzückung zu leben! Wie schön und wie schwierig, aber auch wie äußerst lohnend! Eine Nonne in ihrem Noviziat war nicht mehr auf der Hut als sie. Straff gezogen wie ein fester Draht, hatte sie schon bei der geringsten Berührung gezittert. Sie war einhergeschwebt wie ein junger Gott in der Lauterkeit der Schöpfung. Bilder sammelten sich in ihrem Geist, aber jedes Bild mußte von einer äußerst lyrischen Art sein. Nichts anderes konnte sie brauchen. Ein scharlachroter Mantel, ein silbernes Schwert waren weder prächtig noch strahlend genug, die Glut jener Stimmung auszudrücken. Mein Gott, rief sie aus, während das junge Blut wieder stürmisch durch ihre Adern pulste, das ist ein Leben, das wert ist, gelebt zu werden! Das Leben des Künstlers, des Schöpfers! Scharf der Blick und weit umfassend das Gefühl, der kleinste Gegenstand und der weite Horizont mit einem Blick umfaßt. Sie dachte daran, wie der Schatten an der Wand ihr eine größere Entzückung verursachte als der Gegenstand, der ihn warf, oder wie sie zu einem stürmischen Himmel aufgeblickt hatte oder niedergeschaut auf eine in der Sonne leuchtende Tulpe und diese Dinge mit ihren Augen eingefangen und in Verbindung mit allem gebracht hatte, was ihrem Geist schon Gestalt und Form gab.

So hatte sie monatelang im geheimen intensiv gelebt und sich auf ihre künftigen Aufgaben vorbereitet, wenn sie auch nie mit dem Pinsel die Leinwand berührte und sich nur weit weg in die ferne Zukunft träumte. Sie konnte die Eitelkeit des gewöhnlichen Lebens an dem Nachlassen dieser Hochstimmung messen, wenn die Flamme einmal niedriger brannte. Diese Blicke in die Vergeblichkeit und Sinnlosigkeit des Lebens jagten ihr entsetzliche Angst ein. Die Flamme ist erloschen, dachte sie erschrocken, jedesmal wenn sie niedersank. Sie würde sich nie wieder entzünden. Von nun an würde alles kalt und dunkel sein. Sie konnte nie begreifen, daß sie zurückkehren würde, sobald die große Girlande des innerlichen Rhythmus wieder aufwärts schwang und das Licht, warm wie die aufs neue erscheinende Sonne, glühend wie ein Stern, sie überströmte, doch wie auf Flügeln stieg sie wieder hoch, in immer stetigerem Fluge. So lebte sie in Extremen, in diesem Augenblicke in Verzückung und im nächsten zu Tode betrübt. Aber von all diesem kam nicht eine Spur an die Oberfläche.

Vielleicht warnte sie ein Instinkt, ihr in den Alltag nicht einzuordnendes Geheimnis jemandem anzuvertrauen, da sie wohl wußte, daß ihre zwar nachsichtigen, aber natürlicherweise beschränkten Eltern ihre Erklärung lächelnd hinnehmen, sie über den Kopf streicheln und einen Blick austauschen würden, der so klar wie möglich sagte: »Unser hübsches Vögelchen! Der erste ansehnliche Mann, der ihr in den Weg läuft, wird diese verrückten Gedanken schon vertreiben.« Aber vielleicht war es auch nur das geliebte Fürsichsein des Künstlers, das sie schweigen ließ. Sie war so folgsam wie nur möglich. Sie machte für ihre Mutter Gänge im Hause, sammelte den Lavendel in ein großes Tuch, machte Säckchen, in denen sie ihn zwischen die Wäsche legte, schrieb Zettel für die Einmachgläser, bürstete den Mops und holte ihr Stickzeug nach dem Essen, ohne dazu aufgefordert zu werden. Die Eltern wurden von Bekannten um ihre älteste Tochter beneidet. Es gab viele, die bereits ein Auge auf sie als Frau für ihren Sohn geworfen hatten. Aber ein dünner Faden des Ehrgeizes soll sogar durch den bescheidensten und ordentlichsten Haushalt laufen, ein einziger Faden, denn Deborahs Eltern, die mit ihrer Schar Töchter und Söhne nun in die reiferen Jahre gekommen waren, zogen ihre einfache ländliche Häuslichkeit jedem weltlichen Vorteil vor, für Deborah jedoch waren ihre Ziele höher gesteckt: daß Deborah die Frau eines guten Mannes werden mußte, stand fest, aber wenn sie nun auch die Frau eines Mannes werden konnte, für dessen Laufbahn sie eine Hilfe und eine Zierde wäre, so war das um so besser. Hiervon wurde natürlich Deborah nichts gesagt. Es ging nicht an, einem jungen Mädchen den Kopf zu verdrehen.

Lady Slane stand wieder auf und zog den Stuhl ein wenig weiter in die Sonne, denn der Schatten kroch heran, und es fror sie.

Ihr ältester Bruder war fortgewesen, erinnerte sie sich. Er war dreiundzwanzig. Er war, wie das bei jungen Männern so üblich, nicht mehr daheim, war hinaus in die Welt getreten. Manchmal fragte sie sich, was denn diese jungen Männer in der Welt draußen taten. Sie stellte sich vor, daß sie lachend und prahlend umherzogen, hingehen konnten, wohin sie wollten, in der Morgendämmerung durch die leeren Straßen stolzierten oder eine Droschke anriefen und nach Richmond fuhren. Sie unterhielten sich mit fremden Leuten, sie traten in Läden und besuchten die Theater. Sie hatten einen Klub, mehrere Klubs. Sie wurden von lästigen Frauen in der Dunkelheit angesprochen und konnten deren Körper gedankenlos für eine Nacht in den Armen halten. Alles, was sie taten, geschah mit schöner Sorglosigkeit und in herrlicher Freiheit. Sie brauchten über ihr Tun keine Rechenschaft abzulegen, wenn sie nach Hause kamen. Überdies bestand unter jungen Männern eine Art Freimaurerei, die auf gemeinsamer Freiheit beruhte und sehr verschieden war von jener Freimaurerei, die unter Frauen bestand und die immer etwas Schnüffelndes, Persönliches und fast ein wenig Unanständiges an sich hatte. Aber wenn Deborah ihr Los mit dem ihres Bruders verglich, so sagte sie nichts darüber. Es war ihm nicht nur eine große Freiheit eingeräumt, sondern auch jede Möglichkeit geboten, und ganz abgesehen hiervon, fühlte sie sich gegen ihn zurückgesetzt. Wenn er Anwalt werden wollte, so wurde diese Wahl gebilligt und er mit Lobsprüchen überhäuft. Warum sollte dann sie, die Malerin werden wollte, so vor der Bekanntgabe ihres Entschlusses zurückschrecken, daß sie zu geheimen und verzweifelten Verkleidungs- und Fluchtplänen getrieben wurde? Da stimmte sicher etwas nicht. Aber jeder schien das völlig in der Ordnung zu finden, so völlig in der Ordnung, daß die Sache nicht einmal besprochen wurde. Für Frauen gab es nur einen einzigen Beruf.

Die Stärke dieser Einstellung erfuhr Deborah, als Herr Holland sie vom See zu ihrer Mutter brachte. Sie war immer ein Lieblingskind gewesen, aber nie waren die Strahlen der Billigung so warm auf sie niedergefallen. Sie mußte an jene italienischen Bilder denken, auf denen der Himmel weit offen stand und der ewige Vater sich zwischen goldenen Strahlen niederbeugte, die so dick waren wie die Holzstäbchen eines Fächers, so daß man die Finger ausstreckte, um sich an dem Glanz seiner Güte wie an dem Gitter eines Kaminfeuers zu wärmen. So war es jetzt zwischen Deborah und ihren Eltern, ganz zu schweigen von den Verwandten und Bekannten. Man zeigte ihr, daß sie durch ihre Verlobung mit Herrn Holland eine außerordentlich tugendhafte, wenn auch angenehme Tat vollbracht, tatsächlich gerade das getan hatte, was man von ihr erwartete. Sie hatte nicht nur für sich selbst ein gutes Werk getan, sondern auch andere Leute in außergewöhnlichem Maße zufriedengestellt. Sie konnte nicht genug darüber staunen, was für Gefühle man bei ihr voraussetzte. Es wurde angenommen, daß sie in Herrn Hollands Gegenwart vor Freude zitterte, in seiner Abwesenheit dahinkümmerte, einzig (wenn auch in aller Bescheidenheit) für die Förderung seiner ehrgeizigen Pläne da war und ihn für den bedeutendsten Mann hielt, wie sie selbst die bevorzugteste aller Frauen war, und alle Welt war gern bereit, ihr diesen Glauben zu verzeihen. So allgemein war diese Auffassung, daß sie beinahe selbst dazu gebracht wurde, sie zu teilen.

Dies war nun alles gut und schön, und einige Tage ging sie selbst auf dieses kleine Spiel ein, wobei sie dachte, sie würde sich schon ohne große Schwierigkeit herausziehen können, denn sie war ja erst achtzehn, und es ist angenehm, gelobt zu werden, besonders von jenen, die man liebt und verehrt, aber dann bemerkte sie schnell, daß unzählige kleine Fäden sich wie ein Spinnennetz um ihre Handgelenke und Fußknöchel wickelten und daß das andere Ende eines solchen Fadens in irgendein Herz lief, in ihres Vaters Herz etwa oder in das Herrn Hollands – den sie, wenn auch nicht sehr schnell, Henry nennen gelernt hatte –; ihrer Mutter Herz aber hätte ein Hauptbahnhof sein können, so viele schimmernde Fäden endeten und verloren sich in ihm – Fäden des Stolzes und der Liebe, der Erleichterung, mütterlicher Aufregung und weiblicher Freude an dem geschäftigen Hin und Her. Deborah schaute gebunden und verdutzt zu und fragte sich, was sie nun tun solle. Während sie wie eine hilflose Maienkönigin dastand, um die sich die bunten Bänder wickeln, sah sie am Horizont Leute mit Geschenken auftauchen, und alle kamen auf sie zu wie Vasallen, die ihren Tribut darbringen: Henry mit einem Ring – und es war eine feierliche Zeremonie, als er ihn ihr an den Finger steckte –, ihre Schwestern mit einem Arbeitsbeutel, den sie gemeinsam von ihrem Taschengeld gekauft hatten, und dann ihre Mutter mit so viel Leinen, daß man damit ein Segelschiff hätte betakeln können: Tischtücher, Servietten, Küchenhandtücher, Hand- und Badetücher, Trockentücher, Abspültücher, Staubtücher und natürlich Bettlaken, die, wenn man sie auseinanderfaltete, sich als doppelt gelegt erwiesen und alle mit einem Monogramm bestickt waren, das auf den ersten Blick nicht entzifferbar war, das aber Deborah bei näherem Zuschauen in die Buchstaben D. H. zerlegte. Dann aber war sie ganz verloren, verloren in schäumenden Wogen von Seide, Satin, Popeline und Alpaka, während Schneiderinnen um sie herumkrochen, den Mund voll Nadeln, und sie selbst dastehen, den Arm beugen und ihn wieder ausstrecken mußte. Und während der Rock um sie einen Ring auf dem Boden bildete, wurde sie angewiesen, vorsichtig zu gehen und ihr Korsett etwas enger zu schnüren, denn das Futter war eine Kleinigkeit zu eng geworden. Es schien ihr damals, daß sie immer müde war und daß die Leute ihre Liebe zu ihr dadurch bezeigten, daß sie sie noch müder machten, als sie schon war, indem sie ihr allerlei Verpflichtungen aufluden und um sie herumtanzten, bis sie nicht mehr wußte, ob sie noch stand oder sich wie ein Kreisel drehte. Auch die Zeit schien in diese Verschwörung eingetreten zu sein, indem sie boshafterweise die Tage kürzte, so daß sie an ihr vorbeihuschten und nur mehr ein Schneesturm von Briefchen, Seidenpapier und weißen Rosen waren, die ihr jeden Tag auf Henrys Veranlassung von einem Blumengeschäft geschickt wurden. Doch die ganze Zeit über schienen die älteren Frauen eine Art Geheimnis unter sich zu haben, das wie eine unterirdische Strömung war, immer schienen sie einen Grund für ein weises Lächeln und für bedeutende Blicke zu finden, die geheimnisvoll andeuteten, daß Deborah in diesem angenehmen Durcheinander nicht zuviel Kraft verschwenden, sondern einen Teil für größere Anforderungen, die bald an sie gestellt werden würden, aufspeichern müsse.

Diese Wochen vor der Trauung waren tatsächlich ganz den Riten eines geheimnisvollen Frauenwesens gewidmet. Nie, so kam es Deborah vor, war sie von so vielen Frauen umgeben gewesen. Das Matriarchat stand in voller Blüte. Die Männer schienen auf diesem Planeten zu unbedeutenden Wesen geworden zu sein. Selbst Henry zählte nicht mehr. (Aber er stand immer in schrecklicher Weise im Hintergrund. So konnte eine athenische Mutter, dachte sie, ihre Töchter ermüdet haben, bevor sie diese zum Minotaurus sandte.) Von allen Seiten erschienen Frauen auf der Bildfläche: Tanten, Cousinen, Freundinnen, Schneiderinnen, Korsettmacherinnen, Putzmacherinnen und sogar eine junge französische Zofe, die Deborah ganz für sich haben sollte. Diese betrachtete ihre neue

Herrin mit staunenden Augen wie jemanden, den die Götter gezeichnet haben. In diesen Riten sollte Deborah, wie man von ihr erwartete, eine komplizierte Rolle spielen. Man setzte voraus, daß sie genau wußte, worum es sich handelte, und doch mußte der Kern des Geheimnisses vor ihr verborgen gehalten werden. Die Leute beglückwünschten sie lächelnd, nannten sie aber auch »meine kleine Deborah« – welcher Ausruf sie argwöhnen ließ, daß das Beiwort »arm« nur zufällig weggelassen worden sei – und umarmten sie wie zum Abschied lange und wohlwollend. Was für ein Getue, dachte sie, machen doch Frauen um eine Heirat, und doch, wer kann ihnen einen Vorwurf machen, setzte sie bei sich hinzu, wenn man daran denkt, daß die Heirat – und ihre Folgen – das einzige ist, um was sich Frauen in ihrem ganzen Leben aufregen können! Sie regen sich sogar dann auf, wenn es sich um eine andere handelt. Werden sie nicht für dieses Amt geschaffen, hergerichtet, herausgeputzt, erzogen – wenn man eine so einseitige Angelegenheit Erziehung nennen kann –, werden sie nicht deswegen behütet, im Ungewissen gehalten, mit allerlei Andeutungen bedacht, abgetrennt, eingesperrt – alles, damit sie im gegebenen Augenblick einem Mann als ergebene Dienerin ausgeliefert werden oder ihre Töchter ihm ausliefern?

Aber wie sie ihm nun eigentlich dienen sollte, wußte Deborah nicht. Sie wußte nur, daß sie mit diesem ganzen Unsinn von außerordentlichem Glück, das sie empfinden sollte, nichts anfangen konnte. Nach ihrer Meinung war sie in Henry nicht verliebt, aber selbst wenn sie ihn geliebt hätte, so konnte sie darin keinen Grund sehen, ihr eigenes Leben vollständig aufzugeben. Henry liebte sie, aber niemand erwartete, daß er sein eigenes Leben vollständig aufgeben würde. Im Gegenteil, es hatte den Anschein, als füge er diesem Leben nur etwas Besonderes hinzu, wenn er sie heimführte. Er würde weiter mit seinen Freunden frühstücken, in seinen Wahlkreis reisen, seine Abende im Parlament verbringen, er würde sein freies, abwechslungsreiches und männliches Leben fortsetzen, ohne daß ein Ring an seinem Finger oder ein anderer Name die in seinem Zustand eingetretene Veränderung anzeigte. Wenn er sich aber getrieben fühlte, nach Hause zu kommen, mußte sie da sein, mußte gleich ihr Buch, ihre Zeitung oder ihren Brief beiseitelegen, sie mußte sofort bereit sein, alles, was er zu sagen hatte, anzuhören, sie mußte seine politischen Freunde einladen, und sogar, wenn er sie aufforderte, mit ihm um die Welt zu reisen, mußte sie folgen. Nun, das erinnerte ihrer Meinung nach an Ruth und Boas und war sehr angenehm für Henry. Zweifellos würde er sich ihrer annehmen, so wie er dies verstand. Wenn er neben ihr saß, während sie ihre Nadel in den Stickrahmen senkte und wieder herauszog, würde er liebevoll auf ihren gesenkten Kopf niederschauen und sagen, er preise sich glücklich, zu einer so hübschen kleinen Frau heimkehren zu können. Trotz seiner Würde als Kabinettsminister würde er das sagen wie ein Ehemann aus dem Bürger- oder Arbeiterstand. Und sie mußte dann mit dankbarem Lächeln zu ihm aufblicken. Trotz seiner Würde und Anziehungskraft als Gouverneur oder Vizekönig würde er die Lockungen von Frauen, die Vorteile für ihre Männer wünschten, über die notwendige gesellschaftliche Galanterie hinaus nicht beachten und ihr treu sein, so daß die grüne Schlange der Eifersucht nie über ihren Weg kriechen würde. Er würde immer mehr Ehren auf sich häufen und mit aufrichtigem Stolz eine Adelskrone auf dem Haupt des kleinen schwarzen Schattens erscheinen sehen, der ihn so viele Jahre lang begleitet hatte. Aber wo blieb in einem solchen Programm Platz für ein Atelier?

Es würde nicht angehen, daß Henry, wenn er des Abends zurückkehrte, vor eine verschlossene Tür käme. Es würde nicht angehen, daß Henry, wenn er gereizt nach Tinte oder Löschpapier suchte, erführe, seine Frau sei mit einem Modell beschäftigt. Es würde nicht angehen, daß man Henry, wenn er zum Gouverneur einer fernen Kolonie ernannt wäre, sagte, der Zeichenlehrer wohne unglücklicherweise in London. Es würde nicht angehen, wenn Henry noch einen Sohn haben wollte und sie ihm dann sagte, daß sie gerade einen besonderen Studienkurs angefangen habe. Man konnte in einer Welt voll so fester, tiefeingewurzelter Begriffe nicht annehmen, daß sie gleiche Rechte wie Henry hatte. Für solche Vorrechte war die Ehe nicht geschaffen.

Aber für gewisse Vorrechte war die Ehe eben doch geschaffen. Wenn Deborah in ihrem Schlafzimmer das Gebetbuch studierte und die Zeremonie der Eheschließung nachschlug, so sah sie, daß die Ehe zur Erzeugung von Kindern geschaffen war. Nun, das wußte sie. Eine Freundin hatte ihr das erzählt, bevor sie ihre Ohren schließen konnte. Frauen hatten nach ihrer Bestimmung liebevoll und liebenswürdig und ihren Gatten treu und gehorsam zu sein, als ehrwürdige und gottesfürchtige Hüterinnen von Nüchternheit, Ruhe und Frieden. Das war zweifellos nicht ganz so streng und wörtlich gemeint, wie es dastand. Aber schließlich lagen diesen Worten doch tatsächliche Verhältnisse zugrunde. Und wieder fragte sie sich, wo bei einem solchen System Platz für ein Atelier bliebe.

Henry, der immer liebenswürdig und höflich und jetzt sehr verliebt war, lächelte sehr nachsichtig, als sie es schließlich über sich brachte, ihn zu fragen, ob er etwas dagegen einzuwenden habe, wenn sie nach ihrer Eheschließung malen würde. Einzuwenden? Er habe durchaus nichts dagegen einzuwenden! Er halte das für eine der Frau sehr angemessene Beschäftigung. »Ich gestehe«, sagte er, »daß mir von allen fraulichen Beschäftigungen das Klavierspielen die liebste ist, aber da dein Talent in anderer Richtung liegt, mein Liebes, so werden wir es pflegen, soweit das möglich ist.« Und dann führte er aus, wie nett es sein würde, wenn sie ihre Reisen in Bildchen verewigte, und wie reizend ein Album mit Aquarellen aussehen würde, das sie zu Hause ihren Bekannten zeigen könnten. Aber als Deborah sagte, das sei nicht ganz das, was sie meine – sie habe sich etwas Ernsteres vorgestellt, sagte sie, und sie sagte es mit allem Nachdruck –, hatte er verliebter und nachsichtiger als je gelächelt und gesagt, das könne man sich ja in aller Ruhe überlegen und übrigens glaube er, daß sie nach der Heirat genug andere Beschäftigungen finden werde, um ihre Zeit auszufüllen.

Da hatte sie allerdings das Gefühl, daß sie in eine Falle geraten war, und wurde wild. Sie verstand gut, was er meinte. Sie haßte ihn wegen seiner olympischen Herablassung und Überlegenheit, wegen seines zwar liebevollen, doch überheblichen Gebarens, wegen seiner billigen Liebenswürdigkeit aber am meisten, weil es unmöglich war, ihm einen Vorwurf zu machen. Man konnte ihm keinen Vorwurf machen. Er hatte nur das für feststehend und richtig gehalten, wozu er berechtigt war, und sich dadurch mit den Frauen in eine Linie gestellt und an der allgemeinen Verschwörung teilgenommen, die sie darum betrügen wollte, ihr Leben selbst zu wählen.

Sie war sehr kindisch, sehr unsicher und sehr unwissend. Aber das eine wenigstens hatte sie erkannt, daß diese Unterredung entscheidend war. Sie hatte die Antwort erhalten. Sie kam nie wieder darauf zurück.

Und doch war sie keine Frauenrechtlerin. Sie war viel zu klug, um in dem Luxus eines eingebildeten Märtyrertums zu schwelgen. Die Kluft zwischen ihr und dem Leben war nicht die Kluft zwischen Mann und Frau, sondern die Kluft zwischen dem Tatmenschen und dem Träumer. Daß sie ein Weib war und Henry ein Mann, war wirklich nur ein Zufall. Sie ging nicht weiter als bis zu der Erkenntnis, daß die Tatsache ihres Frauentums die Lage für sie um einen Grad schwieriger machte.

Lady Slane zog ihren Stuhl dieses Mal durch den halben Garten. Genoux beobachtete sie vom Fenster aus und kam mit einer Decke »pour m'assurer que miladi ne prendra pas froid. Que dirait ce pauvre milord, s'il pensait que miladi prenait froid? Lui, qui toujours avait tant de soin de miladi!«

Ja, sie hatte Henry geheiratet, und Henry war immer sehr besorgt gewesen, daß sie sich nicht erkältete. Er hatte ihr die größte Sorgfalt angedeihen lassen, sie konnte mit Recht sagen, daß sie immer ein behütetes Leben geführt hatte. (Aber war das ihr Wunsch gewesen?) Ob in England oder in Afrika, in Australien oder in Indien, Henry hatte immer dafür gesorgt, daß sie möglichst wenig Unbequemlichkeiten hatte. Vielleicht war das seine Art, sie für die Unabhängigkeit zu entschädigen, die sie seinetwegen aufgegeben hatte. Vielleicht hatte Henry – ein sonderbarer Gedanke! – mehr geahnt, als er zugeben mochte. Vielleicht hatte er bewußt oder unbewußt versucht, ihre Sehnsucht unter einer Fülle von Decken und Kissen zu ersticken, gleichsam ein gebrochenes Herz auf einem Federbett zur Ruhe zu bringen. Er hatte sie immer mit Dienerschaft, Sekretären und Adjutanten umgeben. Diese erfüllten die Aufgabe jener kleinen Polster, die ein Schiff vor einem zu harten Anstoßen an die Kaimauer bewahren. Gewöhnlich hatten sie aus großer Anhänglichkeit an Lady Slane mehr als ihre Pflicht getan, bloß aus dem Verlangen heraus, eine Frau zu schützen und vor Unannehmlichkeiten zu bewahren, die so sanft, so tapfer, so anspruchslos und so weiblich war. Ihre Zartheit erweckte die Ritterlichkeit der Männer, ihre Bescheidenheit bewahrte sie vor der Feindseligkeit der Frauen, ihr Geist verschaffte ihr die Achtung beider. Henry tändelte zwar gern mit hübschen und schmeichlerischen Frauen und beugte sich in einer Weise über sie, daß Lady Slane oft Qualen litt, aber er hatte doch keine andere Frau in der Welt für wert gehalten, mit ihr verglichen zu werden.

In die Decken eingewickelt, die Henry gewissermaßen über ihre Knie gebreitet hatte, fragte sie sich jetzt, wie eng damals die Gemeinschaft zwischen ihnen gewesen war. Die Kühle, mit der sie jetzt ihr Verhältnis abschätzen konnte, erschreckte sie ein wenig, führte sie jedoch auf einem sonderbaren Umweg zu der Zeit zurück, da sie vorgehabt hatte, ihren Eltern zu entlaufen und sich einem Leben zu widmen, das, wenn es auch nach den üblichen Begriffen tadelnswert war, doch im wesentlichen ernster Arbeit und einem unbescholtenen Wandel gewidmet werden sollte. *Damals* hatte sie dem Leben von Angesicht zu Angesicht gegenübergestanden, und das war ein Grund für die Notwendigkeit klarsten Denkens gewesen. *Jetzt* stand sie so dem Tode gegenüber, und auch das schien ein Grund für die möglichst aufrichtige und kompromißlose Abschätzung wahrer Lebenswerte zu sein. Allein der in der Mitte liegende Zeitraum war dunkel gewesen.

Dunkel. Andere würden ihn nicht so ansehen. Andere würden ihre Ehe als vollkommen bezeichnen, das Band zwischen ihr und Henry als unzerreißbar. Sie würden sagen, daß keiner einen anderen Menschen »angesehen« habe. Sie würden sie beneiden als zwei Menschen, die in enger Verbundenheit eine ehrenvolle Laufbahn zurückgelegt und eine vielversprechende Dynastie begründet hatten. Sie würden Mitleid mit ihr haben, weil sie allein zurückgeblieben war, würden aber schließlich zu dem Schluß kommen, daß eine alte Frau von achtundachtzig Jahren, die ihr Leben hinter sich habe, nicht so sehr zu bemitleiden sei und die ihr noch verbleibenden Jahre damit zubringen könne, dem Zeitpunkt entgegenzusehen, da ihr Gatte – wieder jung, mit Blumen bekränzt und mit einer Art Nachtgewand angetan – sie in sehnsüchtiger Erwartung auf der anderen Seite begrüßen würde. Sie würden sagen, sie sei glücklich gewesen.

Aber was war schon Glück? War sie wirklich glücklich gewesen? Das war ein seltsames Wort von eigentümlichem Klang, ein Wort, das für die ganze englisch sprechende Welt etwas Bestimmtes bedeutete; ein seltsam klingendes Wort, um in zwei Silben einen ganzen Lebensinhalt auszudrücken. Glücklich. Aber man war in diesem Augenblick glücklich und zwei Minuten später todunglücklich, und für keines von beidem lag ein guter Grund vor. Was bedeutete also das Wort? Wenn es überhaupt etwas bedeutete, dann dieses: aus irgendeinem unbehaglichen Verlangen heraus hatte man den Wunsch, Schwarz möge Schwarz und Weiß möge Weiß sein, es bedeutete, daß in dem Gestrüpp der Schrecken des Lebens die dort kriechenden winzigen Wesen Schutz in einer Formel suchten. Gewiß hatte es Augenblicke gegeben, wo man sagen konnte: *damals* war ich glücklich, und mit größerer Sicherheit: *damals* war ich unglücklich – als zum Beispiel der kleine Robert im Sarge gelegen und seine schluchzende syrische Wärterin ihn mit Rosenblättern bestreut hatte. Aber dazwischen lagen weite Strecken, in denen man nur eben existiert hatte. Es war töricht, zu untersuchen, ob sie glücklich oder unglücklich waren. Es war gerade so, als würde jemand über einen Fremden eine Frage stellen und diese Frage in ein Wort kleiden, das keine Beziehung zu dem stets wechselnden, sich einem festen Zugriff entziehenden Spiel des Lebens hatte, als wenn man versuchte, etwas Unmögliches zuwege zu bringen, wie etwa das Wasser eines Sees zu einer festen harten Kugel zusammenzuballen. Ein solcher See ist das Leben, dachte Lady Slane, als sie unter der warmen Südmauer saß und den Duft der Pfirsiche roch, ein See, der seine glatte Fläche vielen Gedanken darbietet, vergoldet von der Sonne, im Silberschein des Mondes glitzernd, verdunkelt von einer Wolke, gekräuselt von einem Windstoß, aber dabei immer eine Ebene bleibt, eine Fläche, die ihre bestimmten Grenzen hat, aber nicht in eine harte feste Kugel zusammengeballt werden kann, die klein genug ist, um sie in der Hand zu halten. Aber das versuchten eben jene zu tun, die fragten, ob unser Leben glücklich oder unglücklich war.

Nein, eine solche Frage konnte man nicht an sie, konnte man an keinen Menschen richten. So einfach lagen die Dinge nicht. Hätte man sie gefragt, ob sie ihren Mann geliebt habe, so hätte sie ohne Zögern antworten können: ja, sie habe ihn geliebt. Es gab keinen Augenblick, wo sie hätte einen Unterschied machen und sagen können: damals in jenem Augenblick liebte ich ihn, und damals in jenem Augenblick liebte ich ihn nicht. Der Druck war beständig gewesen. Ihre Liebe zu ihm war eine gerade schwarze Linie gewesen, die quer durch ihr Leben lief. Sie hatte ihr weh getan, sie hatte ihr Schaden zugefügt und sie klein gemacht, aber es war ihr unmöglich gewesen, davon loszukommen. Jeder Teil von ihr, der nicht Henry Holland gehörte, hatte in entgegengesetzter Richtung gezogen, doch diese einzige riesenstarke Liebe hatte sie alle hinübergezogen, wie eine schwächere Mannschaft beim Tauziehen. Ihr Ehrgeiz, ihr geheimes Leben war zu seinen Füßen gekollert. Sie hatte ihn so sehr geliebt, daß selbst ihr Groll nachgeben mußte. Sie konnte ihm nicht einmal das Opfer übelnehmen, das er ihr auferlegt hatte. Doch sie gehörte nicht zu jenen Frauen, die sich so freudig opfern, daß das Opfer aufhört, ein Opfer zu sein. Ihre jugendlichen Hoffnungen waren unvereinbar mit solch einer Liebe; wenn sie jene aufgab, so wußte sie, daß sie etwas von unschätzbarem Wert aufgab. Das hatte sie für Henry Holland getan, und Henry Holland hatte es nie erfahren.

Schließlich konnte sie ihn und sich in der Rückschau deutlich sehen, noch mehr, sie konnte es fertigbringen, ihn, ohne ihm abtrünnig zu werden, genau zu prüfen. Sie konnte es fertigbringen, die übertriebene Ergebenheit, mit der sie früher an ihm gehangen hatte, abzustreifen. Nicht daß die Angst ihrer Liebe in ihrem Gedächtnis verblichen war. Sie konnte sich noch an die Tage erinnern, da sie abergläubisch für Henry Hollands Sicherheit und Glück zu einem Gott gebetet hatte, an den sie nie ganz glaubte. Mit einer kindlichen Glut hatte sie Worte für ihr Gebet gefunden und sie ihren Nöten angepaßt. »O Herr«, hatte sie nachts gebetet, »behüte meinen geliebten Henry, mache ihn glücklich, bewahre ihn vor allen Gefahren, ob Krankheit oder Unglücksfällen, erhalt ihn für mich, die ich ihn mehr liebe als irgend etwas im Himmel oder auf Erden.« So hatte sie gebetet, und wenn sie auch jede Nacht betete, so verloren die Worte doch nichts von ihrer ersten Glut. Wenn sie flüsterte: »Bewahre ihn vor allen Gefahren, ob Krankheit oder Unglücksfällen«, so hatte sie Henry im Geiste gesehen, wie er von einem Wagen überfahren wurde, wie er Lungenentzündung hatte und schwer nach Atem rang, so als hätte sie beide schreckliche Ereignisse wirklich vor Augen. Und wenn sie flüsterte: »Die ich ihn mehr liebe als irgend etwas im Himmel oder auf Erden«, so hatte sie einen Alpdruck gespürt, weil sie sich fragte, ob dieses Einbeziehen des Himmels nicht Gotteslästerung war und nicht einen eifersüchtigen Gott beleidigen konnte; denn sicher grenzte es an Gotteslästerung, sich damit zu brüsten, daß ihr Henry lieber war als alles im Himmel oder auf Erden – was ja Gott einschloß, einen Gott, den sie gnädig stimmen wollte –, eine Lästerung, die vielleicht eher gehört werden würde als die Bitte, die sie ja sein sollte? Doch sie beharrte bei ihrem Gebet, denn es entsprach ihrem wahren Gefühl, Henry war ihr lieber, weit lieber als alles im Himmel oder auf Erden. Er hatte sie so niedergeduckt, daß sie ihn lieber hatte als ihren eigenen Ehrgeiz. Sie konnte nicht anders zu einem Gott sprechen, der (wenn er überhaupt existierte) ja sicher ihr Herz kennen würde, ob sie es ihm nun flüsternd im Gebet offenbarte oder nicht. Deshalb mochte sie sich lieber das Herz erleichtern, indem sie die Wahrheit flüsterte, die, wie sie hoffte, von Gott gehört werden, aber, wie sie ebenfalls hoffte, Henry Holland verborgen bleiben würde. Es war ein Trost für sie. Nach ihrem Gebet konnte sie schlafen, da sie Henry wenigstens für vierundzwanzig Stunden Sicherheit verschafft hatte, denn dies war die Grenze, bis zu der sie ihr Gebet für wirksam hielt, und Henry Holland war, wie sie sich entsann, ein schwer und gefährlich zu bewahrender Schatz gewesen, selbst mit Hilfe geheimer Fürsprache. Seine Laufbahn war so bewegt gewesen, so fern von dem behüteten Leben, das sie für ihn erbat. Sie hätte am liebsten das methodische Dasein eines holländischen Tulpenzüchters für ihn gewählt, eines Mynheers, der keine größeren Sorgen hatte als die Züchtung einer neuen Art, während die Tauben in ihrem Holzkäfig girrten und ihre Flügel in der Sonne ausbreiteten, und dabei sah sie ihn immer in feierlichen Aufzügen, bedroht von Bomben, auf einem Elefanten durch indische Städte reitend, von ihr durch staatliche Feierlichkeiten oder durch geschäftliche Verpflichtungen ferngehalten. Und wenn die körperliche Gefährdung zeitweise in einer sicheren Stadt wie London, Paris oder Washington aufgehoben war, wenn er als großer Diener des Staates in England beschäftigt war oder in einer friedlichen Mission im Ausland reiste, dann wurden andere Anforderungen an ihre Wachsamkeit gestellt. Sie mußte schnell entdecken, ob er etwa ein tröstendes Wort brauchte, wenn eine augenblickliche Entmutigung ihn befallen hatte, wenn er unruhig zu ihr kam und sich über ihren Stuhl neigte, ohne etwas zu sagen, aber darauf wartete (wie sie wußte), daß von ihr ein sanfter Schutz kam und sich wie eine sichere Hülle um ihn legte, doch dies alles mußte ohne direkte Bezugnahme geschehen. Sie mußte seinen Glauben wiederherstellen, daß die Starrköpfigkeit der Regierung oder die Feindseligkeit seiner Nebenbuhler von Kurzsichtigkeit oder Neid und von keinem Versagen seinerseits herrührte, doch durfte er nicht merken, daß sie die Stimmung, in der er sich gerade befand und in der er sich selbst mißtraute, fühlte, denn sonst brach das mühsame Gebäude ihrer tröstenden Worte in sich zusammen. Wenn sie dann mit äußerster Zartheit und äußerster Anstrengung diese Leistung vollbracht hatte, wenn er sie verließ, um neu gestärkt an seine Arbeit zu gehen, dann war es ihr, während ihre Hände als Zeichen ihrer Erschöpfung schlaff im Schoß lagen und sie in sich eine wonnige Leere spürte, als wenn ihr eigenes Selbst in die Adern eines anderen geflossen wäre – dann war es ihr, während sie fast umsank und mühsam nach Atem rang, als habe sie im geheimen die Höhe seliger Ekstase erreicht.

Doch diese Rechenschaft, die sie sich über ihre Liebe gab, und die Erinnerungen an die vielen unsichtbaren Anforderungen, die diese an sie gestellt hatte, erschienen ihr als eine zu große Vereinfachung, die ihr nicht genügen konnte. Die Feststellung, daß sie geliebt hatte, war zwar unbestreitbar, enthielt aber auch eine Anzahl höchst verwickelter Fragen. Wer war die »Sie«, das »Ich«, das geliebt hatte? Und wer und was war Henry? Eine körperliche Gegenwart, bedroht durch Zeit und Tod, und wegen dieser Drohung ihr um so lieber? Oder war seine körperliche Gegenwart nur die greifbare Widerspiegelung, das Symbol von etwas, was man mit Recht ihn selbst nennen konnte? Unter dem Symbol ihrer Körperlichkeit verborgen war zweifellos sowohl in ihm als auch in ihr etwas versteckt, was man wohl ihr eigentliches Selbst nennen konnte. Aber an dieses Selbst konnte man schwer herankommen. Verdunkelt durch die zu vertrauten Äußerlichkeiten der Stimme, des Namens, der Erscheinung, der Beschäftigung, der Lebensumstände, konnte man das eigentliche Selbst nur mit einem flüchtigen Blick erhaschen, und sogar dieser war getrübt oder abgelenkt. Es gab nicht nur ein Selbst, sondern mehrere. Sie konnte nie das gleiche Selbst bei ihm sein, wie wenn sie allein war, und sogar dieses einsame Selbst, das sie zu erjagen versuchte, veränderte schnell seinen Standort, wechselte seine Erscheinung, schmolz zusammen, wenn sie sich ihm näherte. Sie konnte es nie in eine dunkle Ecke treiben und dort wie einen ertappten Einbrecher an der Kehle halten und gegen die Wand drücken, der harte Kern des Selbst fand immer wieder einen Ausweg in eine dunkle Gasse, wohin sie ihm nicht folgen konnte. Sogar die Worte, die ihre Gedanken einkleideten, waren nur neue Täuschungen. Kein Wort konnte allein stehen wie eine Steinsäule oder ein Baumstamm, sondern jedes verwandelte sich sofort in ein tropisches Dickicht zusammenhängender Gedankenverbindungen. Auch Tatsachen schienen ebenso flüchtig und vielgestaltig zu sein wie das Selbst. Nur in einer wortlosen Verzückung wurde eine echte Wahrnehmung möglich, in einer wortlosen Verzückung reinen Gefühls, einem außerkörperlichen Zustand, in dem nur das feinnervige Zittern der Fingerspitzen an die Existenz des Körpers erinnerte und eine Reihe von Bildern durch den Geist floß, die keinen Namen hatten und mit der Sprache nicht ausgedrückt werden konnten. Dieses war wohl jener Zustand, in dem sie sich dem in ihr verborgenen Selbst am meisten näherte, aber es war ein Zustand, der nichts mit Henry zu tun hatte. Hatte sie deshalb als das Nächstbeste die Liebe willkommen geheißen, die ihr gerade durch ihre Qual die Illusion eines nahen Zusammenseins verschaffte?

Sie war schließlich eine Frau. War es vielleicht möglich, nachdem man sie gehindert hatte, Künstlerin zu werden, auf anderem Wege Erfüllung zu finden? Gab es vielleicht doch eine Grundlage für den herrschenden Glauben, daß die Frau dem Mann dienen soll? Hatten die Generationen recht, war der Kampf des einzelnen nicht berechtigt? War etwas Schönes, etwas Tätiges, etwas Schöpferisches sogar in ihrer scheinbaren Unterwerfung? Konnte sie nicht auf dem gespannten Seil ihres Verhältnisses zu Henry ebenso gefährlich und ebenso unsicher balancieren wie bei dem Schaffen eines Bildes? War es nicht möglich, die Töne und Halbtöne ihres Lebens mit ihm so zu sehen, wie sie die braunen und violetten Schatten einer Landschaft sehen konnte, und sie in Beziehung zu setzen und ihre Werte zu bestimmen, daß sie hierdurch zwangsläufig schön werden mußten? War nicht auch dies eine Leistung, wie sie einer Frau besonders angemessen war? Von der Art in der Tat, die Frauen allein zuwege bringen konnten, ein Vorrecht und ein Vorzug, die nicht zu verachten waren? Die Frau in ihr antwortete: Ja! Die Künstlerin in ihr entgegnete: Nein!

Und dann wiederum, betrogen nicht Frauen mit diesem neuen aufrührerischen Geist die Welt um den kargen Rest des Zaubers, einer vielleicht törichten, aber liebenswerten Illusion? Dieses Mal antworteten die Frau und die Künstlerin in ihr auf die gleiche Weise: Ja!

Sie dachte an ein junges Paar, das sie gekannt hatte – der Mann war Sekretär an der Pariser Botschaft, beide sehr jung –, das sie, wenn sie zu ihnen zu Besuch kam, mit geziemender Ehrerbietung empfing, da sie ja die Frau des Botschafters war. Sie wußte, daß beide sie gern hatten, aber gleichzeitig fühlte sie sich immer als Eindringling, wenn sie bei ihnen war. Sie waren, wie sie ahnte, so verliebt, daß ihnen jede halbe Stunde leid tat, die ihnen von der ihnen zugemessenen Anzahl Jahre ihres Zusammenseins genommen wurde. Und sie ihrerseits empfand ihre Besuche bei ihnen als Qual, doch wurde sie teils aus Anhänglichkeit zu ihnen gezogen, teils durch den Wunsch, sich durch den Anblick ihrer innigen Vereinigung martervoll zu läutern. »Als Mann und Frau erschuf er sie«, sagte sie zu sich, wenn sie von ihnen fortging. Manchmal, wenn sie von ihnen kam, fühlte sie, daß sie in so falscher Beziehung zu Henry stand, daß die Bürde des Lebens zu schwer wurde. Dann wünschte sie sich den Tod. Es war keine Phrase, sie begehrte aufrichtig, zu sterben. Sie war zu ehrlich, um nicht unter der Last eines so falschen Verhältnisses zu leiden. Sie sehnte sich manchmal nach einer so einfachen, so natürlichen und so richtigen Beziehung, wie sie zwischen diesen sehr uninteressanten, aber sehr einnehmenden jungen Menschen bestand. Sie beneidete Alec, wie er vor dem Feuer stand, mit den Münzen in seiner Tasche klimperte und nach seiner Frau blickte, die sich in eine Sofaecke gekuschelt hatte. Sie beneidete Madge, weil sie so selbstverständlich alles für richtig hielt, was Alec sagte oder tat. Doch mitten in ihrem Neid wurde sie von etwas abgestoßen: von diesem unerträglichen männlichen Herrentum, dieser scheußlichen weiblichen Unterwerfung.

Wo also lag die Wahrheit? Henry hatte sie durch den Zwang der Liebe um ihren erwählten Beruf gebracht, ihr jedoch dafür ein anderes Leben gegeben, ein weiträumiges Leben, ein Leben, das sie in Berührung mit der großen Welt brachte, wenn sie daran Geschmack fand, oder, wenn nicht, ein Leben, das sich ganz auf die Erziehung ihrer Kinder beschränkte. An die Stelle ihres eigenen Lebens hatte er sein Leben mit seinen Interessen gesetzt oder das Leben ihrer Kinder mit den in ihnen steckenden Möglichkeiten. Er nahm an, daß sie sich in eines von beiden, wenn nicht in beide, mit Freuden versenkte. Es war ihm niemals eingefallen, daß sie lieber einfach sie selbst gewesen wäre.

Ein Teil ihres Selbst hatte sich zufrieden gegeben. Sie erinnerte sich, daß sie sich mit der Vorstellung beruhigt hatte, sie würde an dem Leben ihrer Kinder, besonders ihrer Söhne, teilnehmen, als ob deren Wesen von weit größerer Wichtigkeit wäre als ihr eigenes und sie selbst nur das Mittel ihrer Menschwerdung und der Schutz für die Jahre, in denen sie sich noch nicht selbst helfen konnten. Sie erinnerte sich an Kays Geburt. Sie hatte sich gewünscht, er möge Kay heißen, weil sie gerade vor seiner Geburt Malory gelesen hatte. Bis dahin hatten ihre Söhne automatisch die in der Familie üblichen Namen erhalten – Herbert, Charles, Robert, William –; aber bei dem fünften Sohn wurden ihre Wünsche aus irgendeinem Grunde berücksichtigt, und als sie den Namen Kay vorschlug, erhob Henry keinen Widerspruch. Er war in guter Laune und hatte gesagt: »Mach das, wie du willst.« Sie erinnerte sich, daß sie in ihrem schwachen Zustande Henry deswegen sogar für edelmütig gehalten hatte. Als sie in das zerknitterte rote Gesicht ihres jüngsten Kindes sah – obwohl ihr zerknitterte rote Gesichter bei der sechsten Wiederholung gar nichts Neues mehr waren –, hatte sie die Verantwortlichkeit empfunden, das kleine Wesen mit einem Namen in die Welt zu schicken, den es nicht selbst gewählt hatte, so wie man ein Schlachtschiff vom Stapel läßt; nur daß sie es anstatt mit Türmen, Decks und Kanonen mit dem wunderbaren Gewebe aus Fleisch und Gehirn zu tun hatte. War es recht, ein Kind Kay zu nennen? Ein Name, ein Kennzeichen, übte einen unsichtbaren, doch unaufhörlichen Druck aus. Man sagt, Menschen wüchsen in Übereinstimmung mit ihrem Namen auf. Aber Kay war nicht ungebührlich romantisch geworden, obgleich er sicher nicht seinen Brüdern oder seiner älteren Schwester ähnelte.

Doch von allen ihren Kindern hatten allein Kay und Edith etwas von ihrer Mutter geerbt – Kay mit seinen Astrolabien, Edith mit ihrer Unbeholfenheit. Carrie hatte ihr bezeichnenderweise die geringste Mühe gemacht, Carrie hatte leicht ihren eigenen Weg in die Welt gefunden. Herbert als der älteste Sohn war unter feierlicher Erwartung und unter Schwierigkeiten erschienen. William war ein unauffälliges schweigsames Kind mit kleinen Augen gewesen, hatte dazu einen guten Appetit gehabt, als wäre er entschlossen gewesen, allen Nahrungsvorrat aus ihrer Brust zu quetschen, geradeso wie er und Lavinia, seine passende Genossin, noch heute entschlossen waren, einen möglichst großen Vorrat aus der Molkerei ihres Wohnortes herauszuquetschen. Charles war unter Protest angekommen, wie er noch heute protestierte, nur daß er damals noch nichts von Kriegsministerien wußte. Edith mußte ihr erster Atemzug in den Rücken geklopft werden, sie hatte mit dem Leben gleich im Anfang nicht besser fertig werden können als am Ende. Die Tatsache blieb, daß sie allein in Kay und Edith eine verborgene Sympathie spürte. Alle übrigen waren Henrys Kinder, nur daß seine Energie bei ihnen nach der falschen Seite ausgeschlagen war. Doch als ihre Kinder kleine schwache Wesen waren, so klein und schwach, daß man sie nur sicher aufrecht hinsetzen konnte, wenn man ihren wackelnden Kopf hielt, hatte sie in dem Bestreben, sich für ihre verlorene Unabhängigkeit zu entschädigen, sich bemüht, ein wenig weiter zu schauen, über die Zeit hinweg, wenn der Schädel über dem so erschreckend und offen schlagenden Puls sich geschlossen hatte, wenn das Band, das sie ans Leben knüpfte, nicht mehr so beunruhigend schwach war, wenn sie nicht mehr Angst hatte, sobald sie sich in Abwesenheit der Säuglingsschwester über die Wiege bückte, sie könnten ihren letzten Atemzug tun. Sie hatte versucht, die Zeit ins Auge zu fassen, wo sich ihr eigener Charakter entwickeln würde, wo sie andere Meinungen haben würden als ihre Eltern, wo sie ihre eigenen Pläne machen und ihre eigenen Vorbereitungen treffen würden. Selbst hierin war sie enttäuscht worden. »Wie werden wir uns freuen«, hatte sie zu Henry gesagt, als sie zusammen auf den in der Wiege liegenden Herbert niedersahen, »wenn er erst auf der Schule ist und uns von dort Briefe schreibt.« Henry hatte diese Bemerkung nicht gefallen, sie merkte sofort, was er an ihr auszusetzen hatte. Er dachte, daß alle echten Frauen ihre Kinder lieber im hilflosen Zustande sehen und die Zeit beklagen sollten, wo sie anfingen zu wachsen. Lange Kleidchen waren Kitteln vorzuziehen, Kittel kurzen Hosen, kurze Hosen langen Hosen. Henry hatte bestimmte männliche Vorstellungen über Frauen und Mutterschaft. Obwohl er im geheimen stolz auf seine heranwachsenden kleinen Söhne war, so tat er doch auch sich selbst gegenüber so, als gingen sie bis jetzt nur ihre Mutter an. Sie hatte sich deshalb natürlicherweise bestrebt, diese Ansichten zu ihren eigenen zu machen. Herbert war mit zwei Jahren zugunsten Carries entthront worden, Carrie mit einem Jahr zugunsten Charles'. Weil es von ihr erwartet wurde, war das Jüngste immer offiziell ihr Liebling gewesen. Aber alle diese Dinge stimmten nicht. Es war ihr immer bewußt gewesen, daß das Selbst ihrer Kinder ebenso weit von ihr entfernt war wie das Henrys oder sogar ihr eigenes.

Unnatürliche Gedanken, die sie entsetzt hatten, waren ihr durch den Kopf gezogen. »Wenn ich nur nie geheiratet hätte... Wenn ich nur keine Kinder gehabt hätte...« Und doch liebte sie Henry, liebte ihn so, daß es ihr weh tat, und ihre Kinder liebte sie bis zur Rührseligkeit. Sie dachte sich allerlei über sie aus, was sie dann Henry in Stunden, da sie ganz für sich waren und in denen ihr Herz überfloß, anvertraute. Herbert werde Staatsmann werden, sagte sie, denn hatte er sie nicht (im Alter von zwölf Jahren) über Probleme befragt, die die Regierung Indiens betrafen? Und Kay hatte sie schon im Alter von vier Jahren gebeten, sie möchte ihm einmal den Tadsch Mahal zeigen. Henry hörte sich diese Träumereien gern an, ohne zu merken, daß sie diese erzählte, um ihm eine Freude zu machen.

Aber alles dies war nichts im Vergleich zu Henrys Ehrgeiz, der sie auf einem von Dornen umgebenen Weg hintrieb. Henrys Auffassung der Welt widersprach in jedem Punkt dem Kern ihres Wesens. Er mit seiner realistischen und sie mit ihrer idealistischen Auffassung hatten einander schroff gegenüberstehende Ansichten, mit dem Unterschied, daß, während Henry in der Entwicklung seiner Ansichten kein Blatt vor den Mund nahm, sie die ihrigen verbergen mußte, um sich nicht beschämen zu lassen und lächerlich zu machen. Doch hier war ihr Gefühl nicht immer klar. Es gab Augenblicke, wo sie die Aufregung des großen Spiels, das Henry immer spielte, mitgenießen konnte, Augenblicke, wo das private, intensiv in die Einzelheiten gehende und liebliche Dasein des Künstlers – dessen Betätigung ihr untersagt war, dessen Lebensideal sie noch immer sehnsüchtig nachhing – als ein ärmliches, selbstisches und überzartes Etwas erschien im Vergleich zu der männlichen Tätigkeit, die sich mit Fragen des Reiches, der Politik und des Kampfes der Menschen untereinander beschäftigte. Es gab Augenblicke, wo sie nicht nur mit dem Gehirn, sondern mit ihrem ganzen Gefühl verstehen konnte, daß Henry sich ebenso nach einem Leben der Tat sehnte wie sie nach einem Leben der Beschaulichkeit. Sie waren wirklich zwei Hälften einer auseinandergerissenen Welt.

Dritter Teil

> Das Leben, das wir leben, ist tot, obgleich es atmet.
> Es ist der Tod, der sich auf Wanderschaft begibt
> Und torkelnd wankt die erste kurze Strecke seines Weges.
>
> *Christina Rossetti*

Der Sommer war vorüber, und die Oktobertage waren nicht mehr warm genug, als daß Lady Slane hätte im Garten sitzen können. Um Luft zu schöpfen, mußte sie kleine Spaziergänge unternehmen und wurde von Genoux in Mäntel und Pelze gewickelt, und Genoux ging sogar mit bis an die Haustür, um sich zu überzeugen, daß sie keine ihrer Hüllen in der Halle zurückließ. Lady Slane protestierte manchmal, wenn Genoux ein Gewand nach dem anderen aus dem Schrank zog. »Aber Genoux, ich sehe ja aus wie ein altes Bündel.« Genoux hängte den letzten Mantel energisch um Lady Slanes Schultern und erwiderte: »Miladi est bien trop distinguée pour avoir jamais l'air d'un vieux Bündel.« »Wissen Sie noch, Genoux«, sagte Lady Slane beim Anziehen ihrer Handschuhe, »wie Sie immer wollten, daß ich zu einer Einladung Wollstrümpfe anziehen sollte?« Es war tatsächlich so, bei kaltem Wetter hatte Genoux, wenn sie das Abendkleid für ihre Herrin herauslegte, nie seidene Strümpfe dazu geben wollen, oder wenn sie diese nach wiederholten Vorstellungen doch hervorzog, so legte sie hoffnungsvoll ein paar wollene zum Unterziehen dazu. »Mais pourquoi pas, miladi?« sagte Genoux gereizt, »dans ce temps-là les dames, même les jeunes dames, portaient les jupes convenablement longues, et un jupon pardessus le marché. Pourquoi s'enrhumer pour des chevilles qui n'y paraissent pas? C'était la même histoire pour les combinaisons que miladi voulait à tout prix ôter pour le dîner, précisément au soir lorsqu'il fait plus froid.« Mit solchen Worten begleitete sie Lady Slane die Treppe hinab; denn ihre Redseligkeit hatte die Dämme durchbrochen, seitdem sie Elm Park Gardens und den Haushalt mit der kalten und verschlossenen englischen Dienerschaft verlassen hatte. So bemutterte sie Lady Slane wie eine gackernde Henne, halb schimpfend, halb schäkernd. »Miladi n'a jamais su se soigner. Elle ferait beaucoup mieux d'écouter sa vieille Genoux. Les premiers jours d'octobre, c'est tout ce qu'il y a de plus malin. Ça vous attrape sans crier gare. A l'âge de miladi on ne doit pas prendre de libertés.« »Begraben Sie mich nicht eher, als bis es nötig ist, Genoux«, sagte Lady Slane, indem sie Genoux' Anglizismen und Pessimismus entschlüpfte.

Sie ging die Stufen vorsichtig hinunter; denn diese konnten glitschig sein, weil es gefroren hatte. Genoux würde ihr nachsehen, wie sie wußte, darum mußte sie sich an der Ecke umdrehen und winken. Genoux würde verletzt sein, wenn sie vergäße, sich umzuwenden. Doch sie würde sich durch dieses Winken nicht in Sicherheit wiegen lassen, sie würde erst wieder glücklich sein, wenn sie die vermummelte Gestalt der alten Dame wieder ins Haus eingelassen, sie hereingeführt, ihr die Stiefel ausgezogen, ihr die Pantoffeln und vielleicht eine Tasse heißer Suppe gebracht, die winterlichen Hüllen verstaut und ihre Herrin mit einem Buch am Kamin untergebracht hatte. Aber Genoux war bei allen ihren Sprüchen und Unkenrufen eine heitere und philosophische alte Seele, voll harter Bauernschlauheit. (Sie winkte zurück, als Lady Slane sich pflichtgemäß umwandte und dann langsam um die Ecke zum Park ging.) Genoux ging wieder in die Küche und unterhielt sich mit der Katze, während sie sich mit ihren Töpfen und Pfannen beschäftigte. Lady Slane hörte häufig, wie sie zu der Katze sagte: »Viens, mon bobo, schau, lecker, lecker, alles für dich«, denn sie glaubte, daß englische Tiere nur Englisch verstünden und einmal, als die Schakale um Gul-a-hek kläfften, sagte sie zu Lady Slane: »C'est drôle tout de même, miladi, comme on entend tout de suite que ce ne sont pas des Anglais.« Jetzt aber führten sie beide, sie und Genoux, ein ruhiges Leben, dachte Lady Slane, als sie zum Park hinaufging. Niemand störte sie mehr, sie waren beide durch die Bande der Dankbarkeit und Anhänglichkeit aneinander gefesselt, auch durch das Band einer nie ausgesprochenen Überlegung, wer wohl als erster von dem anderen scheiden müßte. Wenn sich die Haustür hinter einem ihrer seltenen Gäste schloß, atmete jede erleichtert auf, weil der Eindringling wieder fort war. Sie wollten nichts mehr als den Tag möglichst ruhig zubringen, schon deshalb, weil sie für eine andere Lebensweise nicht mehr die Kraft hatten. Jede Anstrengung ermüdete sie beide bald, obwohl sie das einander noch nie gestanden hatten.

Glücklicherweise störte nur selten jemand ihren Frieden. Lady

Slanes Kinder waren zuerst pflichtschuldig eines nach dem anderen gekommen, aber die meisten hatten so deutlich über den weiten und unbequemen Weg nach Hampstead gejammert, daß Lady Slane sie ruhigen Gewissens bitten konnte, sich die Mühe zu sparen, und sie kamen auch jetzt nur in langen Zwischenräumen. Lady Slane war klug genug, um sich vorstellen zu können, was sie zueinander sagten, um ihr eigenes Gewissen zu beruhigen: »Nun, wir haben ja Mutter gebeten, ihr Heim bei uns aufzuschlagen...« Edith allein hatte die Neigung gezeigt, häufiger zu kommen und, wie sie es nannte, zu helfen, aber sie lebte jetzt in ihrer neuen Wohnung in einem solchen Zustand der Glückseligkeit, daß sie sich leicht einredete, ihre Mutter brauche sie im Grunde gar nicht. Kay hatte sie seit einiger Zeit nicht gesehen. Als er das letztemal da war, hatte er nach vielem Herumdrücken in großer Verlegenheit gesagt, ein Freund von ihm, der alte FitzGeorge, möchte gern einmal mitkommen, um Lady Slane einen Besuch abzustatten. »Ich glaube«, meinte Kay und stocherte dabei im Feuer, »er sagte, er habe dich einmal in Indien kennengelernt.« »In Indien?« sagte Lady Slane, ohne diese Mitteilung sehr zu beachten. »Das ist leicht möglich, mein Lieber, aber ich erinnere mich nicht mehr an den Namen. Da wurden einem immer so viele Leute vorgestellt. Wir waren oft zwanzig beim Frühstück. Kannst du ihm nicht beibringen, daß ich nicht gern Besuche empfange? Ich will nicht unhöflich sein, aber ich habe gar keine Lust mehr, fremde Leute zu empfangen.«

Kay hätte seine Mutter gern gefragt, was Fitz damit gemeint habe, als er sagte, er habe ihn in der Wiege gesehen. Er war sogar in der Absicht nach Hampstead gekommen, dieses Geheimnis aufzuklären. Aber er ging natürlich fort, ohne gefragt zu haben.

Die Urenkel durften nicht kommen. Die Enkel zählten nicht. Sie waren bedeutungslos, da sie zwischen den Kindern und der jüngsten Generation in der Mitte standen. Aber die Urenkel, die nicht bedeutungslos waren, konnten ihr Herz zum Klopfen bringen, und darum durften sie nicht kommen. Lady Slane hatte an diesem Entschluß mit der sonderbaren und plötzlichen Festigkeit, wie sie manchmal selbst ganz folgsame Menschen zeigen, festgehalten. Herr Bucktrout war der einzige regelmäßige Besucher. Er kam wöchentlich einmal, jeden Dienstag, zum Tee. Aber Herr Bucktrout ermüdete sie nicht. Sie saßen in der Dämmerung am Kamin, während Herrn Bucktrouts Worte wie ein Bach dahinplätscherten und Lady Slane zuhörte oder nicht, je nachdem wie sie aufgelegt war.

Mittlerweile war es sehr schön oben im Park. Die Bäume waren braun, und blau die Ferne. Lady Slane setzte sich auf eine Bank und ruhte aus. Kleine Jungen ließen Drachen steigen; sie liefen mit der Schnur über den Rasen, bis der Drachen sich wie ein schwerfälliger Vogel erhob und seinen aus Papierfetzen bestehenden Schwanz durch die Luft zog. Lady Slane dachte an andere kleine Jungen, die in China hatten Drachen steigen lassen. Ihre Erinnerungen an ferne Länder und ihr gegenwärtiges Leben in England spielten jetzt in ihrem Geist arg durcheinander, so daß sie sich manchmal fragte, ob ihr Gedächtnis nicht schon ein bißchen schwach werde, so plötzlich und gleichzeitig erschienen Bilder aus beiden Zeiträumen vor ihr. Stand sie auf einem Berge bei Peking mit Henry, während ein Reitknecht in geziemender Entfernung die Pferde hin- und herführte, oder war sie allein, alt, in Schwarz gekleidet und saß auf einer Bank im Park von Hampstead? Aber da waren ja die Schornsteine Londons, um sie zu beruhigen. Zweifellos waren diese Jungen kleine Londoner Vorstadtkinder in abgerissenen Anzügen und nicht Knirpse aus dem Reich des Himmels in blauer Baumwolle; und als sie sich auf der harten Bank ein wenig bequemer zurechtsetzte, spürte sie ein rheumatisches Reißen, das in keiner Beziehung zu ihrem jugendlichen Wohlbefinden stand, als sie mit Henry den ausgedörrten Berg hinaufgetrabt war. Sie versuchte, obwohl es ihr sehr schlecht gelang, das Gefühl körperlichen Wohlbefindens wiederzuerwecken. Es gelang ihr nicht. Eine innere, in weiter Vergangenheit aufgeweckte Stimme zog wie eine alte Melodie unfaßbar durch die Außenbezirke ihres Erinnerungsvermögens und brachte ihr in Worten zwar jenes Gefühl nahe, ohne aber in ihrem müden alten Körper eine Antwort hervorzurufen. Vergeblich erzählte sie sich jetzt, daß sie einmal an einem Sommermorgen mit der Sehnsucht aufgewacht war, aus dem Bett zu springen und vor lauter Lebenslust nach draußen an die Luft zu laufen. Vergeblich und mit voller Überlegung versuchte sie sich daran zu erinnern, wie sehnsüchtig sie auf den Augenblick gewartet hatte, wo sie, nachdem der Tag ihres offiziellen Lebens mit seinen Feierlichkeiten beendet war, in der Dunkelheit in Henrys Arme sinken würde. Das waren jetzt alles nur

Worte, hinter denen keine Wirklichkeit mehr stand. Das einzige, was noch Wirklichkeit war, war der stille und regelmäßige Ablauf des Lebens mit Genoux, das Läuten eines Lieferanten an der Hintertür, die Ankunft einer Büchersendung aus Mudies Leihbibliothek oder die Unterhaltung mit Genoux über Herrn Bucktrouts Besuch – sollten sie am Dienstag Semmel oder Teekuchen kaufen? –, die Aufregung über einen angekündigten Besuch Carries und dann die Zunahme ihrer körperlichen Beschwerden, für die sie allmählich beinahe eine Zuneigung fühlte. Ihr Körper war in der Tat ihr Gefährte geworden, eine beständige Quelle der Unterhaltung und der Beschäftigung. Alle die kleinen Dumpfheiten des Körpers, die einem nur selbst bekannt, in der Jugend unbedeutend und leicht abgetan sind, wurden nun immer herrschsüchtiger und schickten sich an, die Tyrannei zu vollenden, mit der sie immer gedroht hatten. Aber es war eigentlich eine angenehme und interessante Tyrannei. Bei einer Andeutung von Hexenschuß mußte sie sich vorsichtig erheben und an den Tag denken, an dem sie in Nervi eine Rückenlähmung bekommen hatte; denn seit jenem Tage war ihr Rücken nie mehr ganz zuverlässig gewesen. Sie kannte alle die kleinen Gebrechlichkeiten ihrer Zähne, über die man mit niemandem spricht, so daß man vorsichtig essen muß und lieber auf der einen Seite kaut als auf der anderen. Sie hielt instinktiv einen Finger krumm – den Mittelfinger der linken Hand –, um sich vor dem schmerzlichen Zucken der Nervenentzündung zu schützen. Ein eingewachsener Zehennagel zwang Genoux, den Schuhlöffel mit der größten Sorgsamkeit zu benützen. Und alle diese Körperteile bekamen etwas stark Persönliches: mein Rücken, meine Zähne, mein Finger, meine Zehen. Und nur Genoux wußte, was ein plötzlicher Aufschrei bedeutete, wenn sie in den Sessel zurückfiel; dadurch verstärkte sich das Band zwischen ihr und Genoux zu einer Verbindung, wie sie nur zwischen Liebenden besteht, zu dem Band einer ausschließlich körperlichen Intimität. Aus solchen kleinen Dingen setzte sich nun ihr Leben zusammen: aus der Gemeinschaft mit Genoux, aus dem Interesse an ihrem verfallenden Körper, aus Herrn Bucktrouts Galanterie und seinen wöchentlichen Besuchen, aus ihrer Freude über einen frostigen Morgen und über die kleinen Jungen, die im Park von Hampstead Drachen steigen ließen. Selbst die Ängstlichkeit gehörte dazu, mit der sie die glatten Treppenstufen betrat, denn die Knochen alter Leute waren, wie sie wußte, brüchig. Alles winzige Dinge, verächtlich winzig, die nur geadelt wurden durch ihren weiten Hintergrund, den Hintergrund des Todes. Auf manchen italienischen Bildern waren Bäume dargestellt – Pappeln, Weiden, Erlen –, jedes Blatt deutlich und scharf mit seinen winzigen Adern gegen einen grünen durchsichtigen Himmel schimmernd. Von solcher Beschaffenheit waren diese winzigen Dinge, die wohlgeformten Blätter ihres jetzigen Lebens – deren Bedeutungslosigkeit dadurch wettgemacht wurde, daß sie vor einer leuchtenden Ewigkeit standen.

Sie fühlte sich emporgehoben, sie entrann der Kleinheit, einem in Nichtigkeiten aufgehenden Leben, wenn sie daran dachte, daß jetzt kein Abenteuer sie mehr erwarten konnte, außer dem letzten und höchsten, auf das alle anderen nur eine Vorbereitung sind.

Sie verrechnete sich jedoch hierin, da sie vergaß, daß die Überraschungen des Lebens bis zum letzten Ende unerschöpflich sind. Als sie an diesem Nachmittag nach Hause zurückkehrte, sah sie den sonderbar quadratisch geformten Hut eines Mannes auf dem Tisch in der Halle liegen, und die aufgeregte Genoux begrüßte sie, indem sie flüsterte: »Miladi! il y a un monsieur ... je lui ai dit que miladi était sortie, mais c'est un monsieur qui n'écoute pas ... il attend miladi au salon. Faut-il servir le thé? – Miladi ôtera bien ses souliers, de peur qu'ils ne soient humides?«

*

Lady Slane sah zurück auf ihre Begegnung mit Herrn FitzGeorge, und ebenso sah Herr FitzGeorge auf seine Begegnung mit Lady Slane zurück. Nachdem er lange genug und vergeblich darauf gewartet hatte, daß Kay ihn mitnehmen würde, hatte er das Schicksal in seine eigene Hand genommen und war allein gekommen. Knauserig trotz seiner Millionen, war er mit der Untergrundbahn nach Hampstead gefahren, war vom Bahnhof zu Fuß gegangen und hatte sich zuerst Lady Slanes Haus einmal angeschaut und dabei mit den Augen des Kenners das würdevolle Aussehen dieses aus der georgischen Zeit stammenden Hauses genossen. »Aha, das Haus einer Frau von Geschmack«, hatte er befriedigt festgestellt. Er entdeckte bald seinen Irrtum, denn nachdem er Genoux' Einwände beiseitegeschoben hatte und in die Halle gelangt war, fand er, daß Lady Slane überhaupt keinen Geschmack besaß. Merkwürdigerweise bereitete ihm das um so mehr Vergnügen. Das Zimmer, in das ihn Genoux widerstrebend geführt hatte, war einfach und behaglich. »Armstühle und Chintz und das Licht am richtigen Platz«, murmelte er, indem er das Zimmer durchwanderte. Er war durch die Aussicht, Lady Slane wiederzusehen, außerordentlich bewegt. Aber als sie kam, war es klar, daß sie sich nicht mehr im geringsten an ihn erinnerte. Sie begrüßte ihn höflich mit einem Rückfall in die formelle Art, mit der sie früher als Frau des Vizekönigs Gäste empfangen hatte, entschuldigte sich, daß er auf sie hatte warten müssen, bat ihn, sich zu setzen, und sagte, daß Kay seinen Namen erwähnt habe. Der Tee werde nicht lange auf sich warten lassen. Aber sie war sich offenbar über den Zweck seines Besuches im unklaren. Vielleicht, fragte sie ihn, wolle er die Biographie ihres Mannes schreiben? Herr FitzGeorge sah sie verwundert an und kicherte dann plötzlich auf eine Art, die Lady Slane unerklärlich war. Er konnte schwerlich sofort mit der Mitteilung herausrücken, daß die Vizekönigin und nicht der Vizekönig vor einem halben Jahrhundert in Kalkutta seine Aufmerksamkeit erregt habe.

So mußte er schließlich auseinandersetzen, daß er als junger Mann mit einem Empfehlungsschreiben zum Regierungsgebäude gekommen und in üblicher Weise zum Essen eingeladen worden war. Herr FitzGeorge war jedoch dabei nicht verlegen, über solche gesellschaftliche Konventionen war er erhaben. Er gab seinen Bericht ganz einfach und ohne große Umschweife. »Sehen Sie«, sagte er, »ich war ein namenloser junger Mann, dem ein unbekannter Vater ein großes Vermögen hinterlassen hatte mit dem Wunsch, ich solle eine Reise um die Welt antreten. Ich war natürlich entzückt, eine solche Gelegenheit ergreifen zu können. Es ist immer angenehm, Wünsche zu befriedigen, die mit unseren eigenen zusammenfallen. Die Anwälte, die auch meine Vormünder waren«, setzte er trocken hinzu, »lobten meine Bereitwilligkeit, dem im Testament ausgedrückten Wunsch zu willfahren. Diese alten in Lincoln's Inn vermodernden Zittergreise glaubten, ein junger Mann, der London verließ, um sich auf den Wunsch seines Vaters nach dem Fernen Osten zu begeben, müsse in der Tat eine große kindliche Pietät besitzen. Sie dachten wohl, die Bühnenausgänge in der Shaftesbury Avenue übten eine größere Anziehungskraft aus als die Bazare

Kantons. Darin irrten sie sich. Die Hälfte der Schätze meiner heutigen Sammlung, Lady Slane, verdanke ich jener sechzig Jahre zurückliegenden Weltreise.«

Natürlich hatte Lady Slane noch nie von dieser Sammlung gehört. Sie sagte das auch. Er war entzückt, genau wie er bei der Entdeckung entzückt gewesen war, daß sie keinen Geschmack besaß.

»Köstlich, Lady Slane! Meine Sammlung ist wohl doppelt soviel wert wie die des Eumorphopoulos und doppelt so berühmt, obgleich, wie ich bemerken darf, ich nur den hundertsten Teil ihres gegenwärtigen Wertes für sie ausgegeben habe. Und im Gegensatz zu vielen anderen Kunstsammlern habe ich nie die Schönheit aus dem Auge verloren. Seltenheit, Sonderbarkeit, Altertumswert genügen mir nicht. Ich brauche noch Schönheit oder auf jeden Fall vollendete handwerkliche Meisterschaft. Und ich habe recht damit gehabt. Es gibt heute kein Stück in meiner Sammlung, für das nicht jedes Museum gern seine beste Vitrine ausräumen würde, um es zu besitzen.«

Lady Slane, die von solchen Dingen nichts verstand, amüsierte sich über solch unschuldige kindliche Prahlerei. Sie stachelte ihn zu weiteren Ergüssen an, diesen naiven alten Schwätzer, diesen Sammler schöner Gegenstände, der plötzlich in ihr Haus eingedrungen war und nun prahlend an ihrem Kaminfeuer saß und nichts mehr von der Tischgesellschaft in Kalkutta und seiner Freundschaft mit Kay, die einzig sein Eindringen rechtfertigen konnte, erwähnte. Er hatte für sie vom ersten Augenblick an den Reiz einer von allen Hintergründen losgelösten und isolierten Gestalt. Schon die Tatsache, daß seine Eltern unbekannt waren und er keinen legitimen Namen hatte, sondern rein und einfach er selbst war, umgab ihn in ihren Augen mit einem gewissen legendären Schimmer. Sie hatte in ihrem Leben genug Leute kennengelernt, deren Eintrittsrecht sich allein auf ihre gesellschaftliche Stellung gründete. Herr FitzGeorge hatte keine solche Eintrittskarte, selbst sein Reichtum konnte kaum als eine solche betrachtet werden, denn sein Ruf als Geizhals zerstörte auch die zuversichtlichsten Hoffnungen, daß man von ihm Vorteile haben könnte. Merkwürdigerweise wurde Lady Slane von seinem Geiz nicht abgestoßen wie etwa bei ihrem Sohn William. William und Lavinia waren verstohlen geizig, sie konnten nicht anders als knauserig sein, da ihnen die Knauserigkeit im Blut lag – sie erinnerte sich, wie sie bei ihrer Verlobung gedacht hatte, daß das das einzige Band zwischen ihnen sei –, aber sie zeigten sie nicht offen, sie versuchten, sie zu verstecken. Herr FitzGeorge gab seiner Schwäche in weit größerem Maße nach und verheimlichte sie nicht. Lady Slane liebte Menschen, die sich der Laster, die sie hatten, nicht schämten. Sie verachtete alle heuchlerischen Verkleidungen. Als ihr daher Herr FitzGeorge erzählte, daß er sich sehr ungern von Geld trenne und zu einer Ausgabe nur dann gebracht werden könne, wenn er durch einen schönen Gegenstand unwiderstehlich in Versuchung gerate, und sich nur durch das Bewußtsein trösten könne, daß er mit seiner Erwerbung zugleich ein gutes Geschäft gemacht habe, lachte sie unbekümmert und bezeigte ihm auch offen ihre Achtung. Er saß an der anderen Seite des Kamins. Sein Anzug war abgetragen, wie sie bemerkte. »Ich weiß noch«, sagte er, »daß Sie damals in Kalkutta über mich lachten.«

Er schien sich an viele Vorkommnisse der damaligen Zeit zu erinnern. »Lady Slane«, sagte er, indem er ihre Feststellung über sein ausgezeichnetes Gedächtnis parierte, »haben Sie noch nicht bemerkt, daß Erinnerungen aus der Jugend mit vorrückenden Jahren schärfer werden?« Dieses kleine »noch« brachte sie wieder zum Lachen. Er spielte die Rolle eines Mannes, der einer Frau vormachen will, daß sie ihre Jugend noch bewahrt hat. Sie war achtundachtzig, aber die Sprungfeder der Mann-Weib-Beziehung lag noch wie eine Kobraschlange zwischen ihnen eingerollt. Unzählige Jahre waren verflossen, seitdem sie diesen Reiz gespürt hatte. Er kam jetzt wie ein unerwartetes Wiederaufleben, ein letztes Aufflackern, das sie sonderbar erregte und ein Echo erweckte, dessen Melodie sie nicht ganz wieder erfassen konnte. Hatte sie wirklich Herrn FitzGeorge früher gesehen, oder erweckte seine leichte und altmodische Galanterie nur die allgemeine Erinnerung an die Jahre, als alle Männer sie mit bewundernden Augen angesehen hatten? Was es auch war, seine Gegenwart beunruhigte sie, obwohl sie nicht behaupten konnte, daß ihre schwache Erregung unangenehm war, und er hatte sie auch so angeblickt, als ob er sagen wollte, er könne ihr schon die Erklärung dafür geben, wenn er wolle. Als er fort war, starrte sie den ganzen Abend ins Feuer, ihr Buch lag ungelesen auf ihrem Schoß, sie versuchte, sich zu erinnern, versuchte ihre Hand nach etwas auszustrecken, das sie aber nicht erreichen konnte und das sich ihrem

Zugriff entzog. Etwas hatte in ihr angeschlagen, wie der Klöppel gegen eine alte zerbrochene Glocke in einem zerfallenen Kirchturm schlägt. Kein Klang zog über die Täler, aber in dem Turm selbst entstand ein vibrierendes Zittern, das die Stare in ihren Nestern aufschreckte und die Spinngewebe erbeben ließ.

Am nächsten Morgen spottete sie natürlich über die Stimmung, die sie am Abend vorher befallen hatte. Was für einem sonderbaren Anfall von Sentimentalität war sie doch ausgesetzt gewesen! Zwei Stunden lang hatte sie geträumt wie ein Mädchen. Daran war Herr FitzGeorge schuld, weil er auf diese Weise in ihr Haus gedrungen war, am Kamin Platz genommen hatte, als wenn er ein Recht darauf hätte, dort zu sitzen, weil er über die Vergangenheit gesprochen hatte, sie wegen ihrer Würde als Vizekönigin sanft geneckt, sie angesehen hatte, als sagte er nur die Hälfte von dem, was er später offenbaren würde, weil er seine Galanterie mit leichtem Spott vermischt, weil er sie offen bewundert hatte und insgeheim bewegt gewesen war. Obgleich er die Oberfläche gesellschaftlicher Konvention nicht verlassen hatte, wußte sie doch, daß sein Besuch für ihn nicht ohne Bedeutung gewesen war. Sie war gespannt, ob er wiederkommen würde.

Wenn der Herr noch einmal komme, fragte Genoux, solle sie ihn dann hereinlassen? Beim nächsten Mal werde sie auf ihn vorbereitet sein, er solle sie nicht wieder beiseiteschieben, als ob sie eine alte Zeitung wäre, stracks in die Halle marschieren und seinen komischen kleinen Hut auf den Tisch legen. »Ah, mon Dieu, miladi, quel drôle de chapeau!« Sie bückte sich vor Lachen und strich dabei mit den Händen an ihren Beinen herunter. Lady Slane freute sich immer, wenn Genoux über etwas, was ihr komisch erschien, so herzlich lachen konnte. Darum erlaubte sie sich auch ein Lächeln über Herrn FitzGeorges Hut. Woher hatte er nur einen solchen Hut? fragte Genoux, »car jamais je n'ai vu un pareil chapeau en devanture«. Hatte er ihn eigens für sich anfertigen lassen? Und erst sein Schal – hatte Lady Slane ihn gesehen? Ganz kariert wie der eines Reitknechtes. »C'est un original«, schloß Genoux weise. Aber zum Unterschied von einem englischen Bediensteten begnügte sich Genoux nicht damit, sich nur über Herrn FitzGeorge lustig zu machen, sie wollte mehr über ihn wissen. Es sei rührend, sagte sie, so zu sein – un vieux monsieur, und ganz allein. War er nie verheiratet gewesen? Er sah nicht aus, als ob er jemals eine Frau gehabt hatte. Sie plagte Lady Slane mit Fragen, die diese nicht beantworten konnte. »Er versteht, Tee zu bereiten«, sagte Genoux. Sie hatte seinen abgetragenen Anzug bemerkt und daraus gefolgert, er müsse bedauernswert arm sein. »J'ai vite couru au coin de la rue, attraper l'homme aux muffins.« Sie war sichtlich enttäuscht, als Lady Slane ihr trocken erzählte, daß Herr FitzGeorge, soviel sie wisse, Millionär sei. »Un millionnaire! et s'affubler comme ça!« Genoux konnte nicht darüber hinwegkommen. Aber was solle sie nun schließlich tun? fragte sie. Solle sie ihn das nächstemal hereinlassen oder nicht?

Lady Slane sagte, sie glaube nicht, daß Herr FitzGeorge wiederkommen werde, aber während sie das sagte, ertappte sie sich bei einer Lüge, denn als er sich verabschiedete, hatte ihr Herr FitzGeorge die Hand hingestreckt und um die Erlaubnis gebeten, wiederkommen zu dürfen. Warum sollte sie Genoux anlügen? »Ja, laß ihn herein«, sagte sie und ging schnell in ihr Zimmer.

Es waren jetzt ihrer drei, drei alte Herren – Herr Bucktrout, Herr Gosheron und Herr FitzGeorge. Ein sonderbares Kleeblatt – ein Häusermakler, ein Handwerker und ein Kunstsammler, alle alt, verschroben und nicht in diese Welt passend. Wie sonderbar war es doch gekommen, daß ihr ganzes Leben – ihre Tätigkeit, ihre Kinder und Henry – von ihr abgefallen und in diesem kleinen Zwischenspiel vor dem Ende durch ein neues genügend ausgefülltes Dasein ersetzt worden war! Sie nahm an, daß es von ihr selbst geschaffen worden war, konnte sich aber nicht denken, wie sie das zuwege gebracht hatte. »Vielleicht«, sagte sie laut, »bekommt man am Ende immer das, was man sich wünscht.« Sie nahm ein altes Buch vom Regal, öffnete es aufs Geratewohl und las:

»Hör auf mit Eiden und mit Schwüren,
Hör auf mit Pomp und aller Eitelkeit,
Hör auf mit Haß und Lästerungen,
Hör auf mit Bosheit und mit Neid,
Hör auf mit Zorn und höre auf mit Unzucht,
Hör auf mit List und mit Betrug,
Hör auf mit böser Worte Lug.«

Es war sicher bemerkenswert, daß jemand ihr Sehnen – sie sah nach dem Datum – im Jahre 1493 zum Ausdruck gebracht hatte. Sie las die nächsten Zeilen:

»Flieh Falschheit, die so unbeständig, morsch und
grausam ist,
Flieh eitle Schmeichler, die dich umgarnen,
Flieh schöne Gaukelei, Gesang von Abenteuern und
von Liebe,
Flieh die Gesellschaft anderer, die nur zur Falschheit
führt,
Flieh Mienen voll von Frechheit, Trotz und Tücke,
Flieh wilde Phantasien, Reden eitler Narren,
Flieh frecher Schwätzer schöne Schmeichelreden.«

Sie hatte sie alle geflohen, außer den wilden Phantasien. Ihre drei alten Herren waren wilde Phantasien – wilde Phantastiker, verbesserte sie lächelnd. Pomp, Eitelkeit und böser Worte Lug überschritten nicht mehr ihre Schwelle, außer wenn Carrie sie mit einem eisigen Luftzug hereinbrachte. Dann ertappte sie sich dabei, daß sie ohne weiteres Herrn FitzGeorge schon zu ihren Intimen rechnete. Was für einen Grund hatte sie zu der Annahme, daß er wiederkommen werde, außer einem beim höflichen Abschied hingeworfenen Satz?

Er kam wieder, und sie hörte, wie Genoux ihn in der Halle als alten Freund willkommen hieß. Ja, die gnädige Frau war daheim, ja, sie hatte gesagt, sie würde den Herrn mit Freuden jederzeit empfangen. Lady Slane hörte zu und wünschte, Genoux möchte die Herzlichkeit des Empfanges in ihrem Namen nicht gar so übertreiben. Sie war sich jetzt nicht ganz sicher, ob sie es ertragen würde, den stillen Frieden ihres Hauses durch den Einbruch Herrn FitzGeorges gestört zu sehen. Sie mußte Kay bitten, ihm einen Wink zu geben.

Indessen empfing sie ihn, erhob sich in ihrem weichen, schwarzen, fließenden Gewand und gab ihm mit dem Lächeln, das in seiner Erinnerung haftengeblieben war, die Hand. Warum sollte sie nicht? Schließlich waren sie zwei alte Leute, sehr alte Leute, so alt, daß sie die ganze Zeit über an ihr Alter dachten, und in einem solchen Zustand war es angenehm, wie zwei Katzen an beiden Seiten des Feuers zu sitzen, die Hände auszustrecken, die so durchsichtig waren, daß sie das rote Licht der Flamme durchließen, während ihre zwanglose

Unterhaltung sich belebte oder verebbte. Lady Slane hatte ihr ganzes Leben lang den anderen immer das Gefühl gegeben, daß man bei ihr sprechen konnte, wie man mochte, aber nicht zu sprechen brauchte, wenn man nicht dazu aufgelegt war – einer der Gründe, weshalb Henry sich zuerst entschlossen hatte, sie zu heiraten. Da sie große Ruhe in sich selbst hatte, konnte sie verstehen, daß andere Leute manchmal die Ruhe liebten. Wenige Frauen, sagte Henry Holland, könnten still sein, ohne langweilig zu wirken, und noch weniger Frauen könnten sprechen, ohne einem auf die Nerven zu gehen. Aber Henry Holland hatte eine niedrige Meinung von Frauen, wenn er sie auch gern hatte, und war nur mit seiner eigenen Frau zufrieden. FitzGeorge hatte das mit bemerkenswertem Scharfsinn in Kalkutta gesehen, wo der Vizekönig, weiß der Himmel, von einem großen Schwarm hübscher und lebhafter Frauen umgeben gewesen war, die sich alle durch die anscheinend große und ausschließliche Aufmerksamkeit, die er ihnen widmete, geschmeichelt fühlten.

Gott sei Dank, dachte Herr FitzGeorge, sie hat keinen Geschmack. Ihm grauste vor Frauen, die sich ihres Geschmackes rühmten und sich mit einem Kunstkenner wie ihm auf gleiche Stufe stellten. Es gab keine Beziehung zwischen den beiden Dingen – zwischen Dekoration und wirklicher Schönheit. Seine Kunstgegenstände waren anderer Art als die gefälligen Inneneinrichtungen geschmäcklerischer Frauen. Er betrachtete fast zärtlich Lady Slanes Lampe mit dem roten Schirm und ihren türkischen Teppich. Wenn jemand Schönheit suchte, so brauchte er bloß seine Augen auf sie zu richten, sie, die so schön, so alt und lieblich war wie eine Elfenbeinschnitzerei, die wie Wasser in ihren Sessel floß, so leicht und weich waren ihre Glieder, während das Kaminfeuer einen rosigen Schimmer über ihre Gesichtszüge und ihr schneeweißes Haar warf. Jugend konnte es nicht mit der Schönheit eines alten Gesichtes aufnehmen, das Gesicht junger Menschen war eine unbeschriebene Seite. Ein junger Mensch konnte nie so still dasitzen, in absoluter Ruhe, als wäre alle Hast, alle Bewegung für immer vorüber und nichts übriggeblieben als Ruhe und Frieden. Er war froh, daß er sie nicht während ihrer mittleren Jahre gesehen hatte, so daß er die Erinnerung an sie und die Zeit, als sie jung, lebhaft und voll Feuer war, jetzt, wo er an das Ende der Geschichte gekommen war, unverwischt bewahren und mit dem gegenwärtigen Eindruck von ihr ergänzen konnte. Es war dieselbe Frau, aber was sich inzwischen ereignet hatte, wußte er nicht.

Er wurde gewahr, daß er mindestens fünf Minuten lang nicht gesprochen hatte. Lady Slane schien ihn vergessen zu haben. Aber sie schlief nicht, denn sie sah still ins Feuer, ihre Hände lagen lose in ihrer üblichen Haltung im Schoß, ihre Füße ruhten auf dem Kamingitter. Er war überrascht, daß sie ihn so natürlich hinnahm. Aber wir sind alt, dachte er, und unsere Empfindungen sind abgestumpft. Sie nimmt es als selbstverständlich an, daß ich hier so dasitze, als hätte ich sie mein ganzes Leben lang gekannt. »Lady Slane«, sagte er laut, »ich glaube, Sie haben sich als Vizekönigin nie recht wohl gefühlt.«

Seine Stimme war immer ziemlich hart und sarkastisch, und selbst in ihrer Gesellschaft machte er keinen Versuch, einen milderen und sanfteren Ton anzuschlagen. Er verachtete die Menschen so oder beachtete sie so wenig, daß er selten ohne Ironie sprach. Kay war sein einziger Freund, aber selbst Kay bekam die rauhe Seite seiner Zunge öfter zu fühlen als die glatte.

Lady Slane wurde förmlich, und zwar aus alter und jetzt neu auflebender Anhänglichkeit an Henry. »Selbst ein Vizekönigtum hat seine Vorteile, Herr FitzGeorge.«

»Aber nicht für Menschen wie Sie«, sagte FitzGeorge, ohne sich im geringsten beirren zu lassen. »Wissen Sie« – er beugte sich vor –, »es ging mir nahe, als ich Sie in diesem Mummenschanz gefangen sah. Sie paßten sich ihm an und spielten Ihre Rolle wunderbar, aber die ganze Zeit verleugneten sie Ihre wahre Natur. Ich weiß noch, wie wir vor dem Essen auf Sie und Lord Slane warteten. Wir waren, etwa dreißig Personen, in einem großen Saal versammelt, die meisten trugen Juwelen und Uniformen, alle standen mehr oder weniger verlegen auf einem riesigen Teppich. In einem großen Lüster brannte eine Unzahl Kerzen, er klirrte, wenn jemand durch das darüberliegende Zimmer ging. Ich dachte mir, ob es wohl Ihr Tritt sei, der ihn zum Klirren brachte. Und dann wurde eine große Flügeltür aufgerissen. Sie kamen mit dem Vizekönig herein, und alle Damen machten einen Knicks. Nach dem Essen hielten Sie beide Cercle und sagten zu jedem Gast ein paar Worte. Sie waren in Weiß, hatten Diamanten im Haar und fragten mich, ob ich mich auf einige gute Tigerjagden freue. Sie dachten wohl, das sei das Richtige, was man zu einem reichen jungen Mann sagen könne. Sie wußten nicht, daß mir der

Gedanke, Tiere zu töten, zuwider ist. Ich sagte, nein, ich sei nur auf einer Reise begriffen, aber obgleich Sie aufmerksam lächelten, glaube ich nicht, daß Sie auf meine Antwort achteten. Sie dachten daran, was Sie dem nächsten sagen sollten, und zweifellos sagten Sie etwas genau so gut Ausgedachtes, das genau so wenig zu der betreffenden Person paßte. Der Vizekönig, nicht Sie, machte den Vorschlag, ich solle Sie auf Ihrem Ausflug begleiten.«

»Auf unserem Ausflug?« fragte Lady Slane erstaunt.

»Sie kannten ja diese seine leichte liebenswürdige Art, Anregungen zu geben und Vorschläge zu machen. In der Hälfte der Fälle wußte man, daß es ihm gar nicht ernst mit seinen Worten war und daß er nie erwartete, man werde sich danach richten. Er erwartete, daß man mit einer Verbeugung ›Danke schön, das wäre reizend‹ sagte und dann nie mehr darauf zurückkam. Er konnte fragen: ›China? Ja, nach China reise ich nächste Woche, sehr interessantes Land, China, Sie sollten mitkommen.‹ Aber er wäre sehr überrascht gewesen, wenn ihn jemand beim Wort genommen hätte, obwohl er sicher bei seiner vollendeten Höflichkeit seine Überraschung verborgen hätte. Stimmt das nicht, Lady Slane?«

Ohne auf eine Antwort zu warten, fuhr er fort: »Aber bei dieser Gelegenheit nahm ihn jemand beim Wort, nämlich ich. Er sagte: ›Sie sind ein Altertumssammler, FitzGeorge‹ – für ihn war das ein Ausdruck, bei dem er sich nichts Rechtes vorstellen konnte –, ›Sie sind Sammler und haben keine Eile. Warum kommen Sie nicht mit uns nach Fatihpur Sikhri?‹«

Das fehlende Glied in Lady Slanes Erinnerungskette war plötzlich gefunden. Die nur undeutlich gehörten Töne vereinigten sich zu einer Melodie. Sie stand wieder auf der Terrasse der verlassenen indischen Stadt und blickte über die braune Landschaft, wo vereinzelt aufwallende Staubwölkchen die Straße nach Agra anzeigten. Sie stützte ihre Arme auf die warme Brustwehr und drehte langsam ihren Sonnenschirm. Sie drehte ihn, weil sie sich nicht ganz behaglich fühlte. Sie und der junge Mann neben ihr waren von der übrigen Welt isoliert. Der Vizekönig hatte sie verlassen und besichtigte, begleitet von einer Gruppe Beamter in weißen Uniformen und Tropenhelmen, die Perlmuttermoschee. Er hob seinen Stock und sagte, die Ringeltauben unter den Dächern müßten vertrieben werden. Der junge Mann neben Lady Slane bemerkte sanft, es wäre ein Jammer, wenn man die Ringeltauben abschießen würde, denn warum sollte eine von Menschen verlassene Stadt nicht von Tauben bewohnt werden? Von Tauben, Affen und Papageien, fuhr er fort, als ein Schwarm jadegrüner Langschwanzpapageien kreischend an ihnen vorüberflog. »Sehen Sie nur ihr grünes Gefieder gegen diese rosenroten Mauern«, fügte er, den Kopf hebend, hinzu, als der Schwarm wieder herumwirbelte und aussah wie eine Handvoll Smaragde, die man über das Haus eines Dichters warf. Eine aus Moscheen, Palästen und Amtsgebäuden bestehende Stadt habe etwas Ungewöhnliches an sich, sagte er, besonders wenn sie nur von Vögeln und anderen Tieren bewohnt werde. Er möchte einmal einen Tiger die Stufen der Akbarmoschee hinaufschreiten und eine Kobra sich elegant im Ratssaal zusammenschlängeln sehen. Sie würden besser zu der roten Stadt passen als Männer in Stiefeln und Tropenhelmen. Lady Slane, die währenddessen die Bewegungen des Vizekönigs und seiner Gruppe beobachtete, hatte über diese Phantasie gelächelt und gesagt, Herr FitzGeorge sei ein Romantiker.

Herr FitzGeorge. Jetzt fiel ihr der Name wieder ein. Es war nicht erstaunlich, daß sie ihn unter so vielen Tausenden Namen vergessen hatte, aber sie erinnerte sich jetzt an ihn, wie sie sich an den Blick erinnerte, den er ihr zugeworfen hatte, als sie ihn neckte. Es war mehr als ein Blick, es war eine kurze Zeitspanne, die er erschuf, während er ihre Augen in die seinen zwang und sie mit all dem tieferen Sinn erfüllte, den er nicht auszusprechen wagte oder nicht aussprechen wollte. Sie hatte ein Gefühl gehabt, als stände sie nackt vor ihm.

»Ja«, sagte er, indem er sie jetzt an dem Kaminfeuer in Hampstead ansah, »Sie hatten recht, ich war wirklich ein Romantiker.«

Sie war erstaunt, daß er mit diesen laut gesprochenen Worten so nahe mit ihren Erinnerungen zusammentraf. Hatte also dieser Augenblick für ihn die gleiche Bedeutung und die gleiche Intensität gehabt wie für sie? Seine Bedeutung hatte sie in der Tat verwirrt und sie für eine Weile mehr aus der Fassung gebracht, als sie zugeben wollte. Ihre Anhänglichkeit an Henry war unantastbar, aber nach der Abreise FitzGeorges, dieses zufällig erschienenen jungen Reisenden, dessen Namen ihr Bewußtsein kaum verzeichnet hatte, war ihr zumute gewesen, als habe jemand eine Ladung Dynamit in ihrem geheimsten Seelengemach zur Explosion gebracht. Jemand hatte mit einem Blick den Weg in eine Kammer entdeckt, die sie vor sich selbst verborgen hielt. Er hatte die äußerste Kühnheit gehabt, einen Blick in ihre Seele zu werfen.

»Es war sonderbar, nicht wahr?« sagte er, sie noch immer anblickend.

»Und was taten Sie«, fragte Lady Slane im Unterhaltungston, da sie nicht zugeben wollte, daß er sie erschüttert hatte, »als Sie uns in Agra verließen?«

»Ich ging nach Kaschmir«, sagte Herr FitzGeorge, indem er sich in seinen Sessel zurücklehnte und seine Fingerspitzen aneinanderlegte. »Ich fuhr vierzehn Tage in einem Hausboot den Fluß hinauf. Ich hatte genügend Zeit zum Nachdenken, und während ich über Seen mit rosarotem Lotus blickte, dachte ich an eine junge Frau in einem weißen Kleid, die so pflichtgetreu, so wunderbar auf ihre Rolle eingespielt und im Herzen so wild war. Ich schmeichelte mir, daß ich ihr eine Minute lang nahe gekommen war, und dann erinnerte ich mich, wie sie sich nach einem Blick abgewendet und auf ihren Mann zugegangen war. Aber ob sie das tat, weil sie sich fürchtete oder weil sie mir einen Verweis erteilen wollte, darüber konnte ich mir nie klar werden. Vielleicht trifft beides zu.«

»Wenn sie sich fürchtete«, sagte Lady Slane zu ihrer eigenen und zu Herrn FitzGeorges Überraschung, »so hatte sie Furcht vor sich selbst, nicht vor Ihnen.«

»Ich schmeichelte mir nicht, daß es vor mir war«, sagte Herr FitzGeorge, »ich wußte schon damals, daß ich keinen Reiz für Frauen besaß, besonders für so liebliche, erstaunlich junge Frauen wie Sie. Ich wünschte das auch nicht«, sagte er, indem er sie so trotzig anblickte, wie es sein lächerlich altjüngferliches Gesicht nur zuließ.

»Natürlich nicht«, sagte Lady Slane, indem sie dieses Aufflackern eines verletzten Stolzes respektierte.

»Nein«, sagte Herr FitzGeorge, indem er beruhigt zurücksank, »ich wünschte es nicht. Und doch«, setzte er, durch irgendeine Erinnerung zu einer neuen Offenheit angestachelt hinzu, »obwohl ich mich nie zuvor in eine Frau verliebt hatte und mich auch später nie in eine verliebt habe, in Fatihpur Sikhri habe ich mich in Sie verliebt. Ich glaube, ich verliebte mich wirklich in Sie auf jener lächerlichen Abendgesellschaft in Kalkutta. Sonst wäre ich ja nicht mit nach Fatihpur Sikhri gegangen. Das lenkte mich von meinem Wege ab, und kein Mann, keine Frau und kein Kind hat das je fertiggebracht.

Ich bin der vollendete Egoist, Lady Slane, es ist besser, wenn Sie das wissen. Nur ein Kunstwerk könnte mich von meinem Wege abbringen. In China, wohin ich mich von Kaschmir begab, machten mich die Werke der Kunst so trunken, daß ich Sie bald vergaß.«

Diese seltsame, unhöfliche und verspätete Liebeserklärung rief in Lady Slane die einander widersprechendsten Gefühle hervor. Sie beleidigte die eheliche Treue, die sie mit Henry verband. Sie störte den Frieden ihrer alten Tage. Sie ließ die Wirrnisse ihrer Jugend von neuem aufleben. Sie empörte sie etwas, und doch war der Gefallen, den sie an ihr fand, größer als die Empörung. Nichts hatte sie weniger erwartet als dies – sie, deren Tage jetzt aus lauter Rückerinnerungen und nur aus einer einzigen Erwartung für die Zukunft bestanden. Es war, als wäre Herr FitzGeorge mit der ausgesprochenen und boshaften Absicht gekommen, mit Gewalt ihre friedliche Stimmung zu erschüttern.

»Aber selbst in China«, fuhr Herr FitzGeorge fort, »fand ich noch Muße genug, an Sie und Lord Slane zu denken. Sie schienen mir schlecht zusammenzupassen, aber damit will ich nicht sagen, daß Sie Ihre Rolle nicht bewundernswert gut spielten. Sie spielten sie so vortrefflich, daß es meinen Argwohn erregte. Was hätten Sie mit Ihrem Leben angefangen, Lady Slane, wenn Sie nicht diesen äußerst liebenswürdigen und verwirrenden Scharlatan geheiratet hätten?«

»Scharlatan, Herr FitzGeorge?«

»Nein, nein, natürlich war er durchaus kein Scharlatan«, sagte Herr FitzGeorge, »im Gegenteil, er hat es fertiggebracht, während angeblich fünf schwieriger Jahre als Premierminister England nicht ins Verderben zu steuern. Beiläufig, fast alle Jahre sind schwierig. Vielleicht beurteile ich ihn falsch. Aber Sie werden zugeben, daß er mit gewissen Schwierigkeiten zu kämpfen hatte. Er hatte mehr Scharm als irgendein Mann, den ich gekannt habe, aber wenn auch Scharm bis zu einem gewissen Punkte seine Vorteile hat, so kommt doch ein Punkt, über den kein verständiger Mann hinausgehen kann. Er ist darüber hinausgegangen – weit hinaus. Er war zu vortrefflich, um wahr zu sein. Müssen Sie nicht selbst, Lady Slane, unter seinem Scharm gelitten haben?«

Die Frage war so gestellt, daß Lady Slane beinahe unachtsam und wahrheitsgemäß darauf geantwortet hätte. Herr FitzGeorge schien wirklich Anteil daran zu nehmen. Und doch hatte sie, wie sie sich erinnerte, oft Henry beobachtet, wie er anteilnehmend über menschliche Fragen nachsann, an denen er gar nicht wirklichen Anteil nehmen konnte, da er in eine Welt eingeschlossen war, in der menschliches Anteilnehmen zur Bedeutungslosigkeit herabsank, und im Kern seines Wesens war nichts als ein kalter, krampfhafter Ehrgeiz, und wenn Henry so war, warum nicht auch Herr FitzGeorge? Der eine war Staatsmann, der andere Kunstsammler. Sie wollte nicht geprüft werden, als wäre sie eine Figur aus der Tangzeit, die sich womöglich als falsch herausstellen konnte. Aus der Beobachtung Henrys hatte sie eine Lehre gezogen, die sie nicht so leicht vergessen würde. Es war schrecklich gewesen, mit einem so scharmanten, so trügerischen und so eiskalten Menschen zu leben und ihn zu lieben. Henry war, wie sie plötzlich entdeckte, ein sehr männlicher Mann gewesen. Bare Männlichkeit war trotz seines Scharmes und seiner Kultur der Schlüssel seines Charakters. Er gehörte ganz dieser Welt an, obwohl er sie verachtete.

»Ich wäre gern Malerin geworden«, sagte Lady Slane und beantwortete damit die vorletzte Frage.

»Aha!« sagte Herr FitzGeorge mit der Erleichterung eines Menschen, der endlich das bekommen hat, was er wünscht. »Danke. Das gibt mir die Erklärung. Sie besaßen also künstlerische Begabung, wenn Sie sie auch noch nicht erprobt hatten? Aber weil Sie eine Frau waren, mußte die natürlich über Bord gehen. Verstehe. Jetzt begreife ich auch, warum Sie manchmal so tragisch aussahen, wenn Ihr Gesicht ganz ruhig war. Ich erinnere mich, daß ich mir dachte, wenn ich Sie ansah: Das ist eine Frau, deren Herz gebrochen ist.«

»Lieber Herr FitzGeorge!« rief Lady Slane. »Sie dürfen aber wirklich nicht so reden, als ob mein Leben eine Tragödie gewesen wäre. Ich hatte alles, was die meisten Frauen begehren würden: eine Stellung, Luxus, Kinder und einen Mann, den ich liebte. Ich konnte mich über nichts beklagen – über nichts.«

»Außer daß Sie um das einzige betrogen waren, das wirklich zählte. Für einen Künstler ist nur die Erfüllung seiner Begabung von Bedeutung. Das wissen Sie ebensogut wie ich. Wenn er daran gehindert wird, so wird er krumm wie ein Baum, der zu einer unnatürlichen Form verbogen wird. Das Leben verliert alle Bedeutung und wird zur bloßen Existenz – ein reiner Notbehelf. Sehen Sie der Sache ins Auge, Lady Slane. Ihre Kinder, Ihr Mann, die blendenden Umstände, in denen Sie gelebt haben, waren nur Hindernisse, die Sie von sich selbst ferngehalten haben. Sie waren nur Ersatz und nicht Ihr eigentlicher Beruf. Sie waren zu jung, nehme ich an, um es besser zu wissen, aber als Sie jenes Leben wählten, sündigten Sie gegen den Geist.«

Lady Slane legte die Hand vor die Augen. Sie war nicht mehr stark genug, um die Wucht einer solchen Anklage auszuhalten. Herr FitzGeorge, der wie ein Prediger von einer plötzlichen Inspiration beseelt war, hatte ihre genügsame Ruhe ohne Erbarmen zerstört.

»Ja«, sagte sie schwach, »ich weiß, Sie haben recht.«

»Natürlich habe ich recht. Der alte Fitz mag eine komische Gestalt sein, aber er hat noch ein Gefühl für Werte, und ich sehe, daß Sie einen der ersten Sätze meines Glaubens verletzt haben. Kein Wunder, daß ich schelte.«

»Schelten Sie nicht mehr auf mich«, sagte Lady Slane lächelnd aufblickend, »ich versichere Ihnen, daß ich, wenn ich unrecht tat, dafür gebüßt habe. Aber Sie dürfen nicht meinen Mann tadeln.«

»Das tue ich auch nicht. So gut wie er es verstand, hat er Ihnen alles gegeben, was Sie wünschen konnten. Er hat Sie nur umgebracht, weiter nichts. Die Männer bringen die Frauen um. Die meisten Frauen lassen sich gern umbringen, habe ich gehört. Da Sie eine Frau sind, darf ich wohl annehmen, daß Sie bei dem Verfahren ein gewisses Vergnügen gehabt haben. Sind Sie nun böse auf mich?«

»Nein«, sagte Lady Slane, »ich glaube, es ist eher eine Erleichterung, wenn man durchschaut wird.«

»Sie sind sich natürlich klar darüber, daß ich Sie schon in Fatihpur Sikhri durchschaut habe? Nicht im einzelnen, gewiß nicht, aber im großen und ganzen. Diese Unterhaltung, die wir heute führen, ist nur eine Fortsetzung von jener, die wir damals nicht hatten.«

Obschon sie erschüttert war, lachte Lady Slane hell auf. Sie fühlte sich dem angriffslustigen Herrn FitzGeorge zu unendlichem Dank verpflichtet, daß er sie jetzt, wo er sie tüchtig ausgescholten hatte, humorvoll und liebevoll ansah.

»Eine Unterhaltung, die fünfzig Jahre hindurch unterbrochen war«, sagte sie.

»Und nun nie wieder aufgenommen werden wird«, sagte er mit überraschendem Takt, im Gefühl, daß sie Angst hatte, er würde noch einmal mit der Sonde in der entdeckten Wunde herumstochern, »aber es gibt einige Dinge, die gesagt werden müssen – dieses war eines von ihnen. Nun können wir Freunde sein.«

*

Nachdem Herr FitzGeorge ihre Freundschaft auf diese Weise hergestellt hatte, nahm er es als selbstverständlich an, daß sie seine Gesellschaft willkommen hieß. Er kam ohne vorherige Ankündigung, machte sich in dem Sessel breit, den er nun schon als seinen altgewohnten Platz betrachtete, neckte Genoux, die ihn anbetete, führte ausgedehnte Diskussionen mit Herrn Bucktrout, zwang dem Hause seine Gewohnheiten auf, paßte sich jedoch trotzdem Lady Slanes Art so weit wie möglich an. Er begleitete sie auf ihren langsamen und zitterigen Spaziergängen in den Park. Ihre Capes und sein viereckiger Hut waren den Leuten schon vertraut, die unter den winterlichen Bäumen wandelten. Sie gingen langsam, Fuß vor Fuß, setzten sich oft auf eine Bank, ohne sich zu gestehen, daß sie ermüdet waren, sondern taten so, als setzten sie sich, um die Aussicht zu bewundern. Wenn sie sie lange genug bewundert hatten, um sich ausgeruht zu fühlen, erhoben sie sich wieder in beiderseitigem Einverständnis und gingen ein wenig weiter. So schwärmten sie in Erinnerungen an Constable und besuchten sogar Keats' Haus, diese kleine weiße unter den Bäumen zurückgelassene Schachtel, die so viel Mühsal und Leid gesehen hatte. Selbst geistergleich, sprachen sie leise von dem Geist der Fanny Brawnes und von der Leidenschaft, die Keats zugrunde gerichtet hatte, und dabei lauerte ganz nebenbei, gleich hinter der nächsten Ecke, die Leidenschaft für Lady Slane, die Herrn FitzGeorge hätte zugrunde richten können, wäre er nicht (anders als der arme Keats) ein so schlauer Egoist gewesen, klug genug, sich nicht von einer hoffnungslosen Liebe zu der jungen Vizekönigin wegschwemmen zu lassen, gerade unklug genug, ihr in der Ferne fünfzig Jahre lang treu zu bleiben.

*

Dort im Park von Hampstead erinnerte er sie eines Tages an ein Geschehnis, das sie vergessen hatte.

»Erinnern Sie sich«, diese drei Eröffnungsworte waren ihnen so vertraut geworden, daß sie jedesmal lächelten, wenn einer sie gebrauchte –, »daß ich an dem auf das Abendessen folgenden Tage zum Gabelfrühstück erschien?«

»Abendessen?« fragte Lady Slane verwundert, denn ihr Geist arbeitete nicht mehr so schnell. »Was für ein Abendessen?«

»In Kalkutta«, sagte er sanft erklärend, denn er wurde nie ungeduldig, wenn er ihr auf die Sprünge helfen mußte. »Der Vizekönig lud mich zum Frühstück ein, als ich seine Einladung, mit nach Fatihpur Sikhri zu kommen, angenommen hatte. Er sagte, wir müßten noch über die Einzelheiten sprechen. Ich kam ziemlich früh und traf Sie allein. Nicht ganz allein zwar. Kay war bei Ihnen.«

»Kay?« sagte Lady Slane. »Aber Kay war doch damals noch gar nicht geboren.«

»Er war zwei Monate alt. Sie hatten ihn in seiner Wiege in Ihrem Zimmer. Erinnern Sie sich nicht? Sie waren ziemlich verlegen, daß ein fremder junger Mann Sie bei Ihrem Kleinen vorfand. Aber Sie überwanden Ihre Verlegenheit sofort – ich weiß noch, daß ich die Natürlichkeit Ihres Wesens bewunderte – und baten mich, ihn anzuschauen. Sie hielten den Vorhang der Wiege zurück, und Ihretwegen warf ich einen Blick auf das schauderhafte kleine Wesen, aber in Wirklichkeit betrachtete ich Ihre Hand, die den Vorhang zurückhielt. Sie war so weiß wie der Musselin, und was sie an Farbe hatte, kam nur von den Ringen, die Sie trugen.«

»Diese Ringe hier«, sagte Lady Slane und berührte die Höcker unter ihren schwarzen Handschuhen.

»Was Sie sagen! Ich erzählte Kay einmal, ich hätte ihn in der Wiege gesehen«, sagte Herr FitzGeorge kichernd. »Ich hatte mir diesen Spaß viele Jahre lang für ihn aufgehoben. Er war nicht schlecht verdutzt, kann ich Ihnen sagen. Aber ich gab ihm keine Erklärung. Bis heute tappt er noch im Dunkeln. Oder vielleicht hat er Sie um Aufklärung gebeten?«

»Nein«, sagte Lady Slane, »er hat mich nie gefragt, und wenn er gefragt hätte, hätte ich ihm nichts sagen können.«

»Nein. Man vergißt, man vergißt allerlei«, sagte Herr FitzGeorge, über die weite Rasenfläche blickend. »Aber einige Dinge gibt es, die man nicht vergißt. Ich erinnere mich an Ihre Hand, die den Vorhang faßte, ich erinnere mich an den Ausdruck Ihres Gesichts, wie Sie das häßliche kleine Lebewesen betrachteten, das sich zu Kay ausgewachsen hat. Ich erinnere mich an das widerspruchsvolle Gefühl, das ich hatte, weil ich Sie so unversehens bei einer privaten Beschäftigung überrascht hatte. Es dauerte nicht lange. Sie läuteten, eine Säuglingsschwester kam herein und entfernte Kay mitsamt seinem ersten Möbelstück.«

»Haben Sie Kay gern?« fragte Lady Slane.

»Gern?« sagte Herr FitzGeorge erstaunt. »Nun – ich bin an ihn gewöhnt. Ja doch, ich glaube, Sie können ruhig sagen, daß ich ihn gern habe. Wir verstehen uns gut genug, um uns in Ruhe zu lassen. Wir sind aneinander gewöhnt – das ist wohl der beste Ausdruck. In unserem Alter würde alles andere vom Übel sein.«

Selbst für Lady Slane war das Gernhaben keine nahe und selbstverständliche Angelegenheit mehr. Sie hatte, so nahm sie an, Herrn FitzGeorge gern und ebenso Genoux und Herrn Bucktrout und in geringerem Grade Herrn Gosheron, aber das war eine Zuneigung, aus der alle Verwirrung und alle Erregung verschwunden waren, so wie die Vitalität aus ihrem alten Körper geschwunden war. Alle Empfindungen lagen jetzt im Zwielicht. Sie konnte nicht mehr sagen, als daß es angenehm war, mit Herrn FitzGeorge durch den Park zu wandeln und sich von Zeit zu Zeit auf eine Bank zu setzen, während er Erinnerungen an einen Tag weckte, dessen Licht, selbst durch den Schleier so vieler Jahre, zu stark für ihre schwachen Augen aufflammte.

Und dabei hatte Herr FitzGeorge Lady Slane nicht einmal die ganze Wahrheit gesagt. Er hatte ihr nicht geschildert, daß er, als er an jenem Tage kam und sie mit dem in der Wiege liegenden Kay allein in einer Ecke des Zimmers sah, sie außerdem von einer Menge Blumen umgeben auf dem Boden kniend angetroffen hatte. In seiner Vorstellung war es Winter, da er gerade aus England kam, aber da lagen, frisch aus einem indischen Garten geschnitten, Rosen, Rittersporn und Duftwicken in Haufen um sie herum. Durchsichtige, mit Wasser gefüllte Vasen, die auf dem Teppich umherstanden, warfen leuchtende Flecken. Sie hatte zu ihm, dem unerwarteten Besucher, der sie bei einer für eine Vizekönigin ungewöhnlichen Beschäftigung ertappte, emporgeblickt. Sekretärinnen oder Gärtner hätten diese Arbeit tun sollen, die sie aber lieber selbst ausführte. Tropfen hingen an ihren Fingern, mit denen sie ihr Haar aus den Augen strich, als sie zu ihm aufblickte. Aber sie hatte mit derselben Bewegung etwas anderes aus ihren Augen geschüttelt, ihr ganzes privates Leben, und es durch die konventionelle Höflichkeit ersetzt, mit der sie sich erhob und ihm die Hand reichte, nachdem sie sie an einem Staubtuch abgewischt hatte. »Oh, Herr FitzGeorge« – damals hatte sie also für kurze Zeit seinen Namen gekannt –, »verzeihen Sie, ich hatte keine Ahnung, daß es schon so spät ist.«

*

In St. James Street fiel Herrn FitzGeorges häufige Abwesenheit auf. Auch Kay Holland beobachtete, daß Fitz nicht mehr so leicht zu gemeinsamen Mahlzeiten verfügbar war wie früher, obwohl er mit seiner wildesten Phantasie nicht auf die Erklärung gekommen wäre. Weit davon entfernt, der Wahrheit nahezukommen, war er voll Besorgnis für seinen alten Freund und fragte sich, ob ihn vielleicht Müdigkeit oder schlechte Gesundheit zwänge, sich so früh zu Bett zu begeben, aber ihr Verhältnis hatte immer auf einer so zeremoniösen Grundlage geruht, daß Kay keine Nachforschungen anzustellen wagte. Er kannte Herrn FitzGeorges Wohnung und konnte sich vorstellen, wie der alte Herr lebte, er sah ihn in der Tat in Morgenmantel und Pantoffeln in der Unordnung seiner unvergleichlichen Kunstwerke herumwandern, oder wie er sich über der Gasflamme einen Suppenwürfel für sein Abendbrot anrührte, wobei er das elektrische Licht sparte, so daß nur eine Birne die in Jäger-Reformkleidung gehüllte Gestalt beleuchtete und mit ihrem Schein die vergoldeten aufgestapelten Rahmen berührte – oder griff er gar zu einem in einen Flaschenhals gesteckten Kerzenstumpf? Kay war überzeugt, daß Herr FitzGeorge sich nicht genug zu essen gönnte, auch konnte es nicht gesund sein, unter so viel Staub in den niedrigen vollgestopften Zimmern zu leben, wo eine Putzfrau nur die dringendsten Aufräumungsarbeiten verrichten durfte. Wie Fitz es fertigbrachte, einigermaßen elegant und zurechtgemacht aus dieser schmutzigen Unordnung aufzutauchen, war Kay ein Rätsel; denn er brachte einen großen Teil seiner Zeit damit zu, seine Umgebung blitzsauber zu halten. Keine alte Jungfer konnte in der Tat mehr auf ihre Sachen Obacht geben als Kay, wenn er die alljährliche Frühjahrsreinigung überwachte, wobei er mit aufgekrempelten Hemdsärmeln die empfindlicheren Stücke seiner Sammlung mit eigenen Händen in einer Wasserwanne abwusch. Wie anders war das beim alten Fitz! Kay nahm an, daß die zwei Zimmer, die dieser bewohnte, noch nie gründlich gereinigt und aufgeräumt worden waren, seitdem er vor ungezählten Jahren dort eingezogen war. Es war das reinste Dohlennest unter den Dachbalken von Bernard Street, in das Jahr für Jahr stückweise immer mehr Material hineingetragen worden war, auf einen Stuhl oder auf den Boden geworfen, wenn kein Stuhl mehr vorhanden war, in eine Schublade gestopft, in einen Schrank gepreßt, der nicht mehr zuging, nie angefaßt, nie abgestaubt, außer wenn FitzGeorge einmal seine Meisterwerke einem Besucher vorführte, wo er die Schmutzhülle abrieb, ehe er das Bild, die Bronze oder die Schnitzerei ans Licht hielt.

Und nun war Fitz selten zu sehen. Wenn er einmal in den Klub kam, schien er derselbe wie einst zu sein, und Kays Befürchtungen schwanden. Wenn eine Veränderung festzustellen war, so nur die, daß er etwas lebhafter geworden zu sein schien, Kay mit noch größerer Lust als früher aufzog, wobei er mit den Augen zwinkerte, als genösse er einen geheimen Spaß. Und das war ja auch wirklich so. Kay saß dann innerlich erwärmt und glücklich da. Niemand hatte sich je so über ihn lustig gemacht wie FitzGeorge. Aber obgleich Kay gern auf jene Unterhaltung zurückgekommen wäre, in der Fitz gesagt hatte, er habe ihn in der Wiege gesehen, verboten ihm das Scheu und Zurückhaltung.

Fitz jedoch bat ihn nicht mehr darum, ihn Lady Slane vorzustellen, zu Kays großer Erleichterung. Er war überzeugt, daß seine Mutter in ihrer Zurückgezogenheit in Hampstead die Ankunft eines Fremden durchaus nicht begrüßen würde. Er schmeichelte sich in der Tat wegen seines Scharfsinns und wegen der Geschicklichkeit, mit der er den alten Fitz hingehalten hatte. Doch von Zeit zu Zeit fühlte er eine Bedrückung. War er vielleicht zu lieblos fest gewesen, daß er Fitzens einzigen Versuch, eine neue Freundschaft zu schließen, abgewiesen hatte? Es mußte den alten Fitz eine große Anstrengung gekostet haben, die Bitte an ihn zu richten, und eine noch größere mußte es für ihn sein, sie zu erneuern. Aber schließlich kam seine Mutter an erster Stelle. Weder Carrie noch Herbert noch Charles konnten den Wunsch ihrer Mutter, ein ganz zurückgezogenes Leben zu führen, verstehen, aber er, Kay, hatte Verständnis dafür. Es war daher seine Pflicht, seine Mutter in ihrem Bestreben zu unterstützen. Er hatte sie beschützt, obwohl er Fitz gewöhnlich keinen Wunsch abschlagen konnte, und dank seiner aufschiebenden Haltung hatte sich Fitz diese

Laune vollständig aus dem Kopf geschlagen. Kay nahm sich vor, in der nächsten Zeit seine Mutter zu besuchen und ihr zu sagen, wie schlau er gewesen war.

Er schob diesen Ausflug jedoch hinaus, denn der Januar war bitter kalt, und Kay, der Wärme und Behaglichkeit genau so liebte wie eine Katze, überredete sich leicht, daß zugige Untergrundbahnhöfe kein richtiger Aufenthaltsort für einen Menschen in seinen vorgerückten Jahren seien. Gut in Mantel und Schal eingemummelt, konnte er gerade seinen üblichen Spaziergang von seiner Wohnung im Temple über Fountain Court durch Tauben, die zu fett waren, um aus dem Wege zu gehen, die Stufen zum Embankment hinunter, durch die Northumberland Avenue und dann durch den Park in die St. James Street unternehmen. Das war sein täglicher Spaziergang, aber weiter hinaus wagte er sich nicht. Er ging zu Fuß, nicht nur weil er sich Bewegung machen wollte, sondern weil er überall in öffentlichen Verkehrsmitteln Mikroben witterte. Vor einer Mikrobe empfand er ein größeres Entsetzen als vor einem Reptil. Er kam selten durch einen Tag, ohne sich einzubilden, das Opfer mindestens einer tödlichen Krankheit zu sein. Nie trank er eine Tasse Tee, ohne sich dankbar daran zu erinnern, daß gekochtes Wasser keine schädlichen Keime mehr enthalte. Unter diesen Umständen hieß er einen Tag mit Regen oder nassem Schnee willkommen, weil er ihm den Vorwand bot, daheim zu bleiben. Er beruhigte sein Gewissen, indem er freundliche Briefchen an seine Mutter schrieb, in denen er ihr mitteilte, er sei erkältet, er habe gehört, daß viele Leute an Influenza erkrankt seien, und er hoffe, Genoux werde ordentlich auf sie aufpassen. Trotzdem dachte er, er müsse an dem ersten schönen Tage nach Hampstead fahren und seiner Mutter von FitzGeorge erzählen. Sie würde sich freuen und ihm dankbar sein.

Aber Kay schob seinen Plan wie schon mancher weisere Mann ein bißchen zu lange hinaus. Er hatte vergessen, daß FitzGeorge fünfundzwanzig Jahre älter war als er selbst. Mit einundachtzig Jahren konnte man der Zeit kein Schnippchen mehr schlagen. Mit zwanzig, dreißig, vierzig, fünfzig, sechzig Jahren konnte man ruhig sagen: ich will das bis nächsten Sommer aufschieben – obwohl auch mit zwanzig die unerwarteten Lebensgefahren immer gegenwärtig sind –; aber mit einundachtzig Jahren wurde eine solche Verschiebung eine reine Herausforderung des Schicksals. Was in früheren

Jahren eine unerwartete und unwahrscheinliche Gefahr war, schwoll nach achtzig zu einem sicher eintretenden Ereignis an. Kays Maßstäbe waren vielleicht durch die Langlebigkeit seiner eigenen Familie verzerrt. Sicher traf ihn FitzGeorges Tod wie ein Schlag, der in ihm ungläubiges Staunen und so etwas wie Groll auslöste.

Das erste Anzeichen, das er davon erhielt, erschien in großen Schlagzeilen an den Zeitungsständen. *Bekannter Westend-Klubmann gestorben.* Er vermerkte diese Neuigkeit unbewußt auf seinem Wege zum Mittagessen. Er beachtete sie so wenig wie etwa die Mitteilung, daß ein Omnibus in Brixton auf den Bürgersteig gefahren war. Ein wenig weiter sah er neue Schlagzeilen der Mittagsausgaben: *Einsamer Millionär im Westend gestorben.* Wenn ihm der Gedanke an FitzGeorge durch den Kopf ging, ließ er ihn gleich wieder fallen; denn selbst ein Journalist konnte kaum Bernard Street als Westend bezeichnen. Kay hatte von den Gewohnheiten der Fleet Street keine Ahnung. Doch kaufte er eine Zeitung. Er ging durch den Park und stellte fest, daß die Krokusse grüne Nasen über den Boden streckten. So war er schon tausendmal gegangen. In guter Laune kehrte er bei Boodle ein und bestellte seine Flasche Vichy-Wasser, faltete seine Serviette auseinander, stellte den *Evening Standard* vor sich auf und begann sein Mahl – ein Lendenstück mit Essigfrüchten. Er brauchte dem Kellner nicht zu sagen, was er wünschte, so regelmäßig und gleichbleibend war das tägliche Leben. Dort stand es, in der zweiten Spalte auf der ersten Seite: *Westend-Klubmann tot aufgefunden: Seltsame Lebensgeschichte eines reichen Einsiedlers.* (Auch bei dieser Überschrift wunderte sich Kay ein wenig, wie man zugleich Klubmann und Einsiedler sein konnte.) Dann fiel ihm der Name in die Augen: Herr FitzGeorge...

Er legte Messer und Gabel klappernd auf seinen Teller, so daß die anderen Gäste, die sich über Kays Teilnahmslosigkeit gewundert hatten, aufsahen und flüsterten: »Aha, jetzt hat er's gehört!« Sie meinten: gelesen. Aber sie konnten ruhig sagen: gehört; denn der Name hatte Kay laut genug angeschrien, daß er taub davon wurde. Er hatte das Gefühl, als habe jemand ihm eine heftige Ohrfeige versetzt. »Fitz tot?« sagte er zu seinem Nachbarn am Nebentisch, einem Mann, den er seit zwanzig Jahren nur von Ansehen kannte und den er gewöhnlich mit einem Nicken begrüßte.

Dann befand er sich plötzlich, ohne zu wissen, wie er dorthin gekommen war – er erinnerte sich nur, daß er in seinen Taschen gesucht hatte, um das Taxi zu bezahlen –, in Bernard Street und erklomm die Treppe zu Fitzens Wohnung. Die Tür war aufgebrochen, eingeschlagen, zersplittert, die Polizei war dort, zwei große junge Leute, feierlich abwehrend, aber sehr höflich und entgegenkommend, als sie Kays Namen hörten. Auch Fitz war dort, er lag auf dem Bett in seinem Morgenmantel, sonderbar steif. Auf dem Tisch lagen anderthalb Sardinen, ein halb gegessenes Stück Röstbrot und die Überreste eines gekochten Eis, so unappetitlich, wie nur die kalten Überreste eines gekochten Eis sein können. Fitz trug eine Nachtmütze, was Kay überraschte, eine Nachtmütze mit einer seitwärts herunterhängenden Quaste. Er sah ziemlich so aus, wie er im Leben ausgesehen hatte, und doch sah er gänzlich anders aus. Es war schwer zu sagen, worin der Unterschied bestand, die Starrheit konnte kaum der Grund sein, vielleicht kam es von dem unangenehmen Schuldgefühl, den alten Fitz in einer intimen Stunde überrascht zu haben, ihn in einem Augenblick festgehalten zu haben, in dem ihn bis jetzt noch niemand erblickt hatte, dem peinlichen Augenblick, wo er die Nachtmütze überzog, wo er drei letzte Sardinen aus dem Schrank nahm. »Wir dürfen ihn nicht entfernen«, sagte einer der jungen Polizisten, der aufpaßte, daß Kay nicht zu nahe heranging und seinen Freund berührte, »bevor der Arzt gänzlich zufriedengestellt ist.«

Kay wich zum Fenster zurück und verglich unwillkürlich diesen Tod mit dem seines Vaters. Sie hatten in der Tat sehr verschiedene Lebenswege gewählt. Fitz hatte die Welt verachtet, er hatte im Verborgenen ein privates Leben geführt, seine Freude in sich selbst gefunden, sich niemandem offenbart. Nur einmal hatte Kay ihn erregt gesehen, als eine Zeitung einen Artikel über sonderbare Londoner Käuze veröffentlicht hatte. Er war wütend, weil man auch seinen Namen darin erwähnt hatte. »Du lieber Gott«, hatte er gesagt, »ist man schon ein Kauz, wenn man sich abseits hält?« Er konnte nicht verstehen, warum gewöhnlich die Leute so neugierig auf andere waren, das schien ihm vulgär, langweilig und unnötig, er verlangte nichts als in Ruhe gelassen zu werden. Er hatte kein Verlangen, sich in die Angelegenheiten der Welt zu mischen. Er wollte in Zurückgezogenheit in seiner Welt leben, sich seiner Schätze und ihrer Schönheit erfreuen. Das war seine Form der Geistigkeit, seine Form geistiger Versenkung. Deshalb erweckte sein einsamer

Tod keine rührseligen Gefühle, da er in Übereinstimmung mit seinem Leben stand.

Aber er ärgerte die Vertreter des Gesetzes und des Staates. Sie drangen in sein Zimmer ein, während Kay kläglich am Fenster stand und die schmutzigen Vorhänge durch seine Finger gleiten ließ. Dieser Herr da, sagten sie, indem sie die steife und schweigende Gestalt betrachteten, sei sehr reich gewesen, sein Vermögen solle sogar eine siebenstellige Ziffer erreichen. Wenn sie auch an den einsamen Tod armer Leute gewöhnt waren, so hatten sie doch keine Erfahrung, wie sie sich bei dem einsamen Tod eines Millionärs zu verhalten hatten. Irgendwelche Verwandten mußte er doch haben, meinten sie, indem sie Kay anblickten, als sei dieser dafür verantwortlich. Aber Kay sagte, nein, soweit er wisse, habe Herr FitzGeorge keine Verwandten gehabt, keine verwandtschaftliche Beziehung zu irgendeinem Menschen auf der Erde. »Warten Sie mal«, setzte er hinzu, »das South-Kensington-Museum könnte Ihnen vielleicht etwas über ihn mitteilen.«

Der Inspektor riß den Mund auf und legte dann die Hand vor, da er sich erinnerte, in einem Sterbezimmer zu sein. Ein Museum! Nun, das sei doch eine ziemlich dürftige Informationsquelle, wenn man über jemanden nach seinem Tode Auskunft haben wolle. Der Inspektor besaß zweifellos eine tüchtige Hausfrau, eine Schar lärmender Kinder und blühende Geranientöpfe auf dem Fensterbrett. Aber Herr Holland habe, sagte er, gar nicht so weit danebengeschossen, als er das Museum erwähnte. Wenn das Museum nicht eingegriffen hätte, wären er, der Inspektor, und seine Untergebenen gar nicht hier. Die Anwesenheit der Polizei sei sehr ungewöhnlich, da kein Grund für die Annahme eines Mordes oder Selbstmordes vorlag. Nur weil das Museum Scotland Yard »in heller Aufregung«, wie der Inspektor sich ausdrückte, angerufen habe, habe Scotland Yard Polizei nach Bernard Street geschickt, um die wertvollen Gegenstände zu bewachen, die vielleicht dem Staat testamentarisch vermacht worden seien. So sehr der Inspektor offenbar die Gegenstände verachtete, so bezeugte er doch dem Wort »wertvoll« unmittelbare Achtung. Aber könnte Herr Holland nicht etwas Persönlicheres angeben als ein Museum? Das konnte Herr Holland nicht. Er machte statt dessen den Vorschlag, man könnte FitzGeorges Personalien in *Who's Who* nachschlagen.

Der Inspektor zog ein Notizbuch hervor und fragte mit geschäftsmäßiger Miene: »Sie wissen doch sicher, wer sein Vater war? – Halten Sie diese Reporter fern«, sagte er ärgerlich zu seinen beiden Untergebenen. Er habe keinen Vater gehabt, sagte Kay, der sich wie ein im Netz gefangenes Kaninchen fühlte und wünschte, er wäre nicht nach Bernard Street gekommen, wo er sich nun von den Männern des Gesetzes törichte Fragen stellen lassen mußte. Er hatte überdies den Verdacht, daß der Inspektor seine Amtspflichten bei der Feststellung der Personalien des toten Millionärs überschritt, um seine Neugier zu befriedigen.

Der Inspektor sah ihn erstaunt an, und man konnte seinen Augen ansehen, daß er gerne einen Witz gemacht hätte, aber weil er sich so wichtig nahm, unterdrückte er ihn. »Seine Mutter dann?« fragte er und gab zu verstehen, daß man zwar schließlich ohne Vater fertig werden könne, ohne Mutter aber entschieden nicht. Doch Kay weilte nicht mehr in der Sphäre solcher Überlegungen. Er konnte FitzGeorge nur als einzelne isolierte Gestalt sehen, die um ihre Unabhängigkeit kämpfte.

»Auch eine Mutter hatte er nicht«, erwiderte er.

»Aber was hatte er denn?« fragte der Inspektor, indem er seine Untergebenen mit einem Ausdruck ansah, den Kay nur entgeistert nennen konnte.

Kay war versucht, zu erwidern: Ein Privatleben, denn er fühlte sich ein bißchen wirbelig im Kopf, und der Gegensatz zwischen FitzGeorge und dem Inspektor und der Welt, die der Inspektor vertrat, war fast zuviel für ihn, aber er machte einen Kompromiß und zeigte auf die das Zimmer füllenden Kunstwerke und sagte: »Diese hier.«

»Das genügt nicht«, sagte der Inspektor.

»Ihm genügte es schon«, sagte Kay.

»Dieses Zeug da?« fragte der Inspektor. Kay schwieg.

Einer der Polizisten trat heran und flüsterte dem Inspektor etwas zu, indem er ihm eine Karte überreichte. »Gut«, sagte der Inspektor, nachdem er einen Blick auf die Karte geworfen hatte. »Lassen Sie ihn herein.«

»Es stehen auch viele Zeitungsberichterstatter draußen.«

»Ich habe Ihnen schon gesagt, daß sie draußen bleiben müssen.«

»Sie sagen, sie möchten nur einmal das Zimmer anschauen.«

»Nein, das ist unmöglich. Sagen Sie ihnen, es gibt hier nichts zu sehen.«

»Sehr wohl.«

»Nur einen Haufen Gerümpel.«

»Sehr wohl.«

»Führen Sie den Herrn vom Museum herein. Sonst niemanden. Es scheint«, sagte der Inspektor, indem er sich an Kay wandte, »daß wir mit diesem Museum recht hatten. Da kommt es in höchsteigener Person, als wenn es ein Onkel des Toten wäre. Die haben es eilig.« Er überreichte Kay die Karte. »Christopher Foljambe, Viktoria-und-Albert-Museum.«

Ein junger Mann mit steifem Hut, blauem Mantel, mit Waschlederhandschuhen und Hornbrille trat ein. Er warf einen raschen Blick auf Herrn FitzGeorge und wandte sich dann an den Inspektor, wobei er mit seinen Blicken abschätzend das »Gerümpel« überflog. Seine Haltung unterschied sich jedoch von der des Inspektors, denn dann und wann leuchteten seine Augen auf, und er machte mit der Hand unwillkürlich eine greifende Gebärde auf einen verstaubten, aber unerhört wertvollen Stapel zu, den er auf einem Stuhl oder auf einem Tisch sah. Er hatte überdies Kay Holland mit Ehrerbietung begrüßt, wodurch er Kays Ansehen bei dem Inspektor vermehrte. Ein Museum war schließlich eine öffentliche Einrichtung, durch materielle, wenn auch magere Unterstützung von der Regierung autorisiert, und so etwas erzwang, man konnte fast sagen, kaufte den Respekt des Inspektors. Er behandelte Herrn Foljambe mit größerer Ehrerbietung, als er sie Kay Holland bezeigt hatte; denn er wußte nicht, daß Kay Holland der Sohn eines ehemaligen Premierministers war, wogegen Herr Foljambe ihm eine Visitenkarte hatte überreichen lassen, auf der deutlich die Worte »Viktoria-und-Albert-Museum« standen.

Um Herrn Foljambe Gerechtigkeit widerfahren zu lassen, muß man feststellen, daß es ihm nicht behaglich zumute war. Er war in aller Eile von seinem Vorgesetzten hergeschickt worden, um darauf zu achten, daß die Sachen des alten Fitz sichergestellt würden. Das Museum schmeichelte sich wegen der Andeutungen, die ihm vierzig Jahre hindurch von dem alten Fitz gemacht worden waren, mit der Hoffnung, von ihm mit einem reichlichen Vermächtnis bedacht zu werden. Kay Holland zog sich wieder in die Fensternische zurück, fingerte wieder an dem schmutzigen Vorhang herum und begegnete sowohl dem Inspektor als auch Herrn Foljambe mit der Achtung, die ihnen zukam. Der Inspektor hatte eine Pflicht, und Herr Foljambe hatte im Auftrage seines Museums eine undankbare Aufgabe zu erfüllen. Das Entzücken, das der alte Fitz bei einer neuen Entdeckung empfand, seine verdrießlich und zurückhaltend geäußerte Freude über einen Kunstgegenstand gehörten einer anderen Welt an als diese praktische Behütung eines Toten, als dieses Interesse an den testamentarischen Verfügungen eines Toten. Kay kannte gerade genug von der Welt, um sich darüber klar zu sein, daß dies so sein mußte. Selbst hinsichtlich seines Freundes konnte er keine wirkliche Ironie fühlen. Der Inspektor und Herr Foljambe handelten beide so, wie sie es verstanden, und besonders Herr Foljambe ging sehr diskret dabei zu Werke.

»Ich weiß natürlich, daß wir kein Recht zur Einmischung haben«, sagte er. »Aber in Anbetracht des ungeheuren Wertes der Sammlung und angesichts der Tatsache, daß Herr FitzGeorge uns immer zu verstehen gab, daß er den größten Teil seines Besitzes der Nation vermachen werde, war unsere Museumsleitung der Ansicht, man solle zur Sicherstellung seines Eigentums geeignete Schritte unternehmen. Ich wurde beauftragt, Ihnen mitzuteilen, daß einer unserer Leute Ihnen zur Verfügung stehen werde, wenn Sie sich seiner Kenntnisse bedienen wollen.«

»Sagten Sie nicht, wenn ich Sie recht verstanden habe, daß die Sammlung einen ungeheuren Wert darstellt?«

»Er geht in die Millionen«, erwiderte Herr Foljambe mit sichtlichem Behagen.

»Was Sie sagen!« entgegnete der Inspektor. »Ich verstehe selbst von solchen Dingen nichts. Das Zimmer sieht aus wie ein Trödlerladen. Aber wenn Sie das sagen, so muß es wohl so sein. Der Herr« – er zeigte mit dem Daumen auf Herrn FitzGeorge – »scheint keine Familie gehabt zu haben?«

»Habe nie von einer solchen gehört.«

»Sehr ungewöhnlich, sehr ungewöhnlich für einen so reichen Mann.«

»Vielleicht könnte sein Anwalt Auskunft geben?« schlug Herr Foljambe vor.

»Bis jetzt hat sich keine Anwaltsfirma gemeldet. Aber die

Nachricht stand bereits in den Mittagszeitungen. Es gibt hier nicht einmal ein Telephon«, sagte der Inspektor, indem er sich kopfschüttelnd im Zimmer umsah. »Der Anwalt muß also persönlich erscheinen.«

»Herr FitzGeorge lebte sehr zurückgezogen.«

»Das habe ich gehört – ein richtiger Einsiedler, könnte man sagen. Mir unverständlich. Ich kann ohne Gesellschaft nicht auskommen. War er hier oben ganz richtig?« Dabei tippte sich der Inspektor auf die Stirn.

»Ein bißchen exzentrisch, weiter nichts.«

»Man sollte erwarten, daß ein Mann in diesen Verhältnissen Friedensrichter oder etwas Ähnliches wäre, nicht wahr? Vorstandsmitglied von Krankenhäusern oder so was.«

»Ich glaube nicht, daß Herr FitzGeorge viel Geschmack am öffentlichen Leben fand«, sagte Herr Foljambe in solchem Ton, daß Kay nicht entscheiden konnte, ob er das in mitfühlender oder tadelnder Weise sagte. »Aber das sollte ich eigentlich nicht von einem Mann behaupten, der eine so unschätzbare Sammlung der Nation hinterlassen kann.«

»Sie wissen noch nicht bestimmt, ob er das getan hat«, sagte der Inspektor.

Herr Foljambe zuckte die Schultern. »Seine Andeutungen waren ziemlich klar. Und wenn er sie nicht der Nation hinterlassen hat, wem sonst könnte er sie vermachen? Wenn er sie nicht ganz Ihnen hinterlassen hat, Herr Holland«, sagte er zu Kay gewandt, wobei ihm offenbar sein eigener Witz viel Spaß machte.

*

Herr FitzGeorge hatte jedoch seine Sammlung weder der Nation noch Kay Holland vermacht. Er hatte alles mitsamt seinem großen Vermögen Lady Slane hinterlassen. Das Testament war auf ein halbiertes Blatt niedergeschrieben, aber es war vollkommen klar, vollkommen in Ordnung, von Zeugen bestätigt und enthielt kein Schlupfloch für eine andere Auslegung. Es widerrief ein früheres Testament, in dem das Vermögen für wohltätige Zwecke bestimmt war und die Sammlung zwischen verschiedenen anderen Museen und der National-und-Tate-Galerie geteilt werden sollte. Es bestimmte ausdrücklich, daß Lady Slane den gesamten Besitz zu persönlicher Verwendung erhalten sollte und daß ihr keine Verpflichtung über seine endgültige Verfügung auferlegt würde.

Diese Nachricht erregte allgemeine Überraschung. Die Museen waren ebenso wütend und enttäuscht, wie Lady Slanes eigene Familie erstaunt und entzückt war. Sie versammelte sich sofort in starkem Aufgebot um Carries Teetisch. Carrie war in der glücklichen und beneidenswerten Lage, ihre Mutter an demselben Nachmittag gesprochen zu haben. Sie war in der Tat gleich, als sie die Nachricht hörte, nach Hampstead gefahren. »Die liebe Mutter«, sagte sie, »ich konnte sie mit dieser großen Verantwortung, die sie plötzlich zu tragen hat, nicht allein lassen. Ihr wißt, wie wenig sie mit solchen Dingen fertig werden kann.«

»Aber wie in aller Welt«, sagte Herbert, der an diesem Tage besonders geladen war, »wie in aller Welt ist denn das zustande gekommen? Wie hat sie diesen FitzGeorge kennengelernt? Und was hatte Kay damit zu tun? Wir wissen, daß Kay und FitzGeorge Freunde waren, aber wir hatten keine Ahnung, daß Mutter ihn auch nur von Ansehen kannte. Ich habe sie nie seinen Namen erwähnen hören.« Herberts Erregung prasselte wie ein Heidefeuer. »Es war ein Komplott, sage ich euch, und Kay steckte dahinter. Kay wollte die Hinterlassenschaft des alten Mannes für sich haben. Nun, Kay ist jedenfalls schön hereingefallen.«

»Meinst du wirklich?« sagte Charles. »Wissen wir, ob Kay nicht eine private Verabredung mit Mutter getroffen hat? Kay hielt sich immer von uns fern. Ich hatte stets das Gefühl, daß Kay leicht ein bißchen rücksichtslos sein könnte.«

»Gewiß...« begann Mabel.

»Sei still«, sagte Herbert. »Ich stimme mit Charles überein. Zweifellos, Kay war immer so etwas wie ein schwarzes Schaf. Und Mutter hat zu keinem von uns etwas über ihr Testament verlauten lassen.«

»Bis jetzt«, sagte Edith, die sich ebenfalls eingefunden hatte, obwohl sie sich selbst verachtete, weil sie hingegangen war, »bis jetzt hat sie nie etwas zu hinterlassen gehabt.«

Ediths Bemerkung blieb wie immer unbeachtet.

»Ich bin ganz anderer Meinung«, sagte William, der in seiner Familie den Ruf hatte, mit praktischen Dingen am besten fertig werden zu können. »Wenn Kay und Mutter im Einverständnis gehandelt hätten, so würden sie nicht vereinbart haben, daß das Vermögen dieses FitzGeorge zuerst an Mutter fallen solle. Man denke doch an die Steuern.«

»Die Erbschaftssteuer?« sagte Edith, die sich in ihrer gewohnten Taktlosigkeit nicht scheute, das anrüchige Wort auszusprechen.

»Mindestens eine halbe Million«, sagte William.

»Nein, da wäre es doch viel besser gewesen, wenn es direkt an Kay gefallen wäre.«

»Aber Mutter ist so unpraktisch«, seufzte Carrie.

»Geradezu tragisch unpraktisch«, bemerkte William. »Warum zog sie nicht einen von uns zu Rate? Aber jetzt ist es geschehen«, fuhr er philosophischer fort, »und was um Himmels willen will sie mit allem anfangen?«

»Sie schien gar kein Interesse daran zu nehmen«, sagte Carrie. »Als ich kam, las sie gerade ein Buch, während Genoux in der Ecke die Katze fütterte. Ich glaube nicht, daß sie las; denn als ich sie nach dem Titel fragte – nur um eine Unterhaltung in Gang zu bringen, wißt ihr –, konnte sie ihn mir nicht nennen. Sie sagte, es sei ein Buch, das Mudie mitgeschickt habe, aber wie ihr wißt, stellt Mutter ihre Bücherliste immer sehr sorgfältig auf und überläßt das niemals Mudie. Es war gar nicht so einfach, ins Haus zu kommen, weil das Haus von Zeitungsleuten direkt belagert war und Mutter Genoux verboten hatte, auf das Klingeln zu öffnen. Ich mußte um das Haus herum in den Garten gehen und unter dem Fenster ›Mutter!‹ rufen.«

»Und als du drinnen warst«, sagte Herbert, »was gab sie dir da für eine Erklärung?«

»Überhaupt keine. Sie kannte, so schien es, diesen FitzGeorge von Indien her; er hatte sie jüngst ein- oder zweimal besucht, wie sie mir sagte. Aber ich bin überzeugt, daß sie mit etwas hinter dem Berge hielt. Als sie sagte, FitzGeorge habe sie besucht, begann Genoux, die sich im Zimmer zu schaffen machte, zu weinen und ging hinaus. Sie nahm ihre Schürze auf und schluchzte hinein. Als sie ging, sagte sie so etwas wie »Un si gentil monsieur!«. Ich entnehme daraus, daß er ihr immer ein Trinkgeld gegeben hat.«

»Und in welchem Zustand befand sich Mutter? War sie aufgeregt?«

»Sie war ruhig«, sagte Carrie nach einer Pause in kritischem Ton. »Ja, ich bin überzeugt, daß sie etwas vor mir verbarg. Sie versuchte immer wieder, das Gesprächsthema zu wechseln. Als wenn man von etwas anderem hätte sprechen können! Sie hatte offenbar die großen Schlagzeilen der Zeitungen nicht gesehen. Die liebe Mutter! Ich versuchte ja nur, ihr zu helfen. Es war mir sehr peinlich, so mißverstanden zu werden. Sie schien den Wunsch zu haben, mich aus der Sache herauszuhalten – in gebührender Entfernung.«

»Aber«, sagte Lavinia, »was könnte denn eure Mutter in ihrem Alter für ein Geheimnis haben? Wäre es möglich...«

»Nun«, meinte Carrie, »man kann niemals wissen, nicht wahr?«

»Nein«, sagte Herbert, »nein, das kann ich nicht glauben.« Er sprach, als wenn er ein Urteil fällte, als Haupt der Familie.

»Vielleicht nicht«, sagte Carrie nachgebend. »Ich bin überzeugt, daß du das reifste Urteil hast. Und doch – ein sehr sonderbarer Gedanke zog mir durch den Kopf.« Sie beugten sich alle zu ihr hin, um Carries sehr sonderbaren Gedanken zu hören.

»Nein, ich kann es wirklich nicht sagen«, sträubte sich Carrie, entzückt, so viel Interesse erregt zu haben. »Ich kann es wirklich nicht, selbst hier nicht, wo ich weiß, daß meine Worte nicht weitergetragen werden.«

»Carrie«, sagte Herbert, »wir haben immer einen Pakt gehabt, niemals einen Satz anzufangen, ohne ihn zu beenden.«

»Als wir Kinder waren«, sagte Carrie, die sich noch immer sträubte.

»Natürlich, wenn du nicht willst...« sagte Herbert.

»Nun, wenn du darauf bestehst. Folgendes ging mir durch den Kopf: Keiner von uns hat jemals von Mutters Freundschaft mit diesem alten Mann – diesem FitzGeorge etwas erfahren. Sie hat ihn uns gegenüber nie erwähnt. Jetzt stellt es sich heraus, daß sie ihn schon in Indien kannte – gerade um die Zeit, als Kay geboren wurde – vielleicht schon vorher. Und er nahm immer großes Interesse an Kay. Nun stirbt er und hinterläßt Mutter – allerdings nicht Kay – sein ganzes Vermögen. Aber das ist kein Grund, warum Mutter es später nicht Kay überlassen sollte. Und vielleicht sollte es ja Kay haben. Er umging nur Kay. Wer weiß, ob das nicht eine Art Bluff gewesen ist? Solche exzentrischen alten Männer, wißt ihr, haben immer Angst vor einem Skandal.«

»Weil...« sagte Herbert.

»Eben deswegen.«

»O nein, o nein«, rief Edith. »Das ist ja entsetzlich, Carrie, es ist ungeheuerlich. Mutter liebte Vater, sie hätte ihn nie betrogen.«

»Die liebe Edith!« sagte Carrie. »So naiv! Sie sieht immer alles in Schwarz und Weiß.« Aber schon bedauerte sie, dies in Gegenwart Ediths gesagt zu haben, die es ihrer Mutter hinterbringen konnte. Sie hatte die besten Gründe, zu wünschen, gegenwärtig mit ihrer Mutter in guten Beziehungen zu stehen.

Edith zog entrüstet ab und ließ eine einträchtig versammelte Familie zurück. Sie rückten die Stühle ein bißchen näher zusammen.

»Dann«, setzte Carrie ihre Geschichte fort, »kam ein junger Mann, ein sehr unangenehmer junger Mann, Foljambe mit Namen, von irgendeinem Museum. Genoux benahm sich höchst unpassend. Ich nehme an, er hatte ihr seine Karte gegeben, anstatt nur seinen Namen zu nennen. Jedenfalls meldete sie ihn als Monsieur Folljambe. Ich habe den Verdacht, daß sie das absichtlich tat. Aber ich sah bald, daß er sich in die Nesseln gesetzt hatte. Er gab vor, er komme im Auftrag seines Museums, das Mutter das Angebot mache, die Sammlung zu beherbergen, wenn Mutter keinen Platz dafür hätte. In diesem Fall war Mutter einmal vernünftig, muß ich sagen. Sie könne nichts versprechen, sie habe sich noch nicht entschieden, was sie tun werde. Sie sah über Foljambe hinweg, als wäre er gar nicht da. Und dann polterte natürlich wie immer Genoux herein und fragte, ob Mutter lieber Koteletts oder ein Hühnchen zum Essen haben wolle. Ein Huhn wäre natürlich teurer, aber man könne am nächsten Tage noch mal davon essen. Und dabei hat Mutter jetzt jährlich mindestens achtzigtausend Pfund zu verzehren!«

Lavinia ächzte.

»Aber Mutter war zu mir ebenso zurückhaltend wie zu dem jungen Mann«, fuhr Carrie fort. »Ich versicherte ihr immer wieder, daß ich nur helfen wollte – ihr kennt mich alle gut genug, um zu wissen, daß das die reine Wahrheit ist –; aber sie übersah mich genau so wie diesen Foljambe. Sie schien die ganze Zeit an etwas anderes zu denken. Gefühlvolle Erinnerungen vielleicht«, sagte Carrie giftig. »Sie lud mich nicht einmal zum Essen ein, als Genoux wieder hereinkam und sagte, das Huhn sei gleich fertig und werde nicht besser werden, wenn sie noch länger mit dem Essen warte. Ich mußte schließlich mit Foljambe abziehen und ihm dazu noch einen Platz in meinem Wagen anbieten. Er erzählte mir, daß die Sammlung – ganz abgesehen von dem Barvermögen – etliche Millionen wert ist.«

»Armer Vater!« sagte Herbert. »Zum ersten Male bin ich froh, daß er nicht mehr lebt.«

»Ja, das ist ein großer Trost«, stimmte Carrie bei. »Der arme Vater, er hat keine Ahnung gehabt.«

Sie verdauten schweigend diese tröstliche Tatsache.

»Aber«, sagte William praktisch wie immer, indem er die Unterhaltung wieder in Gang brachte, »was will Mutter mit all diesem Zeug tun – mit all dem Geld? Achtzigtausend jährlich! Und zwei Millionen und womöglich sogar noch mehr, die in diesen Kunstwerken eingefroren sind. Stellt euch vor, wenn sie diese verkauft, hätte sie hundertsechzigtausend Pfund jährlich, ja noch mehr, wenn sie das Geld mit fünf Prozent anlegte, was sie leicht könnte.« Seine Stimme wurde schrill wie immer, wenn er über Geldfragen sprach. »Man weiß nie, wie man mit Mutter dran ist. Denkt doch nur an die beiläufige Art, mit der sie sich ihrer Juwelen entledigte. Sie scheint gar keinen Sinn für Werte zu haben, keinen Begriff von Verantwortlichkeit. Es würde mich nach dem, was wir von Carrie gehört haben, gar nicht wundern, wenn sie die ganze Sammlung dem Staat vermachte.«

Lady Slanes Familie wurde von Entsetzen gepackt.

»Das glaubst du doch nicht im Ernst, William? Etwas Gefühl wird sie doch für ihre Kinder aufbringen.«

»Ich glaube es tatsächlich«, sagte William, der jetzt in Fahrt kam. »Mutter ist wie ein Kind, das mit Rubinen umgeht, als wären sie Kieselsteine. Sie hat durch keine Erfahrung etwas gelernt, sie ist blind durchs Leben gewandert. Wir haben immer schweigend gefühlt, daß Mutter nicht ganz wie andere Leute war. Man sagt nicht gern so etwas von seiner Mutter, aber in solchen Augenblicken kann man es sich nicht leisten, überempfindlich zu sein. In jedem Augenblick kann sie etwas völlig Unvernünftiges tun, etwas, worüber man in Verzweiflung die Hände zusammenschlägt. Und wir sind machtlos dagegen. Machtlos!«

»Unsinn, William«, sagte Carrie, die fühlte, daß William die Situation dramatisierte. »Mutter ist vernünftigen Gründen immer zugänglich gewesen.«

»Selbst als sie nach Hampstead zog?« sagte William düster. »Ich bin nicht der Ansicht, daß Menschen, die in Mutters Alter für sich einen völlig neuen Weg einschlagen, für Vernunftgründe empfänglich sind. Selbst damals als sie auf diese lächerliche Weise ihre Juwelen weggab?« Er sah dabei Mabel an, die nervös die Perlen unter einem länglichen Spitzenbesatz zu verbergen suchte. »Nein, Carrie, Mutter hat nie mit festen Füßen auf der Erde gestanden. Das Wolkenkukkucksheim – das ist Mutters natürliche Heimat. Und unglücklicherweise hat sie einen anderen Bewohner desselben Landes getroffen: Herrn FitzGeorge.«

»Und was ist mit Herrn Bucktrout?« fragte Carrie.

»Ja, was ist mit ihm?« sagte William. »Bucktrout kann sie veranlassen, das ganze Vermögen ihm zu vermachen. Arme Mutter – so einfältig, so unklug, eine leichte Beute für jeden Spitzbuben. Was kann man da tun?«

Inzwischen hatte Herr Bucktrout Lady Slane besucht, um mit ihr gemeinsam die Verantwortung, die man ihr aufgeladen hatte, zu beklagen.

»Sehen Sie, Herr Bucktrout«, sagte Lady Slane, die krank und verstört aussah, »Herr FitzGeorge konnte nicht wissen, was er tat. Er wollte mir den Genuß seiner schönen Kunstgegenstände verschaffen – das sehe ich ein. Aber was dachte er sich wohl dabei, mir so viel Geld zu hinterlassen? Ich habe für meine Bedürfnisse genug. Ich habe einmal einen Millionär gekannt, Herr Bucktrout, und er war der unglücklichste Mensch. Er hatte eine so große Angst, ermordet zu werden, daß er sich dauernd mit Detektiven umgab. Sie waren wie Mäuse in den Wänden. Er wollte keine Freundschaft schließen, weil er bei anderen immer selbstsüchtige Motive vermutete. Wenn man neben ihm beim Essen saß, so fürchtete er die ganze Zeit, daß man ihn schließlich um einen Beitrag für einen Wohltätigkeitsverein bitten würde. Die meisten Menschen mochten ihn nicht. Ich hatte ihn sehr gern. Ich habe sehr viele Leute gesehen, die anderen mißtrauten, weil sie bei ihnen eigennützige Motive vermuteten, und ich möchte nicht in dieselbe Lage kommen. Es ist doch absurd, daß ausgerechnet Herr FitzGeorge mich in eine solche Lage gebracht hat. Er kann doch unmöglich gewußt haben, was er tat.«

»In den Augen der Welt, Lady Slane«, sagte Herr Bucktrout, »hat Herr FitzGeorge Ihnen eine gewaltige Wohltat erwiesen.«

»Ich weiß, ich weiß«, sagte Lady Slane, tief beunruhigt und

betrübt, wollte aber doch nicht undankbar erscheinen. Ihr ganzes Leben, dachte sie, hatten ihr Leute Wohltaten erwiesen, Wohltaten, die sie gar nicht begehrte. Henry zum Beispiel, indem er sie zuerst zu einer Vizekönigin machte und dann zum Mittelpunkt eines Kreises von Politikern, und jetzt FitzGeorge, indem er ihr geruhsames Leben mit einem Haufen Gold und Kostbarkeiten überschüttete.

»Ich wünschte mir nie etwas anderes, Herr Bucktrout«, sagte sie, »als ruhig beiseitezustehen. Das scheint eines von den Dingen zu sein, die man einem nicht erlaubt, selbst im Alter von achtundachtzig Jahren nicht!«

»Auch der kleinste Planet«, sagte Herr Bucktrout salbungsvoll, »muß seinen Kreis um die Sonne ziehen.«

»Aber soll das heißen, daß wir alle, ob wir wollen oder nicht, um Reichtum, Stellung und Besitz kreisen müssen? Ich habe mir gedacht, Herr FitzGeorge wüßte das besser. Verstehen denn auch Sie das nicht?« rief sie flehend und verzweifelt Herrn Bucktrout zu. »Ich dachte mir, ich wäre endlich allen diesen Dingen entronnen, und nun stößt mich ausgerechnet Herr FitzGeorge wieder mitten hinein. Was soll ich tun, Herr Bucktrout, was soll ich tun? Ich glaube, Herr FitzGeorge hat sehr schöne Sachen gesammelt, aber ich verstehe nichts davon. Ich habe immer die Werke Gottes den Werken der Menschen vorgezogen. Die Werke Gottes werden allen, die sie würdigen können, frei gegeben, ob es nun ein Millionär oder ein armer Schlucker ist, wogegen die Werke der Menschen für die Millionäre reserviert sind. Nur wenn diese Werke dem Menschen, der sie schuf, genügten, macht es nichts aus, welcher Millionär sie in späteren Jahren kauft. Nicht daß Herr FitzGeorge die Werke der Menschen wegen ihres Wertes kaufte«, fügte sie hinzu. »Er konnte ihren künstlerischen Wert beurteilen. Übrigens war er ein Geizhals. Weit davon entfernt, den Marktwert eines Kunstwerkes zu bezahlen, machte es ihm Spaß, ein Kunstwerk zu entdecken, das er unter dem Marktpreis erstehen konnte. Dann hatte er das Gefühl, daß er ein Werk Gottes erwarb und nicht das Werk eines Menschen, wenn Sie verstehen, was ich meine.«

»Ich verstehe Sie durchaus«, sagte Herr Bucktrout.

»Nur wenigen war das möglich«, sagte Lady Slane. »Sie ermutigen mich, mich der Hoffnung hinzugeben, daß Sie Verständnis für meine Lage haben wie nur wenige Menschen. Ich will diese wertvollen Sachen nicht haben, wenn sie auch schön sind. Es wäre mir ein unangenehmer Gedanke, auf meinem Kaminsims eine Terrakottafigur von Cellini zu haben, die Genoux sicher zerbrechen würde, wenn sie morgens vor dem Frühstück abstaubt. Nein, Herr Bucktrout, ich möchte lieber in den Park gehen, wenn ich etwas Schönes sehen will, und mir dort Constables Bäume betrachten.«

»Lieber als einen Constable besitzen?« fragte Herr Bucktrout verschmitzt. »Ich glaube, Herrn FitzGeorges Sammlung enthält einen sehr schönen Constable, ein Motiv aus dem Hampsteader Park.«

»Nun«, sagte Lady Slane nachgebend, »den könnte ich vielleicht behalten.«

»Aber was wollen Sie mit den übrigen anstellen, mit Ausnahme von ein paar Stücken, die Sie vielleicht aus persönlichen Gründen behalten möchten?«

»Sie verschenken«, sagte Lady Slane müde und ohne Nachdruck. »Mag der Staat sie übernehmen. Das Geld sollen die Krankenhäuser bekommen, wie es zuerst Herrn FitzGeorges Absicht war. Nur will ich es los sein. Denken Sie übrigens daran«, fügte sie mit dem Gesichtsausdruck hinzu, an den Herr Bucktrout bereits gewöhnt war, »wie sich meine Kinder ärgern werden!«

Er verstand die Feinheit des Streiches, den Lady Slane ihren Kindern spielte, voll zu würdigen. Im Prinzip gefielen solche Streiche Herrn Bucktrout nicht, er verurteilte sie als kindisch und dumm, aber dieser besondere Streich kitzelte seinen Sinn für Humor. Er hatte sich ein richtiges Bild von Lady Slanes Kindern gemacht, obwohl er sie nie gesehen hatte.

»Aber wenn Sie sterben«, sagte Herr Bucktrout mit seiner üblichen Offenheit, »werden die Nachrufe Sie als Wohltäter der Menschheit schildern.«

»Ich werde sie nicht mehr lesen können«, sagte Lady Slane, die genug von Nachrufen über Lord Slane gelesen hatte, um die Möglichkeiten falscher Auslegungen beurteilen zu können.

Herr Bucktrout machte sich, als er fortging, über die Schwierigkeit, in der seine alte Freundin steckte, ernste Gedanken. Es ging ihm nicht auf, daß die meisten Leute Lady Slanes Sorgen als sonderbar und lächerlich ansehen würden. Er nahm einfach die Tatsache hin, daß Lady Slane die üblichen Wertungen der Welt nicht anerkannte, und darum erschien es ihm natürlich, daß sie sich dagegen sträubte, sie sich dauernd aufdrängen zu lassen. Überdies kannte er jetzt den Ehrgeiz ihrer Jugend und wußte, daß sie mit dem Leben, das sie geführt hatte, nicht einverstanden gewesen war. Herr Bucktrout besaß auch, obgleich er in vieler Hinsicht einfältig war – die meisten hielten ihn für leicht verrückt –, eine von Vorurteilen unbeeinflußte Weisheit eigener Art. Er wußte, daß feste Vorstellungen geändert werden müssen, um sich den Umständen anzupassen, und daß es töricht, wenn auch üblich war, zu erwarten, daß sich die Umstände fertig gelieferten Vorstellungen anpassen würden. Lady Slane verdiente daher seiner Meinung nach ebensoviel Sympathie wegen des Fehlschlagens ihrer Lebenshoffnungen wie ein von Lähmung befallener Athlet. Das war zweifellos eine gar nicht konventionelle Ansicht, aber Herr Bucktrout zog ihre Richtigkeit nicht in Zweifel.

*

Genoux jedoch war entsetzt, als sie hörte, was Lady Slane beabsichtigte. Ihre französische Seele wurde in den Grundfesten erschüttert. Ein paar Tage lang war sie sozusagen geschwebt und hatte, um diesen plötzlichen, diesen unerwarteten Zuwachs an Reichtum zu feiern, ein paar Extrastücke Fisch für die Katze gekauft. Ihre Vorstellungen von dem Lady Slane vermachten Vermögen – sie hatte den Betrag in den Zeitungen gelesen und die Nullen an den Fingern gezählt und dies ungläubig verschiedene Male getan – waren sonderbar gemischt. Sie wußte sehr wohl, was eine Million war, was zwei Millionen waren, aber was die praktische Anwendung betraf, verstand sie nur so viel, daß sie jetzt Lady Slane bitten konnte, die Putzfrau dreimal in der Woche anstatt zweimal kommen zu lassen. Bis jetzt hatte sie aus Sparsamkeitsgründen sich auch dann nicht geschont, wenn ihr Rheumatismus sie steifer als sonst machte. Sie hatte nur ihren Panzer von braunem Packpapier verdoppelt, hatte noch einen Unterrock angezogen, in der Hoffnung, dadurch Erleichterung zu finden, und war unverdrossen an ihre Arbeit gegangen. Sie wußte, daß miladi nicht reich war, und wollte lieber selbst leiden als miladis Ausgaben vermehren. Aber durch den Entschluß Lady Slanes, der ihr eines Abends, als sie den Tisch abräumte, so nebenbei mitgeteilt wurde, schwanden alle Vorstellungen von künftigem Luxus dahin. »C'est pas possible, miladi!« rief sie aus. »Et moi qui pensais voir revenir nos plus beaux jours!« Genoux war verzweifelt. Überdies hatte es ihr gefallen, daß Lady Slane wieder im Scheinwerferlicht des öffentlichen Interesses stand. Sowohl die Tageszeitungen als auch die illustrierten Blätter hatten Lady Slanes Photographie gebracht. Die Bilder waren zwar alt, da keine jüngeren Aufnahmen zur Verfügung standen. Sie zeigten Lady Slane als Vizekönigin, als Gattin des Botschafters, jung, mit Juwelen bedeckt, im Abendkleid, eine Tiara über der kunstvoll hergerichteten Frisur, unter einer Palme sitzend, sonderbar altmodisch gekleidet, ein offenes Buch haltend, in dem sie nicht las, umgeben von ihren Kindern, Herbert im Matrosenanzug, Carrie in ihrem ersten langen Kleid – wie gut sich Genoux daran erinnerte! –, wie sie sich liebevoll über ihrer Mutter Schulter beugten und auf das Baby blickten – war es Charles? war es William? –, das sie auf dem Knie hielt. Eine Zeitung, die die Unmöglichkeit einsah, ein neueres Bild von Lady Slane zu bringen, hatte diesen Mangel so gut wie es ging ausgenutzt und eine siebzig Jahre alte Aufnahme reproduziert, die sie in ihrem Hochzeitskleid zeigte. Daneben hatte sie Lord Slane im Jagdkostüm gebracht, mit dem Gewehr in der Hand, einen Fuß auf einen Tiger gestützt. Diese Dinge, die Lady Slane so unerklärlicherweise gar nicht leiden mochte, befriedigten Genoux' Gefühl für das, was sich gehört. Es stehe ihr nicht an, miladi Vorschriften zu machen, sagte sie, aber hatte miladi ihre Stellung in Betracht gezogen und das, was sie dieser schuldete? Miladi, die an all diese Adjutanten gewöhnt gewesen war, an all diese Diener – bien que ce n'étaient que des nègres –, an all diese Ordonnanzen, die ständig sprungbereit standen, um einen Brief oder eine Botschaft zu überbringen? »Dans ce temps-là miladi était au moins bien servie.« Dann fiel Genoux mitten in ihrer Verzweiflung ein Gedanke ein, der sie so kitzelte, daß sie sich bückte und sich mit den Händen an den Beinen herunterstrich. »Ah, mon Dieu, miladi, c'est Lady Charlotte qui va être contente! Et Monsieur William, donc! Ah, la belle plaisanterie!«

*

Jetzt, wo Herr FitzGeorge nicht mehr da war, fühlte sich Lady Slane einsam. Die Aufregung, die die Übereignung ihrer Erbschaft an den Staat zur Folge gehabt hatte, und die Wut, die ihre eigenen Kinder deswegen auf sie gehabt hatten, gingen an ihr vorüber, ohne großen

Eindruck zu machen. Sie gebot Genoux, erst dann wieder eine Zeitung ins Haus zu bringen, wenn die Schlagzeilen zu einer kleinen Notiz zusammengeschrumpft wären, und weigerte sich, eines von ihren Kindern zu empfangen, bis sie sich damit einverstanden erklärt hätten, die Sache so zu behandeln, als wäre sie gar nicht geschehen. Carrie schrieb einen sorgfältig abgefaßten und reservierten Brief. Ein paar Wochen, wenn nicht ein paar Monate, müßten verstreichen, sagte sie, bevor diese schreckliche Wunde genügend verheilt sei, bis sie die von ihrer Mutter gestellte Bedingung, nie mehr auf diese Geschichte zurückzukommen, erfüllen könne. Eher könne sie sich nicht dazu verstehen. Wenn sie sich ein wenig erholt habe, werde sie wieder schreiben. Inzwischen, so stand zwischen den Zeilen zu lesen, müsse sich ihre Mutter als in tiefste Ungnade gefallen betrachten.

Aber obwohl sie dies nicht berührte und obwohl sie dank Kay und Herrn Bucktrout nur wenig Scherereien mit den Behörden hatte, außer daß sie ihre Unterschrift unter ein paar Dokumente setzen mußte, fühlte sie sich jetzt müde und geistig erschöpft. Ihre Freundschaft mit FitzGeorge war seltsam und schön gewesen – das letzte seltsame und schöne Erlebnis, das ihr wohl beschieden war. Sie wünschte nichts mehr. Sie wünschte nur Frieden und Ruhe.

Von Zeit zu Zeit las sie kleine Notizen über ihre Familie in den Zeitungen. Carrie hatte einen Bazar eröffnet. Carries Enkeltochter nahm an einer Wohlfahrtsveranstaltung teil. Charles war es gelungen, einen seiner Briefe in die *Times* zu bringen. Richard – Herberts ältester Enkel – hatte ein Rennen gewonnen. Deborah, seine Schwester, hatte sich mit dem ältesten Sohn eines Herzogs verlobt, also eine sogenannte gute Partie gemacht. Herbert selbst hatte eine Rede im Oberhaus gehalten. Es ging das Gerücht, daß er die erste freie Generalgouverneursstelle bekommen sollte. Vorläufig war er zu Neujahr Komtur des Ordens vom Heiligen Michael und Georg geworden ... Aus der gewaltigen Entfernung ihrer Jahre betrachtete Lady Slane diese winzigen und fernen Geschehnisse, sie brachten ein Echo jener Ereignisse mit sich, die in ihrem eigenen Leben eine Rolle gespielt hatten. »Wie lästig, gewöhnlich, abgestanden und sinnlos!« sagte sie zu sich selbst, als sie auf einen Stock gestützt und sich am Geländer festhaltend die Treppe hinabstieg und sich fragte, ob man am Ende des Lebens überhaupt noch etwas anderes als Shakespeare lesen solle oder auch am Anfang des Lebens, wenn sie schon bei

Shakespeare war, da er sowohl den Überschwang der Jugend als auch die Reife des Alters verstanden zu haben schien. Aber vielleicht konnte man ihn nur in reiferen Jahren voll würdigen.

Sie betrachtete die Gruppe Menschen, die aus ihrem eigenen Schoß entsprungen waren, und sah sie mitten in ihrer Lebenslaufbahn oder auch erst am Beginn derselben. Die junge Deborah war wohl eine glückliche Braut, und der junge Richard floß sicher von Leben über, wenn er stolz querfeldein sprengte. Ein zärtliches Lächeln überflog ihr Gesicht, als sie an die beiden jungen Geschöpfe dachte. Aber sie würden hart werden, dachte sie, sie würden hart werden, wenn ihr warmes junges Blut kühl wurde, sie würden weltklug und selbstsüchtig werden. An die Stelle der ungestümen Weitherzigkeit der Jugend würde die Klugheit des mittleren Alters treten. Für sie würde es keinen Kampf geben, weder äußerlich noch innerlich. Sie würden in den für sie bereiteten Formen einfach hart werden. Lady Slane seufzte, wenn sie daran dachte, daß sie, wenn auch nur indirekt, für ihre Existenz verantwortlich war. Die lange träge Schlange der Nachkommenschaft glitt von ihr fort in die ferne Zukunft hinein. Sie fühlte sich matt und schwach und sehnte sich nach Erlösung.

Und doch tat sie etwas Unerklärliches. Nachdem es geschehen war – nachdem sie den Brief geschrieben und Genoux ihn zur Post gebracht hatte –, sah sie auf ihr Tun zurück und kam zu der Überzeugung, daß sie in einem Trancezustand gehandelt hatte. Sie konnte nicht sagen, was für ein Impuls sie bewegt, welches seltsame Verlangen sie ergriffen hatte, wieder ein Band mit dem Leben anzuknüpfen, das sie längst durchschnitten hatte. Vielleicht war ihre Einsamkeit größer, als menschlicher Mut ertragen konnte, vielleicht hatte sie ihre Tapferkeit überschätzt. Nur eine sehr starke Seele konnte ganz allein mit sich fertig werden. Mochte das sein, wie es wollte, sie hatte an ein Zeitungsausschnittbüro geschrieben und um Zusendung aller Zeitungsnotizen gebeten, die sich auf ihre Familie bezogen. Sie selbst wußte, daß sie nur Nachrichten über ihre Urenkelkinder haben wollte. Es lag ihr wenig daran, zu erfahren, was Carrie, Herbert, Charles und William passierte. Der Weg, dem sie folgten und weiter folgen würden, war klar abgezeichnet und bot keine Überraschungen, keine freudigen Ausblicke. Aber selbst in ihrem Trancezustand schrak sie davor zurück, sich vor einer Holborner Zeitungsagentur zu verraten. Sie verhüllte ihre eigentliche Sehnsucht unter einem die ganze Familie umfassenden Auftrag. Als die kleinen grünen Päckchen jedoch eintrafen, wanderten alle Notizen, die sich auf ihre eigenen Kinder bezogen, in den Papierkorb, und nur die über ihre Urenkel wurden sorgfältig in ein Album geklebt, das Lady Slane in dem Papiergeschäft an der Ecke gekauft hatte.

Diese Beschäftigung, der sie sich Abend für Abend unter dem roten Lampenschirm unterzog, bereitete ihr ein außerordentliches Vergnügen. Sie ging sparsam mit ihrem kleinen Vorrat um, denn da sie wußte, daß nur zwei- oder dreimal wöchentlich eine frische Sendung eintraf, leistete sie sich den Luxus, jeden Tag nur einen Teil der Ausschnitte einzukleben, so daß immer einige für den nächsten Tag übrigblieben. Glücklicherweise waren von Lady Slanes Urenkeln zwei erwachsen, die sich mannigfach betätigten. Sie gehörten sogar zu den führenden jungen Leuten des Tages und hatten in den Zeitungsspalten »Mitteilungen aus der Gesellschaft« ihren Neuigkeitswert. Lady Slane verbrachte viele angenehme Stunden damit, aus diesen Ausschnitten ihren Charakter und ihre Persönlichkeit zu konstruieren, von denen sie ja bereits einige Kenntnis hatte. Von diesem Zeitvertreib ihrer Urgroßmutter hatten die Kinder selbst keine Ahnung, und das vermehrte Lady Slanes halb spitzbübisches, halb rührseliges Vergnügen, denn wirkliches Vergnügen war für sie eine ganz private Angelegenheit, ein geheimer Spaß, der wie eine Blume starken Duft ausströmte, aber auch ebenso leicht zu Schaden kam wie die Blütenblätter einer Gardenie. Genoux allein wußte von ihrer abendlichen Beschäftigung, aber Genoux war keine Fremde für sie, sie gehörte ebenso zu Lady Slane wie deren Schuhe oder Wärmflasche oder wie der Kater John, der mit unvergleichlicher Anmut und Würde vor dem Feuer saß. Genoux teilte sogar Lady Slanes Interesse an den jungen Hollands, wenn auch von einem anderen Standpunkt aus. Sie hatte sofort Lady Slanes wiederauflebendes Interesse erkannt und begrüßte es und brachte das grüne Päckchen sofort herein, sobald es durch den Briefschlitz gefallen war. »Voilà, miladi! c'est arrivé!« Sie blieb erwartungsvoll neben Lady Slane stehen, während diese den Umschlag aufriß und die Ausschnitte herausnahm. Weiß der Himmel, sie waren nichtig genug. Berichte über Schatzsuche einer fröhlichen jungen Gesellschaft auf Untergrundbahnhöfen, ein Ball, eine Abendgesellschaft, manchmal eine Photographie, Richard in Reithosen, Deborah auf einem Maskenball als Maria Stuart. Unbedeutende Notizen, harmlose Berichte über den Zeitvertreib junger Leute. Lady Slane sah sie durch, und wer wollte es unternehmen, ihre Gefühle zu schildern? Aber Genoux klatschte begeistert in die Hände. »Ah, miladi, qu'elle est donc jolie!« Das war Deborah. Lady Slane, erfreut über Genoux' Bewunderung, lächelte dazu. Sie war immerhin eine alte Frau, und kleine Dinge gefielen ihr jetzt. »Ja«, sagte sie, indem sie ein verwischtes Bild Richards betrachtete, der einen Silberpokal unter dem einen und eine Reitpeitsche unter dem anderen Arm hielt, »er ist ein wohlgestalteter junger Mann – pas si mal.« »Pas si mal!« rief Genoux entrüstet, »er ist ein Prachtkerl, ein junger Gott, solche Eleganz, solcher Chic! Alle Mädchen müssen versessen auf ihn sein. Und er wird in die Fußstapfen seines Urgroßvaters treten«, setzte Genoux hinzu, die äußeren Erfolg wohl zu würdigen wußte. »Er wird Vizekönig werden, Premierminister, weiß Gott, was noch, miladi wird sehen.« Denn Genoux hatte die Verachtung, die Lady Slane für solche Dinge hegte, nie geteilt. »Nein, Genoux«, sagte Lady Slane, »ich werde das nicht mehr erleben.«

Sie würde nur, und zwar aus seltsamer Ferne, ihre liebliche, törichte Jugend erleben. Gott sei Dank würde sie nicht mehr miterleben müssen, wie sie zu noch törichteren Erwachsenen heranwuchsen, die dann nichts mehr von diesen wilden, zwar albernen, aber bezaubernden Eigenschaften der Jugend an sich hatten. »Schmucke Schäfer, schöne Nymphen, ach, die Jugend geht vorüber«, murmelte sie und betrachtete dabei das volle dicke Haar, die schlanken elastischen Glieder der Kinder. »Ach Genoux«, sagte sie, »es war doch schön, jung zu sein.«

»Das hängt ganz von der Jugend ab, die man hat«, sagte Genoux weise. Es war nicht schön, das zwölfte Kind armer Eltern zu sein und in die Gegend von Poitiers zu Bauern geschickt zu werden, in einer Scheune auf Stroh zu schlafen, nie seine Eltern zu sehen, Winter und Sommer jeden Morgen um fünf Uhr aufzustehen, geschlagen zu werden, wenn man seine Arbeit nicht richtig machte, zu wissen, daß die Geschwister einen bald nicht mehr kennen würden, weil man fern von ihnen lebte. Genoux war jetzt fast siebzig Jahre bei Lady Slane, aber Lady Slane hörte jetzt von diesen Dingen zum erstenmal. Sie betrachtete Genoux mit neugierigem Interesse. »Und wann sahen

Sie Ihre Geschwister wieder, Genoux? Das muß doch ein merkwürdiges Gefühl gewesen sein.«

»Keineswegs«, sagte Genoux. Man fühle sogleich, daß man zusammengehöre, das komme vom selben Blut. Die eigene Familie sei eben die eigene Familie. Sie sei mit sechzehn Jahren in die kleine Pariser Wohnung gekommen, als wenn sie dorthin gehöre. Den Bauernhof bei Poitiers habe sie bald vergessen und nie wieder daran gedacht, obwohl sie besser als irgendein anderer wußte, wohin die streunenden Hennen ihre Eier legten. Sie habe sich gleich unter ihren Geschwistern wohl gefühlt und ihren Platz unter ihnen eingenommen, als wäre sie niemals fort gewesen. Sie habe eine kleine Aufregung mit einer ihrer Schwestern gehabt, die gerade mit Zwillingen niedergekommen war, als ihr älteres Kind an Diphtherie starb. Sie hätten versucht, den Tod des Kindes vor der Schwester zu verbergen, aber diese habe es doch irgendwie gemerkt, sei im Hemd aus dem Bett gesprungen, so wie sie war zum Friedhof gelaufen und habe sich auf das Grab geworfen. Genoux hatte sie zurückholen müssen, und es war ihr gar nicht sonderbar vorgekommen, daß ein Mädchen ihres Alters mit einer solchen Mission betraut wurde. In einer armen Familie herrsche die harte Notwendigkeit, und ihre Mutter habe zu Hause bleiben müssen, um die Zwillinge zu versorgen. Aber ihr Aufenthalt daheim war nur ein kurzes Zwischenspiel gewesen. Ihr Vater hatte sie schon für eine Stelle vormerken lassen, und auf einmal habe sie sich auf dem Kanal befunden und sei nach England gekommen, um ihre Stelle bei miladi anzutreten.

Lady Slane hörte sich diese einfache und philosophische Erzählung nicht ohne Bewegung an. Sie machte sich einen Vorwurf, daß sie Genoux nie vorher gefragt hatte. Sie hatte die ganzen Jahre hindurch Genoux als gegeben hingenommen, doch in dieser tapferen Brust war eine Welt von Erfahrung eingeschlossen. Es mußte eine sonderbare Veränderung gewesen sein, von dem Bauernhof bei Poitiers, wo sie auf Stroh schlafen mußte und geschlagen wurde, plötzlich in die Pracht des Regierungsgebäudes und des vizeköniglichen Palastes zu kommen. Im Vergleich dazu erschienen die Erlebnisse ihrer Urenkel schal, ihre eigenen belanglos und überzivilisiert, es fehlte ihnen jede Berührung mit dem realen Leben. Sie, die sich insgeheim gehärmt hatte, weil sie sich ihrem Beruf nicht hatte widmen können, hatte nie eine unglückliche Schwester von einem neuen Grabhügel wegholen müssen. Sie betrachtete Genoux, die unerschütterlich diese Kümmernisse aus ferner Vergangenheit berichtete, und fragte sich, welche Wunden wohl tiefere Spuren hinterließen: die häßlichen Wunden, die das wirkliche Leben zufügte, oder die tiefen unsichtbaren Verletzungen, die die Gedanken hinterließen?

Seit jenen Tagen hatte Genoux kein persönliches Leben mehr gehabt, wie Lady Slane annahm. Ihr Leben erschöpfte sich in ihrem Dienst, wobei ihr Selbst unter der Oberfläche blieb. Lady Slane verdammte sich plötzlich als eine egoistische alte Frau. Doch auch sie hatte, wie sie näher überlegte, ihr Leben Henry gewidmet. Sie brauchte sich nicht allzu sehr zu tadeln, wenn sie sich zuletzt noch einmal ihrer Melancholie überließ.

Sie kehrte zu Genoux zurück. Die Familie Holland hatte Genoux' eigene Familie ersetzt und alles, was Genoux an Stolz, Ehrgeiz und selbständiger geistiger Haltung besaß, aufgesogen. Sie erinnerte sich an Genoux' Freudenausbrüche, als Henry geadelt worden war. Über jedes Kind hatte sie gewacht, als wäre es ihr eigenes, und ein kritisches Wort über die Kinder hörte man von ihr höchstens dann, wenn sie glaubte, Lady Slane gegen eine Ungerechtigkeit schützen zu müssen. Nun übertrug sie ihr Interesse auf die Urenkel, und das wurde auch nicht geringer, seitdem sie aufgehört hatten, zu Besuch zu kommen. Ihre anhängliche Seele war in zwei Hälften zerrissen worden, als Lady Slane sich weigerte, Deborah und Richard zu empfangen. Aber als Lady Slane ihr erklärte, daß jugendliche Lebhaftigkeit für eine alte Frau zu ermüdend sei, hatte sie sich sofort umgestellt. »Bien sûr, miladi; la jeunesse, c'est très fatigant.«

Sie hieß jedoch dieses zum rechten Zeitpunkt eintretende Wiederaufleben des Familienstolzes willkommen, das sich in den grünen Päckchen und dem Album offenbarte. In der Tiefe ihrer Bauernweisheit erkannte sie den gesunden Instinkt des Weiterlebens in der Nachkommenschaft. Da ihre eigene weibliche Sehnsucht unerfüllt geblieben war, klammerte sie sich in rührender Weise an eine stellvertretende Befriedigung durch das Medium ihrer angebeteten Lady Slane. »Ça me fait du bien«, sagte sie mit Tränen in den Augen, »de voir miladi s'occuper avec son petit pot mit Klebstoff.« Und einmal hob sie den Kater John auf, um ihm eine ganzseitige

Photographie Richards im *Tatler* zu zeigen. »Regarde, mon bobo, le beau gars.« John wehrte sich und wollte nicht hinschauen. Sie setzte ihn enttäuscht nieder. »C'est drôle, miladi; les animaux, c'est si intelligent, mais ça ne reconnaît jamais les images.«

Lady Slanes Gedanken beschäftigten sich in dieser Zeit selten mit bürgerlichen Erwägungen. Immerhin kam es ihr in den Sinn, zu überlegen, was wohl das junge Volk gedacht habe, als sie FitzGeorges Vermögen ausschlug. Sie waren wahrscheinlich empört gewesen, sie hatten ihre Urgroßmutter gründlich verflucht, weil sie sie eines Vorteils beraubt hatte, den sie später einmal selbst genießen konnten. Romantische Beweggründe würden sie sicher bei ihr nicht anerkennen. Vielleicht schuldete sie ihnen eine Erklärung, wenn auch nicht gerade eine Entschuldigung? Aber wie sollte sie jetzt mit ihnen in Berührung treten? Der Stolz faßte sie am Handgelenk, wenn sie die Feder ins Tintenfaß stecken wollte. Ihr Verhalten gegen sie mußte schließlich jedem vernünftigen Menschen höchst unnatürlich vorkommen. Erst hatte sie sich geweigert, sie zu sehen, und dann hatte sie ihnen einen großen und leicht zugänglichen Reichtum genommen, der für ihre Zukunft von Bedeutung gewesen wäre. Sie mußte ihnen als die Verkörperung von Egoismus und Unüberlegtheit erscheinen. Lady Slane war betrübt, doch sie wußte, daß sie nach ihrer Überzeugung gehandelt hatte. Hatte nicht FitzGeorge selbst ihr einmal vorgeworfen, gegen den Geist gesündigt zu haben? Und plötzlich verstand sie in einem Augenblick der Erleuchtung, warum FitzGeorge sie mit seinem Vermögen in Versuchung geführt hatte: er hatte sie nur in Versuchung geführt, damit sie die Kraft finden sollte, es zurückzuweisen. Nicht so sehr ein Vermögen hatte er ihr angeboten als die Gelegenheit zur Wahrheit gegenüber sich selbst. Lady Slane beugte sich nieder und streichelte den Kater, den sie im allgemeinen nicht besonders leiden mochte. »John«, sagte sie, »John, wie gut, daß ich getan habe, was er wünschte, bevor ich seinen Wunsch erkannt hatte!«

Danach fühlte sie sich erleichtert, obwohl ihre Zweifel wegen der jungen Nachkommenschaft sie weiterhin quälten. Seltsamerweise nahmen die Gewissensbisse ihretwegen jetzt zu, wo sie sich ihre eigene Handlungsweise zufriedenstellend erklärt hatte, als ob sie sich für eine überspannte und selbstgefällige Geste zu tadeln habe. Vielleicht hatte sie ihren Entschluß zu schnell gefaßt? Vielleicht hatte sie die Kinder unfair behandelt? Vielleicht sollte man von anderen keine Opfer verlangen, die nur das eigene Gewissen forderte? Sie hatte ihr Gewissen ernst befragt, hatte dabei allerdings, wie sie zugeben mußte, auch eine gewisse Schadenfreude empfunden, weil sie Carrie, Herbert, Charles und William ärgern konnte. Es war ihr unrecht erschienen, daß Privatpersonen ein so großes Vermögen, einen so übertriebenen Reichtum besitzen sollten. Deshalb hatte sie es eilig gehabt, diesen Besitz loszuwerden, die Kunstgegenstände an den Staat und das Geld an die leidenden Armen. Eine einfache, wenn auch schneidende Logik. Wenn sie die Sache in diesem Licht betrachtete, konnte sie nicht glauben, unrecht gehandelt zu haben. Aber hätte sie andererseits nicht an ihre Urenkel denken sollen? Es war ein schwieriges Problem, mit dem sie nicht allein fertig werden konnte. Sie vertraute es Herrn Bucktrout an, aber von ihm erhielt sie keine Hilfe. Er billigte nicht nur völlig ihren ersten instinktiven Entschluß, sondern hielt es angesichts des bevorstehenden Weltuntergangs für bedeutungslos, ob sie das eine oder das andere getan hatte. »Meine liebe Lady Slane«, sagte er, »wenn Ihre Cellinis, Ihre Poussins, Ihre Enkel und Ihre Urenkel alle sich in planetarischen Staub aufgelöst haben, wird Ihr Gewissenskonflikt von keiner großen Bedeutung mehr sein.« Das war zwar richtig, aber es half nicht viel. Astronomische Wahrheiten mögen zwar der Phantasie einen großen Aufschwung geben, tragen aber zur Lösung dringender Probleme wenig bei. Sie sah ihn weiter betrübt an, und diese Betrübnis wurde durch den plötzlichen Gedanken vermehrt, wie wohl Henry die Augenbrauen hochgezogen und was er wohl gesagt hätte.

»Miß Deborah Holland«, meldete Genoux, indem sie die Tür weit aufwarf. Sie öffnete sie so, als wenn sie nachträglich die Sitte des Zeremonienmeisters der Pariser Botschaft nachahmen wollte.

Lady Slane erhob sich verwirrt, wobei wie gewöhnlich ihr seidenes Gewand und ihre Spitzen leise knisterten. Ihr Strickzeug fiel auf den Boden. Sie bückte sich unbeholfen, um es wieder aufzunehmen. Ihre Gedanken suchten sprunghaft nach einem Ausweg, wie sie sich bei dieser unwahrscheinlichen Begegnung mit ihrer Urenkelin, bei der ja auch noch Herr Bucktrout zu berücksichtigen war, verhalten sollte. Die Umstände waren zu kompliziert, als daß sie sofort die Situation hätte meistern können. Es war ihr nie gut gelungen, mit einer Situation fertig zu werden, die Geistesgegenwart erforderte, und angesichts der Unterhaltung, die sie gerade mit Herrn Bucktrout über ihre Urenkelkinder geführt hatte, von denen nun plötzlich Herberts Enkelin als Muster erschien, war die Situation in der Tat nur mit großer geistiger Behendigkeit zu meistern. »Meine liebe Deborah«, sagte Lady Slane in großer Verwirrung, ließ ihr Strickzeug fallen, versuchte, es wieder aufzuheben, gab den Versuch halbwegs auf und küßte Deborah schließlich auf die Wange.

Ihre Verwirrung war um so größer, weil Deborah die erste junge Person war, die das Haus in Hampstead betrat, seitdem Lady Slane Elm Park Gardens verlassen hatte. Das Haus in Hampstead hatte seine Türen nur Herrn FitzGeorge, Herrn Bucktrout und Herrn Gosheron geöffnet – und gelegentlich natürlich Lady Slanes Kindern, die, wenn auch unwillkommen, jedenfalls in vorgerückten Jahren waren. Mit Deborah klopfte die Jugend an die Tür. Sie sah unter ihrer Pelzkappe hübsch aus, hübsch und elegant, geradeso, wie Lady Slane sie sich nach den in den illustrierten Zeitungen veröffentlichten Bildern vorgestellt hatte. In dem Jahr, in dem Lady Slane sie nicht gesehen hatte, hatte sie sich aus einem Schulmädchen in eine junge Dame verwandelt. Von ihrem Auftreten in der eleganten Welt hatte Lady Slane ja durch die Zeitungen genug erfahren. Diese Überlegung erinnerte Lady Slane an ihr Album mit den Zeitungsausschnitten, das auf dem Tisch unter der Lampe lag. Sie ließ Deborahs Hand los und brachte das Album schnell in einer dunklen Ecke unter, als wäre es eine benutzte Teetasse. Sie legte den Löschblock darauf. Das war ein knappes Entrinnen, knapp und überraschend, aber nun fühlte sie sich sicher. Sie kam zurück und stellte Deborah Herrn Bucktrout offiziell vor.

Herr Bucktrout besaß den Takt, sich fast gleich darauf zu verabschieden. Da Lady Slane ihn kannte, hatte sie gefürchtet, er könne sofort ein heikles Gesprächsthema anschlagen, dabei ihr exzentrisches Verhalten in bezug auf die jüngsten Ereignisse berühren und dadurch das Mädchen und sie selbst in Verlegenheit bringen. Herr Bucktrout benahm sich jedoch unerwarteterweise als Weltmann. Er machte ein paar Bemerkungen über den Beginn des Frühlings – wie schön es doch sei, daß man auf den Schutthaufen in den Londoner Straßen wieder Blumen erscheinen sehe – wie erstaunlich lange sich Anemonen in Wasser hielten, besonders wenn man die Stengel abschneide – daß schon Mengen von Schneeglöckchen vom Lande hereinkämen und daß es nicht mehr lange dauern werde, bis sie durch Schlüsselblumensträuße ersetzt würden – und daß man bald auf dem Blumenmarkt in Covent Garden sich reichlich versorgen könne. Aber von kosmischen Katastrophen oder von der richtigen Entscheidung der Urgroßmutter Deborah Hollands sagte er nichts. Nur einmal streifte er hart an eine Indiskretion, als er sich vorbeugte, den Finger an die Nase legte und sagte: »Fräulein Deborah, Sie haben eine gewisse Ähnlichkeit mit Lady Slane, die ich die Ehre habe meine Freundin zu nennen.« Glücklicherweise machte er zu dieser Bemerkung keine weiteren Ausführungen, sondern wartete nur noch eine Weile, erhob sich dann und verabschiedete sich. Lady Slane war ihm dankbar, obgleich sie ihn mit Schrecken gehen sah, denn jetzt befand sie sich allein einer jungen Dame gegenüber, die denselben Namen trug, der einst ihr eigener gewesen war.

Sie erwartete, die Unterhaltung werde mit einigen ausweichenden und bedeutungslosen Worten beginnen, fürchtete aber die Möglichkeit, daß ein Satz auf den Boden der Wirklichkeit springen und dort gleich der Zauberbohne zu einem Rankengewirr von Vorwürfen anwachsen würde. Sie erwartete alles mögliche, nur nicht, daß Deborah sich ihr zu Füßen setzen und ihr ohne Umschweife und ganz einfach für das danken würde, was sie getan hatte. Lady Slane antwortete darauf gar nichts, sie legte nur dem Mädchen die Hand auf den Kopf, den sie an ihr Knie geschmiegt hatte. Sie war zu sehr bewegt, um antworten zu können, sie ließ lieber die junge Stimme weitersprechen und dachte sich, daß sie selbst dort säße und spräche, sie träumte sich in ihre Jungendjahre zurück und berauschte sich an der Vorstellung, daß sie endlich eine Vertraute gefunden hatte, der sie ihre Gedanken anvertauen konnte. Sie war alt, sie war müde, sie verlor sich gern in die süße Illusion. War es ein Echo, das an ihre Ohren klang? Oder hatte ein Wunder die Jahre weggewischt? Spielte sich die Zeit noch einmal mit einer kleinen Veränderung ab? Sie strich über Deborahs Haar, und da es kurz geschnitten war und sie keine langen Locken fühlte, war es ihr, als habe sie den Plan ihrer Jugendzeit, auf und davon zu laufen, in die Wirklichkeit umgesetzt. War sie also wirklich von zu Hause fortgelaufen, hatte sie ihre eigene Laufbahn gewählt, anstatt der Henrys zu folgen? Saß sie jetzt am

Boden bei einer vertauenswürdigen Freundin und erklärte ihr ihre Gründe, ihre Bestrebungen und ihre Ansichten mit einer Festigkeit und Sicherheit, die wie von einer inneren Flamme erleuchtet waren? Glückliche Deborah! dachte sie, die so fest, so vertrauensvoll war und wenigstens von einem Menschen so gut verstanden wurde, aber welche Deborah sie dabei im Auge hatte, wußte sie kaum.

Sie hatte sich nach FitzGeorges Tode gesagt, daß von nun an keine seltsamen und angenehmen Dinge mehr in ihr Leben treten könnten, eine törichte Prophezeiung. Diese unerwartete Verschmelzung ihres eigenen Lebens mit dem ihrer Urenkelin war eines dieser seltsamen und angenehmen Dinge. FitzGeorges Tod hatte sie alt gemacht. In ihren Jahren wurde man schnell und beängstigend alt. Ihr Geist war vielleicht nicht mehr ganz klar, aber er war jedenfalls noch klar genug, um seine Schwäche zu erkennen und zu sagen: »Fahr fort, mein liebes Kind, ich meine, ich höre mich selbst sprechen.« In ihrem jugendlichen Egoismus übersah Deborah die Bedeutung dieser Bemerkung, die Lady Slane in einem unbewachten Augenblick entschlüpft war. Diese hatte nicht die Absicht, sich ihrer Urenkelin zu offenbaren. Sie hatte schon die Hand auf die Klinke der Pforte des Todes gelegt und wollte die Jugend nicht mit einer Wiedergabe ihrer eigenen vergangenen Probleme belästigen. Es genügte ihr, ruhig zuzuhören, ganz Ohr zu sein, wobei sie ja ihre Geheimnisse nach Laune ein- und ausgehen lassen konnte; denn wie wir uns erinnern werden, hatte Lady Slane ihre Freuden immer gern still für sich genossen. Dieser Genuß war jetzt besonders persönlicher Natur, wenn auch nicht sehr deutlich, er war wie in Dunst gehüllt, ihre Sinne waren geschärft, aber die Vorstellungsbilder waren verschwommen, so daß ihr Gefühl stark und lebhaft war, ohne daß sie sich genaue verstandesmäßige Rechenschaft darüber geben konnte oder zu geben brauchte. In dem sich vertiefenden Zwielicht ihres Lebensendes, in der Reife ihrer Jahre empfand sie wieder die Gefühlsschwankungen der Jugend. Sie wurde wieder das im Fluß zitternde Schilf, das Boot, das auf die hohe See lossteuert, doch vom Winde immer wieder in die sicheren Gewässer der Küste zurückgetrieben wird. Jugend! Jugend! rief es in ihr, und sie, die dem Tode so nahe war, stellte sich vor, daß alle Gefahren sie wieder erwarteten, aber dieses Mal würde sie ihnen tapferer entgegentreten, sie würde keine Konzessionen mehr machen, sie würde fest und sicher bleiben. Dieses Kind, diese

Deborah, dieses Selbst, dieses andere Selbst, diese Widerspiegelung ihres eigenen Selbst war fest und sicher. Ihre Verlobung, sagte sie, sei ein Fehler gewesen, sie habe sich dazu verleiten lassen, um ihrem Großvater einen Gefallen zu erweisen (Mutter zähle nicht, sagte sie, auch Großmutter nicht – die arme Mabel). Ihr Großvater habe ehrgeizige Pläne für sie, er schmeichle sich mit der Vorstellung, sie eines Tages als Herzogin zu sehen, aber was wäre das schon, verglichen mit dem, was sie selbst gern sein möchte: eine Musikerin.

Das Wort Musikerin gab Lady Slane einen kleinen Stoß, so zuversichtlich hatte sie erwartet, daß Deborah »Malerin« sagen würde. Aber es lief auf dasselbe hinaus, und ihre Enttäuschung verschwand schnell. Das Mädchen sprach, wie sie selbst gesprochen haben würde. Sie hatte nichts gegen eine Heirat mit jemandem einzuwenden, der an seine Überzeugungen denselben Maßstab legte wie sie selbst. Zwischen Menschen, die verschiedene Maßstäbe gebrauchten, sei eine Verständigung unmöglich. Für ihren Großvater und ihren verflossenen Verlobten mäßen Reichtum und ein so großer Titel einen Meter – zwei Meter – hundert Meter – eine Meile. Für sie mäßen sie einen Zoll – einen halben Zoll. Die Musik andererseits und alles, was sie für sie bedeute, könnten mit keinem irdischen Maßstabe gemessen werden. Deshalb sei sie ihrer Urgroßmutter dankbar, weil diese ihren – Deborahs – Wert auf dem irdischen Markt vermindert habe. »Schau«, sagte sie lachend, »eine Woche lang galt ich für eine reiche Erbin, und als es sich herausstellte, daß ich überhaupt keine Erbin war, wurde es mir viel leichter, von meiner Verlobung zurückzutreten.«

»Wann hast du das getan?« fragte Lady Slane, die sich wunderte, daß ihre Zeitungsausschnitte hiervon nichts berichtet hatten.

»Vorgestern.«

Genoux kam mit der Abendpost herein, froh, einen Vorwand gefunden zu haben. Deborah noch einmal anzuschauen. Lady Slane schob das grüne Päckchen unter ihr Strickzeug. »Es war mir nicht bekannt«, sagte sie, »daß du deine Verlobung rückgängig gemacht hattest.«

Sie fühle sich so erleichtert, sagte Deborah, indem sie ihre Schultern hochzog und wieder fallen ließ. Sie wolle nichts mehr mit dieser verrückten Welt zu tun haben. »Ist sie nicht verrückt,

Urgroßmutter«, fragte sie, »oder bin ich es? Oder gehöre ich nur zu den Menschen, die sich nicht hineinfinden können? Gehöre ich nur zu denjenigen, die die üblichen Wertungen nicht anerkennen können? Warum sollte ich auch die Ideen anderer Leute annehmen? Meine eigenen sind wahrscheinlich ebenso richtig – wenigstens für mich. Ich kenne einige Menschen, die mit mir übereinstimmen, aber sie können sich weder mit Großvater noch mit Großtante Carrie vertragen. Und noch etwas anderes –« Sie hielt inne.

»Sprich weiter«, sagte Lady Slane, der diese tastende und verwirrte Erklärung zu Herzen ging.

»Nun«, sagte Deborah, »Großvater und Großtante Carrie und die Menschen, die sie schätzen, scheinen wie ein Klumpen zusammenzuhängen, als wären sie alle mit Zement übergossen. Aber die Menschen, die ich mag, scheinen immer verstreut und einsam zu sein – nur erkennen sie einander sofort, sobald sie sich treffen. Sie scheinen sich mit etwas Wichtigerem zu beschäftigen als mit solchen Dingen, die Großvater und Großtante Carrie für wichtig halten. Ich weiß noch nicht genau, was dieses Etwas ist. Wenn es Religion wäre, wenn ich eine Nonne werden wollte, anstatt mich der Musik zu widmen, würde, glaube ich, selbst Großvater dunkel verstehen, was ich sagen wollte. Aber Religion ist es nicht, und doch scheint es etwas von der Natur der Religion an sich zu haben. Ein Musikakkord zum Beispiel macht mich glücklicher als ein Gebet.«

»Weiter«, sagte Lady Slane.

»Und dann«, fuhr Deborah fort, »finde ich bei den Menschen, die ich mag, und in ihrem Wesen etwas Hartes, Rauhes, fast Grausames, sozusagen eine steinerne Ehrlichkeit, als wären sie um jeden Preis entschlossen, den Dingen, die für sie von Bedeutung sind, treu zu bleiben. Natürlich«, fügte sie pflichtschuldigst hinzu, da sie sich an die Bemerkungen ihres Großvaters und ihrer Großtante Carrie erinnerte, »weiß ich, daß sie sozusagen sehr nutzlose Glieder der menschlichen Gesellschaft sind.« Sie sagte das mit einem kindlichen Ernst.

»Sie haben ihren Zweck«, sagte Lady Slane, »sie wirken als Sauerteig.«

»Du wirst wohl recht haben, Urgroßmutter. Aber der Sauerteig braucht lange, ehe er wirkt, und dann wirkt er nur bei solchen Menschen, die mehr oder minder desselben Sinnes sind.«

»Ja«, sagte Lady Slane, »aber es gibt viel mehr Leute, die desselben Sinnes sind, als du glauben magst. Sie geben sich viel Mühe, das zu verbergen, und nur eine Krise bringt das zum Vorschein. Wenn du zum Beispiel stürbest« – in Wirklichkeit meinte sie aber: wenn ich stürbe –, »so würdest du entdecken, daß dein Großvater dich (mich) besser verstanden hat, als du denkst (ich denke).«

»Das ist reine Gefühlsduselei«, sagte Deborah fest. »Der Tod bewegt natürlich jeden, selbst Großvater und Großtante Carrie – er erinnert sie an die Dinge, die sie lieber übersehen haben. Die Leute, die ich gern habe, beschäftigen sich nicht krankhafterweise mit Todesgedanken, sondern haben immer ein waches Gefühl für die Dinge, die im Leben etwas für sie bedeuten. Der Tod ist schließlich etwas Nebensächliches. Auch das Leben ist etwas Nebensächliches. Was ich meine, liegt außerhalb von beiden. Und das verträgt sich nicht mit der Lebensweise, die ich nach Großvaters und Großtante Carries Meinung führen sollte. Wer hat nun unrecht, ich oder sie?«

Lady Slane sah eine letzte Gelegenheit, Herbert und Carrie zu ärgern. Sie mochten sie ruhig ein böses altes Weib nennen, sie wußte, daß sie es nicht war. Das Kind war eine Künstlerin und mußte ihren Willen haben. Es waren genug andere Leute da, die die Arbeit der Welt weiterführen konnten, die ihre Belohnungen verdienen und genießen, ihre Bosheit erleiden und das erlittene Unrecht in gleicher Münze zurückzahlen konnten. Die kleine und seltene Bruderschaft, zu der Deborah gehörte, die den Lockungen des Geldes nicht erlag, sollte die Möglichkeit haben, abseits der großen Masse, aber mit vollem Eifer ihrer Arbeit nachzugehen. Auf lange Sicht gesehen, bedeuteten, wenn so, wie die Gegenwart langsam Geschichte wurde, sich ganz von selbst die Spreu von dem Weizen sonderte, die Dichter und Seher mehr als die Eroberer. Christus war einer von ihnen.

Sie wußte nicht, wie groß Deborahs Talent war, aber darum handelte es sich auch nicht. Es kam zwar viel auf die Leistung an, aber der Geist war besser. Wenn man sich allein an die Leistung hielt, so machte man eine Konzession an das jetzt in der Welt herrschende System, es war ein Abweichen von den strengen, selbstlosen und außerordentlichen Wertmaßstäben, die Lady Slane und ihresgleichen anerkannten. Aber was sie jetzt sagte, stand durchaus nicht im Einklang mit ihren Gedanken. »Ach, Kind«, sagte sie, »wenn ich dieses Vermögen nicht weggegeben hätte, hätte ich dich unabhängig machen können.«

Deborah lachte. Sie sei nicht wegen Geldes gekommen, sagte sie, sondern um sich einen Rat zu holen. Aber Lady Slane wußte wohl, daß sie auch keinen Rat wollte, sie wollte sich nur stärken und in ihrem Entschluß bestätigen lassen. Gut, wenn sie Zustimmung wollte, so sollte sie diese haben. »Natürlich hast du recht, mein Kind«, sagte sie ruhig.

Sie sprachen noch ein wenig weiter, aber Deborah, die sich von Frieden und Sympathie umgeben fühlte, merkte, daß der Geist ihrer Urgroßmutter in Gedankengebiete wanderte, in die sie nicht folgen konnte. Das war bei Lady Slanes Alter natürlich. Dann und wann sprach sie auf einmal von sich selbst, besann sich aber sofort und versuchte mit rührender Unbeholfenheit ihre Entgleisung wieder gutzumachen, indem sie eifrig anfing, von der Zukunft ihrer Enkelin zu sprechen und nicht mehr von einem mißlichen Ereignis in ferner Vergangenheit. Deborah war zu tief befriedigt und glücklich, um diesem Ereignis auf den Grund zu gehen und sich zu fragen, welcher Art es wohl sein mochte. Diese Stunde des Einverständnisses mit der alten Frau besänftigte sie wie Musik, wie Akkorde, die leicht in der Dämmerung angeschlagen werden, wenn die Schatten sich niedersenken und die Mücken vor dem offenen Fenster tanzen. Sie lehnte sich wie gegen eine Stütze an die Knie der alten Frau, überströmt, eingelullt in Wärme und Dämmerung und weiche harmonische Klänge. Der Lärm und das Getöse des Lebens wichen zurück und verstummten, ihr Großvater und ihre Großtante Carrie schrumpften von Riesengestalten, die den Weg versperrten, zu kleinen Marionetten mit Pappgesichtern und komischen zitternden Händchen zusammen, andere Werte wuchsen wie große Erzengel im Zimmer auf und erfüllten mit ausgebreiteten Flügeln den Raum. Unerklärliche Gedankenverbindungen fluteten durch Deborahs Geist, sie erinnerte sich, wie sie einmal eine junge Frau in einem weißen Kleide gesehen hatte, die einen weißen Borzoi durch die Dunkelheit eines südlichen Hafens führte. Diese körperliche und geistige Berührung mit ihrer Urgroßmutter – dem Alter nach so weit entrückt, im Geist so nahe auf den ihren abgestimmt – streifte die Hüllen von dem kleinen Schatz kurzer Erfahrung, den sie eifersüchtig verborgen hatte. Sie überlegte – und wunderte sich selbst darüber, daß sie es tat –, ob sie späterhin den Zauber dieser Stunde wieder so einfangen könne, um ihn in Musik umzusetzen. Ihr Verlangen, ein Erlebnis in Musik umzusetzen, war sogar noch größer als das menschliche Interesse, das sie an ihrer Urgroßmutter nahm, eine Form des Egoismus, die, wie sie wußte, ihre Urgroßmutter weder übelnehmen noch mißverstehen würde. Der Impuls, der sie zu ihrer Urgroßmutter geführt hatte, war richtig gewesen. Das Gefühl, daß sie in Musik eingehüllt war, bewies das. Auf irgendeinem fernen Klavier wurden die Akkorde angeschlagen, es waren Akkorde, die keine Bedeutung und keine Existenz in der Welt ihres Großvaters und ihrer Großtante Carrie hatten, doch in der Welt ihrer Urgroßmutter hatten sie ihren Wert und ihren Sinn. Aber sie durfte ihre Urgroßmutter nicht ermüden, dachte Deborah, denn es kam ihr plötzlich zum Bewußtsein, daß die müde alte Stimme mit ihren wirren Reden aufgehört hatte und daß der Zauber einer Stunde gebrochen war. Ihre Urgroßmutter schlief. Ihr Kinn war auf die Spitzen ihrer Brust gefallen. Ihre feinen Hände lagen schlaff im Schoß. Deborah erhob sich schweigend, und still schlich sie auf die Straße hinaus, wobei sie darauf achtete, ja leise die Tür zu schließen. Als sie draußen war, verstummten die Klänge, die sie im Geist gehört hatte.

Als Genoux eine Stunde später mit den Worten »Miladi est servie« das Tablett hereinbrachte, rief sie plötzlich, kaum daß sie die altgewohnte Formel ausgesprochen hatte, aus: »Mon Dieu, mais qu'est-ce que c'est ça – miladi est morte.«

*

»Es war zu erwarten«, sagte Carrie und wischte sich die Augen aus, die weit feuchter waren als beim Tode ihres Vaters, »es war zu erwarten, Herr Bucktrout. Und doch kommt es zu plötzlich. Meine arme Mutter war eine so außerordentliche Frau, wie Sie ja wissen – obwohl es mir nicht klar ist, wie Sie das eigentlich wissen sollten, denn sie war ja nur Ihre Mieterin. Eine Zuschrift in der heutigen Nummer der *Times* bezeichnete sie als einen seltenen Geist. Das habe ich immer gesagt: ein seltener Geist.« Carrie hatte die vielen anderen Dinge, die sie gesagt hatte, vergessen. »Manchmal etwas schwierig im Umgang«, setzte sie hinzu, da sie plötzlich an FitzGeorges Vermögen dachte. »Etwas unpraktisch aber die praktischen Dinge sind ja nicht die einzigen, die zählen, nicht wahr, Herr Bucktrout?«

Auch die *Times* hatte das gesagt. »Meine arme Mutter hatte einen wundervollen Charakter. Ich sage nicht, daß ich immer so gehandelt haben würde, wie sie es manchmal tat. Ihre Motive waren manchmal etwas schwierig zu verstehen. Etwas abenteuerlich, wissen Sie, und – wie soll ich sagen? – unüberlegt. Außerdem konnte sie sehr starrköpfig sein. Es gab Zeiten, wo sie sich einfach nichts sagen ließ, und das war angesichts ihrer unpraktischen Veranlagung ein Unglück. Wir wären jetzt alle in einer ganz anderen Lage, wenn sie auf uns hätte hören wollen. Es hat jedoch keinen Zweck, sich über einmal geschehene Dinge aufzuregen, nicht wahr?« schloß Carrie und bemühte sich, Herrn Bucktrout dabei tapfer zuzulächeln.

Herr Bucktrout gab ihr keine Antwort. Er mochte Carrie nicht. Er fragte sich, wie ein so harter und heuchlerischer Mensch die Tochter einer so feinfühligen und ehrlichen Frau sein konnte, wie es seine alte Freundin gewesen war. Er war entschlossen, Carrie durch keinen Blick und kein Wort zu verraten, wie tief ihn der Tod Lady Slanes berührte.

»Unten ist ein Mann, der das Maß für den Sarg nehmen kann, wenn Sie wollen«, sagte er.

Carrie blickte ihn groß an. Sie hatte also recht gehabt: dieser Herr Bucktrout war ein herzloser alter Mann, der nicht einmal so viel Anstand hatte, ein paar passende Beileidsworte über ihre arme Mutter zu sagen. Carrie selbst war edelmütig genug gewesen, jene Bemerkung über den seltenen Geist zu wiederholen. Wirklich, im ganzen genommen betrachtete sie ihre kleine Rede über ihre Mutter als eine wahrhaft großmütige Handlung, wenn man an die üblen Streiche dachte, die ihre Mutter ihnen allen gespielt hatte. Sie war sich äußerst rechtschaffen vorgekommen, als sie diese Ansprache hielt, und ihrer Auffassung nach hätte Herr Bucktrout hierauf etwas Passendes erwidern sollen. Zweifellos hatte er erwartet, daß auch für ihn einige Rosinen aus dem Kuchen abfallen würden, und war erbittert, weil er sich hierin getäuscht sah. Der Gedanke an die Enttäuschung dieses alten Haifisches war für Carrie ein großer Trost. Herr Bucktrout gehörte zweifellos zu jener Sorte Menschen, die gern einer arglosen alten Dame ein Schnippchen geschlagen hätten. Und nun war ihm in seiner Wut nichts anderes eingefallen, als einen Sargschreiner ausfindig zu machen.

»Mein Bruder, Lord Slane, wird bald hier sein, um die nötigen Anordnungen zu treffen«, antwortete sie von oben herab.

Herr Gosheron war jedoch bereits an der Tür. Als er hereinkam, schob er seinen steifen Hut in die Stirn, aber ob er damit die stille Gestalt auf dem Bett oder die am Fußende des Bettes stehende Carrie grüßen wollte, war nicht recht ersichtlich. Herr Gosheron war in seiner Eigenschaft als Sargschreiner an den Tod gewöhnt, doch war er Lady Slane immer mit wärmerem Gefühl begegnet, als er es einer bloßen Kundin gegenüber aufbrachte. Er hatte bereits versucht, seiner Bewegung einen persönlichen Ausdruck zu geben, indem er sich entschloß, sein wertvollstes Stück Holz als Deckel für Lady Slanes Sarg zu opfern.

»Die gnädige Frau ist eine schöne Leiche«, sagte er zu Herrn Bucktrout.

Beide nahmen von Carrie keine Notiz.

»Schön im Leben, schön im Tode, sage ich immer«, fuhr Herr Gosheron fort. »Erstaunlich, wie der Tod die Schönheit herausbringt. Mein alter Großvater, der in demselben Geschäftszweig arbeitete wie ich, machte mich darauf aufmerksam, und fünfzig Jahre lang habe ich aufgepaßt, ob seine Worte stimmten. ›Schönheit im Leben‹, pflegte er zu sagen, ›kann von guter Kleidung und anderen Dingen kommen, aber bei Schönheit im Tode kann man sich nur auf den Charakter verlassen.‹ Nun schauen Sie die gnädige Frau an, Herr Bucktrout. Ist es wahr oder nicht? Um Ihnen die Wahrheit zu sagen«, setzte er vertraulich hinzu, »wenn ich mir von jemandem ein Bild machen will, so schaue ich ihn mir an und stelle ihn mir als Toten vor. Das verrät mir immer alles, und das Schöne dabei ist, daß der andere gar nichts davon weiß, daß er gemessen wird. Als ich die gnädige Frau zum erstenmal sah, sagte ich mir, ja, sie wird standhalten, und jetzt, wo ich sie sehe, wie ich sie mir vorgestellt habe, sage ich mir, daß das eingetroffen ist. Sie war allerdings immer nur halb auf dieser Welt.«

»Ja, das war sie«, sagte Herr Bucktrout, der jetzt, wo Herr Gosheron eingetroffen war, kein Bedenken mehr hatte, von Lady Slane zu sprechen, »und sie kam nie mit ihr ins reine. Sie besaß das Beste, was die Welt ihr geben konnte – alles Dinge, die sie nicht haben wollte. Sie betrachtete die Lilien auf dem Feld, Herr Gosheron.«

»Jawohl, Herr Bucktrout. Manchen Satz aus der Bibel habe ich auf sie angewandt. Aber die Menschen nehmen Dinge in der Bibel hin, die sie im gewöhnlichen Leben verabscheuen. Sie scheinen sie nicht mehr zu verstehen, wenn sie ihnen zu Hause begegnen, obwohl sie ein frommes Gesicht machen, wenn sie ihnen von der Kanzel vorgelesen werden.«

Du meine Güte, dachte Carrie, wann werden diese beiden alten Männer aufhören, wie ein griechischer Chor hier an Mutters Totenbett zu sprechen? Sie war mit dem Vorsatz nach Hampstead gefahren, edelmütig zu sein und alles zu verzeihen, und ein aufrichtiges Mitgefühl war ihr zu Hilfe gekommen, aber jetzt brach ihre Selbstbeherrschung zusammen, und ihre Bosheit und ihr Groll kamen an die Oberfläche. Was konnten denn dieser Häusermakler und dieser Leichenbestatter, die so überlegen und so weise sprachen, von ihrer Mutter wissen?

»Vielleicht«, sagte sie giftig, »täten Sie besser, die Grabrede einem Mitglied unserer Familie zu überlassen.«

Ernst wandten sich Herr Bucktrout und Herr Gosheron ihr zu. Sie empfand sie plötzlich als zwei fremde Gestalten, die zwar komisch wirkten, aber auch wie zwei Richter erschienen. Beide sahen durch die Schutzhülle ihrer ehrbaren Heuchelei hindurch. Sie fühlte, daß sie von ihnen gerichtet wurde, daß Herr Gosheron sie sich nach seiner Gewohnheit und seinem Prinzip als Leiche vorstellte, seine Augen zusammenzog, um seiner Phantasie nachzuhelfen, sie auf einem Bett aufbahrte und sie prüfte, ohne daß sie sich mit ihren alten Verteidigungswaffen dagegen wehren konnte. Ihre Bemerkung über den seltenen Geist schrumpfte zu einem Stück Schlacke zusammen. Herr Bucktrout und Herr Gosheron standen mit ihrer Mutter im Bunde, und keine Phrasen konnten die Wahrheit vor solchen Bundesgenossen verbergen.

Sie flüchtete sich in eine letzte Konvention und sagte zu Herrn Gosheron: »In Gegenwart einer Toten könnten Sie wenigstens den Hut abnehmen.«

Nachwort

Das bekannteste Porträt der Victoria Sackville-West zeigt sie, sechsundzwanzigjährig, seitlich zum Betrachter auf einem Stuhl sitzend, hoch aufgerichtet, eine Hand in die Hüfte gestützt. Die Augen, die im Schatten eines großen roten Hutes liegen, sind kühl und herrisch. Abgebildet ist eine Dame, die auf Distanz achtet. Doch in der linken Hand hält sie, vom unteren Bildrand zwar beschnitten und ohnehin so lässig, als könne es ihr jeden Augenblick entgleiten, ein kleines Buch. Von seinem roten Einband geht der Blick wieder hinauf zum Hut, der das Gesicht beschattet, und plötzlich entdeckt man in diesen Zügen Nachdenklichkeit, Verletzlichkeit, Melancholie. William Strang, ein Maler der Londoner Königlichen Akademie, hat in seinem Bild, das heute im Museum von Glasgow hängt, die Doppelnatur der Victoria Sackville-West überzeugend dargestellt.

Sie war auf den ersten Blick vor allem Aristokratin. Leonard Woolf, ihr Verleger und Mann der Freundin Virginia, erinnerte sich in seiner Autobiographie: »Wenn man zuhörte, wie sie einen aggressiven Taxifahrer zurechtwies, selbst wenn sie im Unrecht war, dann erkannte man in ihrer Stimme einen Unterton, den die Sackvilles und Buckhursts gegenüber Leibeigenen anschlugen, vor sechshundert Jahren in Kent oder gar noch dreihundert Jahre früher in der Normandie.«

Victoria Mary Sackville-West war am 9. März 1892 auf Schloß Knole in Kent geboren. Das Haus, wie es nach englischem Brauch stets genannt wird, war einst der Sitz der Erzbischöfe von Canterbury gewesen. Königin Elisabeth I. hatte es 1556 ihrem Cousin und späteren Schatzkanzler Thomas Sackville geschenkt. Er war ein begabter Poet – seine Gedichte stehen in den englischen Anthologien –, widmete sich aber, als er älter wurde, ganz der Politik. Maria Stuart gab ihm aus Dank für die Delikatesse, mit der er ihr das Todesurteil überbrachte, ein Triptychon, das heute noch in der Kapelle von Knole hängt.

Doch Victoria Sackville-West brauchte keine dreihundert Jahre zurückzugehen, um in farbigen Familienerinnerungen zu schwelgen. Die drei adeligen Bewohner des Schlosses, die das heranwachsende Kind umgaben, boten genug Stoff.

Da war der Großvater, Lord Sackville, der 1851 bei einer Reise von seinem Diplomatenposten in Stuttgart eine von Zigeunern abstammende spanische Tänzerin kennengelernt hatte. Bis zu ihrem Tod 1871 lebte er mit dieser von ihrem Mann verlassenen Frau, die sich als ›Pepita, Stern von Andalusien‹ in Dänemark, Frankreich und besonders Deutschland einen Namen gemacht hatte. Sie gebar ihm sieben Kinder.

Die älteste Tochter Victoria, die in einem Pariser Konvent aufwuchs, holte sich der Junggeselle 1880 nach Washington, wo er Britischer Gesandter geworden war. Das illegitime Klosterkind, das man dazu erzogen hatte, eines Tages einen Gouvernantenposten anzutreten, fand sich über Nacht als Vorsteherin eines Diplomatenhaushaltes. Die Achtzehnjährige nahm die Gesellschaft der amerikanischen Hauptstadt im Sturm. Der Präsident der Vereinigten Staaten – es war der alte verwitwete Chester A. Arthur – bot ihr seine Hand. Doch Victoria heiratete ihren Vetter, den Erben von Schloß Knole, Lionel Sackville-West. Victoria Mary, von früh an Vita genannt, war das einzige Kind, das aus der Ehe hervorging.

Ihre Kindheit war nicht glücklich. Vita fühlte die Enttäuschung der Eltern, daß sie kein Sohn war, der Knole erben konnte. Vom Vater, einem typischen englischen Landedelmann, wenig beachtet, von der kapriziösen Mutter vernachlässigt, blieb als exzentrischer Gefährte der alte, schweigsame Großvater und die Kinder der Nachbarn.

»Ich war immer schmutzig und zerzaust«, heißt es in ihrer Autobiographie, »meine Hunde, übermäßig geliebt; meine Kaninchen, die ich heimlich mit meinen Hunden um die Wette laufen ließ und deren Junge ich, wenn es zuviele wurden, über die Gartenmauer warf; die Gräben, die ich während des Kriegs im Garten grub; die Armee, die ich unter den terrorisierten Kindern der Nachbarschaft aushub und kommandierte; mein Kakianzug und die Zornestränen, die ich vergoß, weil ich ihn mir nicht mit Hosen machen lassen durfte, nicht einmal mit einem Kilt – und ich selbst häßlich, dürr, dunkel, ungesellig, reizlos – schrecklich reizlos – rauh und geheimnisvoll.«

Die Minderwertigkeitsgefühle, die sie erfüllten, wurden von der Mutter genährt. Diese Mutter, die Vita vorhielt, sie sei so häßlich, daß man sie nicht ansehen könne, war ein strahlender Mittelpunkt der Gesellschaft. Berühmte Männer lagen ihr zu Füßen, Künstler wie Rodin und der geniale Architekt Luytens, Generäle wie Lord Kitchener, amerikanische Millionäre wie Pierpont Morgan, Waldorf Astor. Ihr Tatendrang war nicht zu zähmen. Sie baute das Schloß um, sie spekulierte an der Börse, sie eröffnete, als man Bargeld benötigte, in London einen Laden für Papierwaren und Lampenschirme.

Bei zwei Gerichtsaffären, die am Vorabend des Ersten Weltkriegs Schlagzeilen machten, imponierte sie den Geschworenen und Richtern durch Charme, Geistesgegenwart und schneidende Arroganz. Durch die beiden Prozesse, die, bei Licht betrachtet, Skandale waren, rettete sie Knole für die Familie. Beim ersten Verfahren mußte Lady Sackville ihre illegitime Geburt nachweisen, da sonst der älteste Pepita-Sohn das Schloß geerbt hätte; beim zweiten mußte sie darlegen, die Millionen eines ihrer verblichenen Liebhaber zu Recht einkassiert zu haben.

Vor einer derart die Szene beherrschenden Mutter zog sich die heranwachsende Vita zurück. Zwei Arten von Trost boten sich an: das Schloß und die Literatur. Knole war für das sich selbst überlassene Kind mehr als ein Haus, es war ein Wesen, das es liebte und von dem es sich geliebt fühlte. Der riesige Bau – der größte private Landsitz Englands – mit seinen sieben Höfen, zweiundfünfzig Treppenhäusern, dreihundertfünfundsechzig Räumen wurde für Vita zu einem Inbegriff der Zuflucht und des Vertrauens. Der Verlust des Schlosses, das nach dem Tod ihres Vaters an einen Onkel überging, traf sie so tief, daß sie es über dreißig Jahre lang mied. Erst kurz vor ihrem Tod suchte sie es noch einmal auf.

Es verwundert deshalb nicht, daß der erste Roman, den Victoria Sackville-West mit vierzehn Jahren schrieb, auf Knole spielt und daß einer ihrer Vorfahren im Mittelpunkt steht. »Es war Cyrano de Bergerac«, erinnerte sie sich, »der mich als erster in die Möglichkeiten der Literatur einführte, und ich hörte danach überhaupt nicht mehr auf zu schreiben.« Sie verfaßte Theaterstücke, Verse, Romane: »Sobald ich einen fertig hatte, begann ich am Tag darauf mit dem nächsten.« Diese Geschwindigkeit behielt sie bei. Virginia Woolf notierte, nachdem sie Victoria Sackville-West zum erstenmal getroffen hatte, abwertend und ein wenig neidisch in ihr Tagebuch: »Sie schreibt fünfzehn Seiten am Tag.«

Dennoch hätte es mit den Schreibversuchen des Teenagers sein

Bewenden haben können. Vita schrieb, wie andere junge Mädchen malten, stickten oder musizierten; sie hatte ihre französischen Erzieherinnen; sie reiste mit der Mutter, im Frühling nach Florenz, im Sommer nach Paris, zwischendurch nach Polen, Rußland, Österreich – alles blieb im Rahmen ihrer Gesellschaftsschicht. Selbst die Verehelichung mit dem jungen Diplomaten Harold Nicolson 1913 fiel daraus nicht heraus, wenn diese Heirat auch ein wenig unter ihrem Range war. Die junge Frau ging, wie es erwartet wurde, mit ihrem Mann an die englische Botschaft nach Konstantinopel.

In der Autobiographie hielt sie jene Zeit fest: »An reiner Freude des Beieinanderseins hatten die Jahre, die folgten, keine Parallele, sie waren unübertroffen. Ich war wirklich sanft, opferbereit, keusch; es war, wenn es daran überhaupt etwas zu kritisieren gibt, einfach zu gut. Wir wurden ein Synonym für Glück und Ehe. Wir wurden nie müde, beieinander zu sein. Gott, wie wir uns mochten! Harold war wie ein sonniger Hafen für mich. Alles war offen, frei, sicher.«

Doch dann muß sich ihre Doppelnatur geregt haben. Victoria Sackville-West empfand den Zwiespalt ihres Wesens in mehrfachem Sinn. Sie war die englische Aristokratin mit dem spanischen Zigeunerblut; sie war die Tochter, die ein Sohn hätte sein sollen; sie war die Frau, die physisch von Frauen, nicht von Männern angezogen wurde.

Sie schrieb die Autobiographie, die erst nach ihrem Tod unter den hinterlassenen Papieren gefunden wurde, 1920 nieder, um sich Rechenschaft über ihre leidenschaftliche Liebe zu Violet Keppel, einer begehrten Schönheit der Londoner Gesellschaft, zu geben. Darin zitierte sie einen Ausspruch der Geliebten, mit der sie von Mann und Kindern weggelaufen war und eine Zeitlang, als Mann verkleidet, in Paris gelebt hatte: »Die obere Hälfte deines Gesichts ist so rein und ernst – fast kindlich. Und die untere Hälfte so dominierend, sinnlich, fast brutal – es ist der absurdeste Gegensatz und außerordentlich symbolisch für deine Dr. Jekyll-und-Mr. Hyde-Person.« Vita kommentierte: »Mein ganzer Fluch war diese Dualität.«

Sie widmete dem Thema später einen Roman (›Devil at Westease‹, 1947); zunächst aber war es gelebte und erlittene Wirklichkeit. Sie glaubte, das spanische Blut, in dem sie die Quelle ihrer künstlerischen

Begabung sah, sei in ihr noch mächtiger als in der Mutter. Und so wie diese Mutter wollte sie sein: nur sie selbst. Also nicht ›Mrs. Harold Nicolson, authoress‹, sondern ›Miss Sackville-West, author‹. Als ihr Mann Mitte der zwanziger Jahre nach Teheran versetzt wurde, blieb sie in London zurück. Vita lehnte es ab, Gattin zu sein, als seine ›légitime‹ an der Botschaft Honneurs zu machen.

Ihre erstaunliche Verbindung, die trotz homosexueller Affären beider Partner nicht nur alle Stürme der Zeit überdauerte, sondern immer fester und inniger wurde, hat der jüngere Sohn, Nigel Nicolson, in seinem Buch ›Porträt einer Ehe‹ beschrieben. Das Ethos, auf das sie sich gründete, war ein »Amalgam christlicher Tugenden und des im 18. Jahrhundert entwickelten Konzepts des zivilisierten Lebens«. Die »feste, elastische Formel«, die es ihnen ermöglichte, »die Freuden der Liebe und des Lebens zu verdoppeln und ihr Elend zu halbieren«, hieß »caring without interfering«, also: Sympathie, ohne sich einzumischen. Die Voraussetzung dafür war auf beiden Seiten Vertrauen, Respekt, Toleranz, ein Sinn für die gleichen Werte.

Die Ehe mit Harold Nicolson war das zentrale Ereignis in Vitas Leben. Daneben aber gab es andere menschliche Beziehungen. Die wichtigste war die Freundschaft mit Virginia Woolf, deren Äußerungen zu den interessantesten Zeugnissen über Victoria Sackville-West gehören. Als sich die beiden Frauen im Dezember 1922 zum erstenmal begegneten, war Virginia vierzig, Vita dreißig Jahre alt. Sie schrieb sofort an Harold: »Ich bin von Virginia Woolf entzückt, und Du wärst es auch. Du wärst einfach hingerissen von ihrem Charme und ihrer Persönlichkeit.« Zwar bemerkt sie, wie schrecklich sich Virginia anzieht, wollene orangefarbene Strümpfe, aber das zählt nicht vor ihrer »spirituellen Schönheit«, ihrer Unaffektiertheit, ihrer Menschlichkeit. »Darling«, endet sie, »ich habe einfach mein Herz verloren.«

Weitaus kritischer reagierte Virginia. Zwar bewunderte sie die Schönheit Vitas (»bunt wie ein Wellensittich . . ., sie ist ein Grenadier, hart, hübsch, männlich«), die Lebensart der Aristokratin, aber sie vermißte den Witz des Künstlers. »Nicht viel für meinen strengeren Geschmack« schrieb sie in ihr Tagebuch. Noch eineinhalb Jahre später liest man es ähnlich: »All diese Vorfahren und Jahrhunderte, das Silber und Gold haben einen vollkommenen Leib hervorgebracht. Sie ist wie ein Hirsch oder ein Rennpferd, bis auf das Gesicht, dessen Lippen etwas vorstehen, und sie hat keinen sehr scharfen Verstand.« »Mehr Geist, mein Gott!« rief sie aus, nachdem sie Knole zum erstenmal besucht hatte. Doch schon einen Monat später hieß es: »Oh ja, sie gefällt mir; ich könnte sie für alle Zeiten an meine Equipage spannen.« Während der Zeit der Freundschaft, die nun folgte, entdeckte sie in Vitas Geist einen »reichen, dämmrigen Speicher«.

Doch die Schätze dieses Speichers interessierten sie im Grunde wenig. Was sie faszinierte, war das Temperament, die Vitalität der Freundin. Sie notierte: »Da ist ihre Reife, ihre Vollbusigkeit, ihr Dahingleiten unter vollen Segeln auf der Flut, während ich an den Küstengewässern entlangschippere; ihre Fähigkeit, der Mittelpunkt jeder Gesellschaft zu sein, ihr Land zu repräsentieren, Chatsworth zu besuchen, Silber, Dienerschaft, Chow-Hunde zu überwachen; ihre Mutterschaft . . . kurz, das zu sein (was ich niemals war), eine wirkliche Frau.« Im ›Orlando‹ (1928), ihrem spielerischsten Werk, setzte sie der Freundin ein dauerndes Denkmal. Orlando trägt Züge von Victoria Sackville-West. Ihr ist das Buch gewidmet. Vita gab sie damit das Gefühl, von einer überlegenen Kollegin anerkannt und geschätzt zu sein.

Ehe, Mutterschaft, Liebesaffären, in den dreißiger Jahren die Renovierung des halbverfallenen Schlößchens Sissinghurst Castle in Kent, das sich die Nicolsons als Familiensitz gekauft hatten (zumal es historische Verbindungen zu Knole hatte – Thomas Sackvilles Gattin Cicely, die er 1554 geheiratet hatte, stammte von dort), die Anlage eines heute in England berühmten Gartens – vor diesem Hintergrund ist Victoria Sackville-Wests literarisches Schaffen zu sehen. Das Literaturlexikon der Oxford University Press führt unter ihrem Namen elf Romane auf, zehn Gedichtbände, acht Bücher mit historischen und biographischen Studien, vier Sammlungen mit Kurzgeschichten, zwei Bände Reiseliteratur und sieben Gartenbücher.

Leonard Woolf schrieb in seiner Autobiographie: »In Vita steckte eine ehrliche, einfache, sentimentale, romantische, naive, kompetente Schriftstellerin.« Dieses gemischte Lob charakterisiert die Literatin Victoria Sackville-West zutreffend. Von den literarischen Strömungen ihrer Zeit war sie kaum beeinflußt; sie interessierte sich nicht dafür. In der ›Kritischen Biographie‹ von Michael Stevens liest man, sie habe die Augen nicht auf die literarischen Moden gerichtet, sondern auf die »ewigen Werte«. Was sich im besten Sinn dahinter verbirgt, zeigt ihr schönster, 1927 mit einem bedeutenden Literaturpreis ausgezeichneter Gedichtband ›The Land‹. In diesem bukolischen, Virgilschen Geist atmenden Epos feiert und verklärt Victoria Sackville-West das Landleben, seine Traditionen und alten handwerklichen Künste.

Sie war eine Landadelige, die mit zunehmenden Jahren Partys, Klatsch, Geselligkeit verabscheute, die lieber den letzten, unbequemen Zug nahm und nach Hause fuhr, um nicht im ungeliebten London übernachten zu müssen. (Dies unterschied sie grundsätzlich von der urbanen, geradezu partysüchtigen Virginia Woolf.) Nach ihrem Tod – sie starb am 2. Juni 1962 – entdeckte man ein einziges Abendkleid in ihrem Schrank, und dieses, schreibt Nigel Nicolson, habe aus dem Jahr 1927 gestammt.

Victoria Sackville-West kultivierte die Einfachheit einer Person, die, umgeben von sechzig Dienern, in den dreihundertfünfundsechzig Räumen des Schlosses Knole aufgewachsen war. Gewiß, sie hatte gegen diese Welt rebelliert, sich jedoch niemals völlig von ihrer Herkunft losgesagt. Vitas Grenzen waren die ihrer Gesellschaftsschicht. Es war eine Welt, die sich äußerlich großzügig gab, deren geistiger Horizont jedoch erstaunlich eng war. Die Diplomatengattin hatte keine Ahnung von auswärtiger Politik, sie wußte nicht, was der Völkerbund war, sie besuchte nie das Unterhaus, sie haßte die Demokratie, die Masse. In einem Manifest schrieb sie: »Die Leute sollen so gut gefüttert und untergebracht sein wie Rassekühe, doch sie sollen sich nicht deutlicher äußern können als jene.« Nimmt man noch ihre Verachtung von Juden, Farbigen und der gesamten Middle Class hinzu, so ergibt sich ein Bild, das an reaktionärer Deutlichkeit nichts zu wünschen übrig läßt.

Es gibt jedoch mildernde Umstände für Victoria Sackville-West. Vergessen wir nicht: es bedeutete etwas anderes, in den zwanziger und dreißiger Jahren in England antidemokratische Gefühle zu haben und auf Juden herabzusehen, als dies in der gleichen Zeit in Deutschland zu tun. Hinter der Abwehr neuer Gedanken stand die immerwährende Angst, vom unberechenbaren Zigeunerblut in ihren Adern überwältigt zu werden. Schließlich – und das ist das wichtigste – litt sie lebenslang unter einem Mangel an Erziehung und Bildung. Wäre sie ein Sohn gewesen, so hätte sie nicht nur Knole geerbt; sie wäre auf Schulen geschickt worden, zur Universität, sie hätte die Welt der Männer kennengelernt, das Foreign Office, Fleet Street, die Börse.

Es war ein Glaubenssatz des englischen Adels und des gehobenen Bürgertums, daß Frauen, wenn es um die Ausbildung ihrer geistigen Fähigkeiten ging, zurückzustehen hatten. Virginia Woolf, die ebenso wie Victoria Sackville-West die Erfahrung selbst gemacht hatte, widmete dem Thema zwei kämpferische Essays (›A Room of One's Own‹, 1928; ›Three Guineas‹, 1938). Vita, der die Kraft des Argumentierens abging, behandelte es, auf ihre diskrete, leisere Art, in dem Roman ›Erloschenes Feuer‹.

Lady Slane, die Heldin des Romans, ist – wie Virginia Woolf und ihre Demonstrationsfiguren – die jüngere Schwester eines Bruders, dessen Erziehung und Ausbildung Vorrang hat. Nur der Mann genießt das Recht, sein Leben selbst zu wählen; das junge Mädchen unterwirft sich schweigend. Victoria Sackville-West gibt auf die Frage nach dem Sinn und Wert dieses Opfers eine gedämpfte Antwort. Gewiß, sie verteidigt die Emanzipation, doch das Banner der Frauenrechtlerin wagt sie nur zögernd zu schwingen. Die Zurückhaltung hat autobiographische Gründe. Die Konservative eigente sich schlecht zur Kämpferin auf den Barrikaden des Fortschritts, zumal sie sich, wenn auch erst als verheiratete Frau, das Leben gewählt hatte, das sie haben wollte.

Der Roman enthält manches autobiographische Element. Da ist die Anhänglichkeit an ein Haus, das als »Wesen mit selbständigem Leben« begriffen wird; die distanzierte Einstellung zu den eigenen Kindern (im Roman, wo ihnen jegliche Anmut, Güte, Selbständigkeit abgesprochen wird, fast schon karikiert); die plötzliche Erbschaft. Schließlich findet man deutliche Anklänge, ja Gedanken, die direkt aus Virginia Woolfs ›A Room of One's Own‹ und dem ›Orlando‹ übernommen wurden.

Was den Roman heute interessant macht, ist jedoch nicht nur das feministische Sujet, sondern das Thema des Alterns. Das Buch, das mit dem Tod von zwei uralten Menschen beginnt und endet, spielt fast ausschließlich unter alten Leuten, vor dem Hintergrund und in Erwartung des Todes. Es ist geradezu verblüffend zu sehen, mit welchem Feingefühl sich Victoria Sackville-West in jene Welt des Alters hineinfindet, in der »alle Empfindungen im Zwielicht« liegen. Sie selbst war, als sie das Buch 1931 in ein paar Monaten niederschrieb, noch keine vierzig Jahre alt.

Das Alter wird als ein Lebensstadium von eigenem Wert begriffen, als eine Zeit, die nicht nur, wie es oft banal heißt, seine eigene Schönheit hat, sondern in der gerade die Gebrechlichkeit des Körpers eine besondere Verfeinerung der Empfindungen mit sich bringt. Ja, Victoria Sackville-West geht so weit, ihre Heldin erst im hohen Alter zur Verwirklichung ihrer selbst gelangen zu lassen. Denn nur alte Leute, so heißt ihr pessimistisch-melancholisches Resümee, können sich über den »grauenhaften Zustand der Welt« erheben und Tugenden leben, die sonst nichts gelten: Bescheidenheit, Mäßigung, Rücksichtnahme, Freundlichkeit.

›Erloschenes Feuer‹ war nach dem Roman ›The Edwardians‹ Victoria Sackville-Wests populärstes und erfolgreichstes Buch. Leonard Woolf würdigte es nicht nur als Verleger (»es ging sehr gut . . . 15 000 Exemplare wurden im ersten Jahr verkauft; es geht immer noch, fünfunddreißig Jahre nach dem ersten Erscheinen«), er hielt es für ihr bestes Werk. – Ins Deutsche übertrug es Hans B. Wagenseil 1948. Die vorliegende Ausgabe benutzt seine Übersetzung, die in ihrer leichten Altertümlichkeit den Ton des Originals treffend wiedergibt.

Renate Schostack

Merkwürdiges
Leben
einer sehr schönen
und weit und breit
gereisten
Tirolerin

Ullstein Buch 30108

Die Frau
in der Literatur

Dieses kleine Werk, zu Frankfurt und Leipzig 1744 gedruckt und unter dem Pseudonym Jacques Le Pensif erschienen, kann berühmtere Vorläufer wie die »berüchtigte« ›Moll Flanders‹ (1721) von Daniel Defoe nicht verleugnen. Es enthält die Lebensbeschreibung der Tirolerin Clara sowie die teils anmutigen, teils lasterhaften Lebens- und Liebesgeschichten der Tirolerinnen Laura, Sophie, Josepha und anderer Personen, die das Schicksal auf abenteuerlichen Pfaden mit Clara zusammenführt.
Die schöne Clara zieht als Händlerin mit Kurzwaren durch die Lande, »um auf Messen und Märkten sich und ihre Ware feilzubieten«, verfällt der Wollust, macht sich mit Spitzbuben gemein, wird schließlich von Reue erfaßt, bekehrt sich zur Tugend und wird vom Schicksal dafür reich belohnt.
Die Beschreibung ihres Lebens, so Clara, hat »keinen anderen Endzweck, als andere von dem Lasterwege abzuziehen, auf welchem ich gewandelt«.

Briefe der Ninon de Lenclos

Ullstein Buch 30102

Die Frau in der Literatur

Ninon de Lenclos (1615–1705) wird von vielen Zeitgenossen die geistvollste und schönste Frau des Zeitalters Ludwigs XIV in Frankreich genannt. Die vielberühmte amouröse Dame war 56 Jahre alt, als sie 1671 in ihren Briefen einen noch sehr jungen Freund, den Sohn der Madame de Sévigné, in den Spielregeln der Liebe unterwies. Sie zeigt sich als stilistisch gewandte und scharf urteilende Beobachterin und beweist eine tiefe Einsicht in die gesellschaftlichen und psychologischen Bedingungen der Frau. Dieser »Roman einer Korrespondenz« ist bemerkenswert als Sittenbild und Zeitdokument, aber auch als Zeugnis für die Überlegenheit einer erstaunlichen Frau.

Gerhart Hauptmann

Die Insel der Großen Mutter oder Das Wunder von Île des Dames

Eine Geschichte aus dem utopischen Archipelagus

Roman

Ullstein Buch 30101

Die Frau in der Literatur

Gerhart Hauptmanns Roman ›Die Insel der Großen Mutter‹ (1924) schildert das Schicksal einer Frauenrepublik. Über 100 schiffbrüchige europäische Damen landen eines Tages auf einer unbewohnten Südsee-Insel, überleben dank der paradiesisch üppigen Vegetation und des eigenen praktischen Verstandes und gründen unter Führung der resoluten Berliner Malerin Anni Prächtel den Frauenstaat von »Île des Dames«. Die Damen gedeihen und entwickeln sich in erstaunlich kurzer Zeit zu Amazonen, sinnenfrohen Nonnen und Göttinnen. Doch dann geschieht nach etwa einem Jahr das Wunder von Île des Dames.

Aldo Palazzeschi

Die Schwestern Materassi

Roman

Ullstein Buch 30107

Die Frau
in der Literatur

Der Roman ›Die Schwestern Materassi‹ (1934) ist nach dem Urteil von André Gide das Meisterwerk Aldo Palazzeschis und eines der besten Bücher der italienischen Literatur der dreißiger Jahre. Palazzeschi (1885–1974) beschreibt darin die Tragödie zweier alternder Frauen – »sie waren zwei versteinerte Mädchen« –, welche durch ihre halb mütterliche, halb erotische Zuneigung zu ihrem schönen, aber amoralischen Neffen Remo zugrunde gerichtet und zum Gespött ihrer Umgebung werden. Remo ist ihre leibhaftige Kultfigur, ihr Wunschbild vom jungen Mann, ihr Prinz, ihre Wonne und ihr Kreuz, ein Wesen, das den rigoros unterdrückten Sehnsüchten ihrer Natur zu allem dient, was sie ein Leben lang entbehrten.

Anne-Lise
Grobéty

Flucht-bewegungen

Roman

Ullstein Buch 30105

Die Frau
in der Literatur

Laurence ist eine ganz durchschnittliche junge Frau: verheiratet, in gesicherten Verhältnissen lebend, in einer netten kleinen Wohnung mit drei Katzen, ohne Kind. Und doch verspürt sie ein Unbehagen; sie leidet unter dem Widerspruch zwischen ihren eigenen Ansprüchen und dem Sich-anpassen-Müssen an ihre vorgegebene Rolle als Frau. Laurence möchte ausbrechen, neu beginnen. Aber es bleibt bei einer kurzen Reise nach Amsterdam, einer letztlich sinnlosen »Fluchtbewegung«.
Dieses bei aller Emotionalität ganz unsentimentale Buch analysiert präzise und konsequent die Probleme des Frau-Seins in heutiger Zeit.